Bettina Hesse (Hg.)

All die schönen Sünden

Ein erotisches Lesebuch

W0057808

Rowohlt Taschenbuch Verlag

Originalausgabe
Veröffentlicht im Rowohlt Taschenbuch Verlag GmbH,
Reinbek bei Hamburg, März 2003
Copyright © 2003 by Rowohlt Taschenbuch Verlag GmbH,
Reinbek bei Hamburg
Umschlaggestaltung any.way, Wiebke Buckow
(Foto: Photonica)
Satz Bembo PostScript, PageOne
Dörlemann Satz, Lemförde
Druck und Bindung Clausen & Bosse, Leck
Printed in Germany
ISBN 3 499 23358 4

Inhalt

Kann denn Liebe Sünde sein?

Diese Frage aus dem berühmten Lied möchten wir mit NEIN beantworten. Die Sünde, Herzstück der erotischen Kulturgeschichte, steht in dieser literarischen Auslese im Mittelpunkt – fünfzehnmal aus weiblicher und fünfzehnmal aus männlicher Sicht.

Sünde gehört dazu.

In der biblischen Geschichte bedeutet der Sündenfall den Anfang der Menschwerdung. Mit dem Genuss des Apfels erkennen Adam und Eva, was gut und böse ist, und Gott straft sie: «Du sollst mit Schmerzen Kinder gebären; und dein Verlangen soll nach einem Mann sein» und «im Schweiße deines Angesichts sollst du dein Brot essen» (I. Mose 3, 16–19). Damit sie nicht vom Baum des Lebens essen, vertreibt Gott sie aus dem Paradies.

Der Sünde Lohn sind das moralische Wissen und der Geschlechtstrieb, doch ihr Preis ist der Tod. Und den Preis zahlt jeder Mensch, denn jeder wurde in Fleischeslust gezeugt. Könnte mit dem Begriff der Erbsünde also gemeint sein, dass wir die moralische Entscheidungsfreiheit, *nicht* zu sündigen, gar nicht haben? Dann gehörte die Sünde schlichtweg zur *conditio humana*.

Warum sich also länger den Kopf zerbrechen, anstatt sie genüsslich auszukosten – frei nach dem Motto: «Sündigst, sterbst; sündigst net, sterbst a.»

Wir haben uns also fürs Sündigen entschieden.

Das geschieht hier literarisch und auf vielerlei Weise, ganz real bis hin zur feinen Sublimation. Voraussetzung für kleine und große Sünden ist ein Gebot, auch ein eigenes, gegen das verstoßen werden kann, eine moralische Instanz, an der man sich reibt und ... versündigt.

All die schönen Sünden erzählt Geschichten vom Naschen und Vernaschen, von dem Mann, der die Sünde wert ist, und der Frau, die man verehrt, die den Ehebruch lohnt, sogar den Inzest. Wir hören von einem Engel, dem Hurengewand in der Katzennacht, von einer wieder und wieder gestellten Frage und von Bildern, durch eins kommt jemand zur Welt und das andere zeigt die geschwungene Treppe im eigenen Haus. Wir erfahren, wann Höschen Flügel haben und ein Nacktfoto peinlich sein kann. In Paris, Griechenland und America wird gesündigt, mal kräftig, mal komisch, wir schauen zu und zählen oder stürzen uns in unbekannte Gewässer. Die Kinderwünsche unter einer Decke oder im Freien erinnern an den Zustand der Unschuld, von dem das handfeste Verlangen nach zwei Männern oder dem Besuch eines Swingerclubs weit entfernt ist. Von Pfützen, Wäsche und Insekten wird erzählt und von Rache. Frösche fallen vom Himmel und eine Sünderin fällt der geheimnisvollen Saida in die Hände. Schöne Sünden. Und Liebe, immer wieder Liebe.

Selbst wenn sie es wär, so wär's mir egal!

Bettina Hesse

Raphael Benning
Höschen mit Flügeln

Du gehst auf ein Fest. Als Frau. Allein. Also, du bist eingeladen. Und überlegst. Du hast zwei Kinder, acht und zehn, große Wohnung, IrgendwasBeruf, das war es. Nicht wichtig, für den Abend. Du heißt Annette. Die nette Annette. Nicht witzig. Kein Leben bei dir. Zwei Kinder. Das ist nur die halbe Miete. Zwanzig Uhr, du ziehst dich an.

Hose Pullover oder Kleid? Nein. Ich muss es anders erzählen. Also: Ich bin eingeladen, es ist acht, ich ziehe mich an. Liebe Leid und schwarzes Kleid. Draußen ist es frostig, dünner Schnee und kalter Wind von vorn. Gleich, wohin du gehst. Wohin ich gehe. Slip BH und feste Strümpfe, schwarz. Mantel drüber, blau und grau, und aus dem Haus. Würgersteig. Kleines Loch im kleinen Stoff, oben, an der Naht. Immer sechzig Grad. Nicht wichtig.

Was soll das. Ich kehre um, die Treppe schnell zurück. Und was soll das? Mantel runter und Kleid und Strümpfe und neue Wäsche aus dem Schrank und wieder aus dem Haus. Langer Weg zu Fuß, dünner Schnee und kalter Wind von vorn. Tingelknopf. Drinnen beschlägt die Brille. Ich kenne niemand, fast. Wangenküsse und Gespräche hier und dort. Wein Musik, ich tanze schnell.

Eine Stunde zwei. Ich sehe ihn und er auf meinen Arsch. Ich drehe mich. Er sieht hinten und sieht vorn. Meine Blicke, seine Blicke. Und wenn ich sie nicht sehe, spüre ich, und immer wieder. Ein Netter. Nein, nicht nett, *nett* ist falsch. Ein Mann. Mal ein Mann. Sag etwas Nettes, Mann, sag schon

«Ich seh dich an, schon lang.»
«Seh ich.»

Ich tanze nur mit andern. Mein Becken tastet ihre und ihre Schwellung meinen Hügel, manchmal. Manchmal will ich, dass sie vor Sehnsucht fallen. Und manche wollen, fallen, mich, vielleicht, und ich will ihn. Den Blick. Er tanzt nicht. Gut so. Soll nur sehen, von hinten und von vorn. Annette, zeig es ihm. Nur hin und wieder. Sein Blick. Mein Arsch vibriert und soll er nur.

Ich: *«Immer noch.»*
Er: *«Was, immer noch?»*
Ich: *«Siehst mich immer noch an.»*
Er: *«Steht dir gut.»*
Ich: *«Dir steht er auch.»*

Plaudern, hin und wieder, später gehen wir als Letzte. Und auf der Straße Küsse an den Hals Auf Wiedersehn und dabei fasst er mich, doch kaum, die Hüfte. Ich fasse ihn zurück. Unfassbar, scheint es.

«Bis bald.» sagt er.

Ich sage *«Träum schön …»* er lächelt *«… und dann fass dich an …»* und lächelt immer noch und geht nach rechts, ich gehe links.

Und gleich liegt er im Bett, Allein? und fasst sich an und schließt die Augen. Sieht mich wieder, von hinten, und dringt ein. Von mir der Schleim in seiner Hand.

Oder nicht?

Zu Hause noch ein Wein. Kein Leben ist. Im dicken Buch sein Name. Allein.

7172737. Freizeichen …
Ich: *«Schläfst du?»*
Er, zögert: *«Noch nicht.»*
Ich: *«Wir schlafen gleich zusammen.»*

Er: «*Ja, wirklich*» Kein Punkt. Oder drei davon

Ich: «*Komm doch*»

Stille.

Er: «*Aber kein Sex.*»

Ich stehe in der Tür und er kommt hoch mit schwerem Schritt. Schafott. Küsse an den Hals Da bist du ja. Nur eine kurze Unterbrechung. Noch ein Wein? Noch ein Wein und noch ein Wein und noch ein Wein. Der Fremde in der Fremde.

«*Lass uns schlafen gehn.*» Ich nehme seine Hand, zum Bett, das Kind an meiner Seite. «*Ich zieh mich aus du ziehst dich aus. Ja?*»

«*Das ist gut.*» Er zieht sich aus. Nicht ganz.

Kein Sex hat er gesagt und ich soll einverstanden sein und bin ich nicht so geht er und dann steh ich in nichts als meinem Dreieck kurzen Pelz und er ist fort.

Er bleibt und schaut von vorn, und dass er auch den ganzen Zauber hat, dreh ich mich langsam und sag ihm

«*Schön sind die Schätze nackt*»

und dann sind wir im Bett.

«*Kein Sex.*» sagt er, und außerdem, er würde nur mit denen, die keine Wäsche tragen. Gut, denke ich, das hat er doch. «*Nie,*» sagt er, «*und nicht einmal einen kleinen Fetzen.*» Sagt er, mein seltsam fremder Mann für heute Nacht.

Ich schmiege mich an fremde Haut, hab jetzt nur ihn und bin so weit gegangen und küsse mit Zunge, lass wenig nur am Rücken meine Nägel spüren und greife seine Stange kurz. Lang, steif. Er fasst mich nicht. Und auf dem Boden dünstet feucht mein Abendslip. Ich flüstere

«*Gut,*» flüster ich, «*das ist sehr gut so wie es ist. Du kannst jetzt etwas sehen, wenn du willst.*»

Er will. Und will er nicht, dann wollen seine Augen. Also, Annette, jetzt oder nicht, und sage ihm, er soll sich zwischen meine Beine legen. «*Das,*» sage ich, «*das ist mein lautes Paradies, so wie du manche kennst, doch das hier, das ist meines, schau nur hin.*» Und zeig ihm langsam mehr. «*Es kann klein sein und auch deutlich und wenn du wie die andern bist, dann willst du es gern eng. Ich mag es offen. Mein Paradies ist nicht verschlossen, nicht für mich. So ist das, schau nur hin. Und weil ich für mein Glück nicht leiden muss, mag ich es nass.*» Und zeig ihm, wie es nass ist, außen Silbertröpfchen, innen Strom. Vor seinen Augen öffne ich die Schleuse und geb ihm meine Finger und er leckt. Und mit den Speichel Nassen Fingern schlüpf ich ein. Mich kennt mein Paradies, ich kenn mein Paradies. «*Doch nur, wenn Adam schön wie meine Hand wär, käm auch er hinein. Nur dann.*» Die lebt in meinem Schoß und seine Blicke werden groß. «*Wir würden Liebe machen wie einen tiefen Atemzug. Vielleicht, vielleicht nur für den Wimpernschlag des Augenblicks, für seine lange Zeit. Wir würden ineinander … und wenn du dabei meinen Namen sagst, wärst du bei dir und ich bei mir mit deinem. Vielleicht. Wir würden nicht an gestern und an morgen denken, nicht einmal an den Moment. Vielleicht. Voneinander nehmen für Sekunden Ewigkeit.*» Eine Hand im Paradies und eine Hand in seinem Mund. Und mein Wispern

«*Annette Annette Annette*» und ein starkes Zucken überkommt mein Paradies, das Zucken meiner Liebe die vergeht. Immer wieder.

Dann schlafe ich in seinen Armen ein.

«*Schönen Leberfleck hast du am Paradies*» sagt er in seiner Ferne.

Wache später von ihm auf. Unruhig schläft er, fast wie wach, und mir ist heiß von mir und glüht ein Widerschein der Nacht wie Fieber glüht. Draußen ist es kalt und Sonnen strahlen. Der helle Winter soll mich kühlen. Nur Wäsche nehm ich, das vormals Freudenfeuchte auch, und steig nach oben auf mein hohes Dach, so, nackt mit nackten Füßen, wie ich bei ihm lag.

Die Sonne blendet, geht kein Wind und tief ein Bienenstra-
ßenmurmeln. Bin mit mir. Ich taste bis zur Regenrinne, da
brennt mir kalt das Stahlgeländer sein Kantenzeichen in die
Leiste. Beuge weiter vor und immer kälter beißt der Stahl
mein Fleisch.

Schon fliegt das erste. In hohem Bogen werfe ich den Stoff
hinaus und der verharrt für kurz im lichten Himmel und se-
gelt dann hinab wie Feder Schlangen Linien, langsam, leicht
und dünn und wintersonnenweiß. Hinterher segeln immer
mehr und auch das vormals Feuchte.

Dabei kommt er. Steht leise neben mir, steht da in meinem
Morgenmantel und schaut den weißen Fetzen nach, dem
leichten Schweben, zwölfter Stock und unten ist das Bienen-
leben Sonntag Vormittag, und kommt mir nah, legt seinen
Arm um meine Taille die ist Eis, und gibt den Silben sanfte
Stimme

«Höschen mit Flügeln» freundlich und mit Sehnsucht, ohne
Punkt.

Beinah bin ich wieder unten und will, dass er jetzt geht.

Paris, überbelichtet

Ich bin durch ein Bild zur Welt gekommen. Meine Milchzähne wurden in einem herzförmigen Döschen gesammelt. Die Blicke meiner Mutter, davon war ich überzeugt, würden eines Tages wie Schmetterlingsflügel auf mich abfärben. Sie hatte einen Silberblick.

Meine Mutter hat mich von einer ihrer Reisen mitgebracht, ich bin ihr schönstes Souvenir. Mein Vater ist aus Papier, dreimal gefaltet und geknickt. Er hängt über meinem Schreibtisch. An einigen Stellen ist er gerissen. Immer wieder scheitere ich an den roten Linien.

Das Bild ist ein Traum meiner Mutter, früh am Morgen meiner Geburt. Darin begegnete sie einem zweigesichtigen Kind und erwachte vom Knirschen der eigenen Zähne, dem Reißen am Haar durch ihre Hand. Die Fruchtblase war da schon geplatzt.

Zwei Monate nach Mutters Beerdigung finde ich einen abgeschnittenen Zopf in ein Küchentuch gewickelt im Schrank. Die Haare der Toten hänge ich an den Rand der Landkarte. Der Himmel im Fenster ist ein Land, ein Flugzeug zieht eine Linie, der folge ich.

Jemand spielt Akkordeon in der U-Bahn. Deshalb bin ich hier. Paris ist ein überbelichtetes Bild mit Katzen am Gare du Nord. Ich lebe in einem französischen Spielfilm, in dem die Schauspieler Luft atmen, leichter als Schlaf:

Wir sitzen auf der Treppe und nichts passiert. Wir berühren uns nur manchmal.

Er ist ein Knabe, ein Mann mit farblosen Augen und nervösen Händen im Haar. Seine Brust ist grau, neben seinem Geschlecht glänzt eine Narbe, die ich immerzu berühren muss. Er braucht keine Decke für mich, nur ein Handtuch. Ich schlafe mit ihm und gehe.

Ich erlaufe Brücken und Gassen, stehe lange vor einem Haus mit roten Fensterläden, ein fetter Hund drückt seine Schnauze an der Scheibe platt, aus Wäsche tropft Wasser auf die Straße und mir ins Haar, ich lasse mich einladen in die Cafés. Vom Dach des Hochhauses gegenüber kann ich den Eiffelturm sehen und bis zur Peripherie, wo die Stadt ausfranst. Meine schnelle Liebe dort dauert lang.

Er ist Feuerwehrmann. Als ich krank werde und die Hotelrechnung nicht mehr bezahlen kann, bleibe ich in seinem Bett liegen.

Seine Schwester bringt mir Tee und Zwieback. Sie spricht mit mir.

Ich bin seine Tochter, sage ich. Sie schüttelt mein Kissen auf und öffnet das Fenster. Du hast die gleichen Augen, sagt sie. Und geht hinaus.

Er hält sich vom Schlafzimmer fern.

Am Abend und frühen Morgen liege ich wach und warte. Meine Mutter streicht mir durchs Haar, immer wieder, mit den Fingernägeln. Ich zähle die Grenzübergänge zwischen der einen Stadt, der anderen Stadt vor meinem Fenster, wie viele Haare seine Schwester in meinem Bett verliert, wie viele Hunde an den Grenzen liegen und schlafen.

Die Liebhaber meiner Mutter, die ich von Fotos kenne,

aus einem Album unter ihrem Kopfkissen, sie treten an seine Stelle:

Einer trägt einen roten Helm, nichts sonst.

Ein anderer zieht mich aus, langsam. Dabei ist sein Gesicht hölzern wie das eines Knaben. Sein ganzer Körper ist aus Holz, hart, aber biegsam.

Die Haut des Dritten ist so dunkel wie eine Frucht, die ich nie aß. Er liegt an meinem Rücken, beide Arme um meine Taille geschlungen. Viel zu fest. Alle drei schmecken nach Salz und bitteren Fruchtkernen.

Der Feuerwehrmann hat keine Schwester, er kniet über mir im Schlaf und atmet schnell.

Ich höre, wie er sich wäscht. Er spuckt das Zahnputzwasser ins Emaillebecken, dass es klatscht. Ich höre seine Schnürsenkel reißen. Wie er durch den Bauch atmet. Meist kommt der Schlaf am späten Morgen, wenn alle Körper vertauscht und die Geräusche erträglicher sind.

Seine Schwester hat rote Haare. Glatt und glänzend. Jeden Tag verliert sie mehr. Immerzu lächelt sie. Wenn ich schlafe, sitzt sie an meinem Bett und streicht mir über die Stirn. Einmal raucht sie. Mit einer silbernen Spitze. Du hast ein Kindergesicht. Ich weiß. Das Fenster ist immer noch offen. Es schneit, die nassen Flocken fallen auf die Fensterbank.

Sie schläft unter einer Decke mit ihm. Nachts klammern ihre Beine ihn ans Bett. Auf dem Weg zum Klo sehe ich seine Hand auf ihrer Brust, die Tür ist nur angelehnt.

Sie ist nur zwei Jahre jünger als er, sagt sie. Sie sind nur Halbgeschwister, mütterlicherseits. Das macht keinen Unterschied, sage ich. Sie bläst mir den Rauch ins Gesicht und wedelt hektisch mit der Hand hin und her. An ihren Schneidezähnen klebt Farbe vom Lippenstift. Ich stecke ihr meinen Daumen in den Mund, wische das Rot von den Zähnen. Sie beißt zu.

Einmal in der Woche kommt die Mademoiselle aus der Drogerie an der Straßenecke. Die Schwester des Feuerwehrmanns hat Flecken. Auf den Brüsten, am Hals, auf der Stirn. Sie versucht es mit immer neuen Cremes. Ich versichere ihr jeden Tag, dass es besser wird.

Die Flecken färben sich zu gelben Blumen.

An meinem Geburtstag, den ich um zwei Monate aufgeschoben habe, schenkt sie mir ein leeres Buch, einen Füllfederhalter, Tinte. Und einen Lippenstift: Damit du etwas Farbe im Gesicht hast. Damit dir nicht langweilig wird.

Am Abend essen wir Lasagne. Sie redet, die Hand des Feuerwehrmanns fährt ungeduldig über mein Knie. Ich sammele seine Schamhaare unter dem Laken. Mein Geburtstagsgeschenk.

Er läßt mich warten. Die leeren Seiten füllen sich mit Gekritzel: Kontinente, der Körper seiner Schwester, die Männer meiner Mutter, die mich umschlingen im Schlaf, der Stadtplan von Paris, die Straßen, in denen die kleinen Hotels mit den roten Sesseln und Lampen stehen und warten, das Dunkle darin.

Alles misslingt. Das Einzige was ich zeichnen kann ist mein eigenes Gesicht. Ich schreibe:

Er betritt das Zimmer, seine Schwester hat vergessen die Tür zu schließen. Er hebt die Decke hoch und betrachtet mich.

Du kannst jetzt gehen, sagt er.

Morgen, sage ich. Und ziehe die Decke bis unters Kinn.

Der rote Helm macht ihn zu einem Hahn. Sie hat das Zimmer betreten und grinst. Die Flecken teilen ihr Gesicht in drei Flächen. Eine Landkarte. Rote Haarsträhnen, die in ihrem Mundwinkel kleben, zeichnen die Grenzen.

Schau, es ist gut, dass du da bist, sagt sie. Ich nicke.

Der Ekel ist ein leichtes Tuch.

Ich werde immer dünner. Seit drei Wochen liege ich in ihrem Bett.

Sie flößt mir Tee ein. Zerdrückt den Zwieback in Milch und streut Zucker darüber.

Der Lippenstift umrundet sein Geschlecht wie eine zweite Narbe.

Meine Zunge ist rau.

Morgen gehst du, sagt er. Ja, bald, sage ich.

Heute ist unser Hochzeitstag. Er ist bei einem Großbrand am Gare du Nord.

Seine Schwester hat ihr Haar eng an den Kopf gelegt und zu einem Zopf festgezurrt.

Du als seine Tochter. Sie lächelt. Du wirst ihm immer ähnlicher. Ich lächele. Wir schlafen miteinander, flüstert sie. Manchmal. Schau, diese Schuhe hat er mir letztes Jahr geschenkt, die Unterwäsche vor zwei Jahren. Mit der Zunge fährt sie über ihre Lippen und die Schneidezähne. Immer wieder. Bis sie glänzen und ich nicht mehr hinsehen kann.

An den Rändern verfärben sich die Gewächse lila. Ihre Haarspitzen sind brüchig und blond. Dünne Grenzflüsse, den Hals entlang.

Das Kleid, das sie trägt, habe ich in einem Schaufenster gesehen. Ich habe es anprobiert. Er wollte es mir schenken. Ich habe gesagt, es sei zu eng.

Der erste Mann, der mich hielt, war ein Feuerwehrmann, sage ich. Die Fruchtblase platzte zwei Monate zu früh. Er fuhr mich mit Blaulicht in die Kinderklinik. Meine Mutter hatte mich noch nicht gesehen. Im Brutkasten erkannte sie nichts in mir. Mein Körper war grau.

Du musst jetzt gehen, sagt sie.

Der Mann mit der Haut wie eine Frucht steht am Fenster und nickt. Er beobachtet, wie ich mich anziehe, mit dem Rücken zu ihm; die Strümpfe mit der Spitze, solche, wie meine Mutter sie früher trug, den schwarzen Unterrock, dann das Kleid, die flachen Schuhe. Meine Haut ist kalt. Seine Schwester lächelt.

Ich werde ihm keinen Brief schreiben, sage ich.

Sie nickt.

Im Fenster kreuzen sich zwei Flugzeugbahnen. Denen folge ich.

Liane Dirksl

Als der Herr J. auf dem Trottoir
einen Ausrutscher hatte

… da war es ihm schon sehr peinlich gewesen, dass selbiger ausgerechnet in dem Moment geschah, als ihm das Fräulein entgegenkam, sodass er gewissermaßen in es hineinlief, weshalb das Fräulein – so nahm er es wenigstens an – aus Versehen oder wegen des Schubsers ihr Billett fallen ließ, woraufhin er sich bückte, und dann rutschte ihm auch noch die «Deutsch-Wienerin» aus der Innentasche des Überziehers raus und das war freilich das Peinlichste gewesen. Sie segelte neben das Billett in eine Pfütze. Und zwar mit der Stirnseite nach oben, wo sie entblößt unter einer dünnen Spur klaren Wassers schwamm, denn der Regen hatte ja bereits aufgehört und darum sah man sie nun ungetrübt am Boden liegen. Fotografiert von seinem Freund, dem Stahala, mit dem er ja eigentlich zerstritten war, und zwar gerade wegen dieses Fotos, neuerdings erhältlich im Postkartenformat und gar nicht mehr lustig, jedenfalls nicht mehr so, wie es ursprünglich angefangen hatte. Lustig, jawohl, mit einem Witz am Abend beim Schoppen im Sonnenhof. Wo die alte Püplat die Bratkartoffeln so herrlich kross briet und der Wurstsalat kein bisschen fett war, sondern die Lyoner rosig leuchtend mit gutem Essig angemacht und die Zwiebeln genau richtig – nicht zu viel und nicht zu wenig –, und dann machte sie noch frische Petersilie dran, die glatte, Herr J. liebte die glatte.

Der Stahala, der Hund.

Das hatte den schon immer beschäftigt, wie er es anstellen könne, die «Bildchen», wie der Stahala sie nannte, zum Glück sprach er nicht von Porträts, sondern von Bildchen, manchmal allerdings auch von «seinen kleinen Kunstwerken», jene also unters Volk zu bringen, und zwar mit Rendite, für Bares, mit Gewinn. Ohne dass man ihm etwas anhaben konnte, freilich. Mittels der Kunst hatte es ja nicht geklappt. Da war ihm die Sittenpolizei auf die Schliche gekommen. Dass es keine Kunst war, eine Nackerte vor einen Ölschinken zu legen, auf dem ein Hirsch röhrt, sie dann abzulichten und «Daheim und auch im Walde» darunter zu schreiben. Oder vor eine dilettantisch be- malte Leinwand mit Pyramide drauf, perspektivisch völlig verzogen, und von Perspektiven verstand der Herr J. etwas, denn er war technischer Zeichner, einen Schemel zu stellen, der Dame das Gesicht unterhalb der Augen zuzuhängen, sie sich rittlings verrenken zu lassen auf nämlichem Schemel, den eine Satteldecke zierte, die in Wahrheit ein von Motten zer- fressener Teppich war, und drunter zu schreiben: «Ägypterin vor dem Bade in der Oase». Und da der Stahala nicht nur lüs- tern und geldgierig war, sondern zuvörderst eitel, hatte er sei- nen Namen eindrucken lassen:

«Fotografische Kunstanstalt D. Stahala, k. u. k. Wien».

Was eine Unverschämtheit war, wegen der Kunst und dem nachgestellten k. u. k., weshalb man ihm aber nichts hatte an- haben können, denn es war nachgestellt und Wien war k. u. k. und die Stahalsche Kunstanstalt war es nicht. Trotzdem kam die Anzeige und weil der Stahala nicht zur Vorladung gegan- gen war, hatten sie halt eines Tages vor seiner Tür gestanden, die Herren Uniformierten. Doch weil es Herren waren, war der Anstoß, den sie nahmen, so groß nun auch wieder nicht und der Stahala, damals wirklich noch sein Freund, war mit einer Geldstrafe davongekommen.

«Verzeihung, ein Ausrutscher», sagte der Herr J. und neigte sich nun entschieden der verfluchten Karte zu. Wieso hatte er sie überhaupt eingesteckt und ausgerechnet heute:

«Deutsch-Wienerin, 19 Jahre, Eltern angeblich ‹Hiänzen› aus der Ödenburger Gegend».

Peinlich war ihm das, höchst peinlich. Und jetzt bückte sich das Fräulein auch noch, um nach ihrem Billett zu greifen, aber in Wahrheit griff sie nach der Karte, und weil er den Kopf zurückzog, mit dem zugeklappten Schirm in der Rechten nicht wusste wohin, sich mit der Linken an den Hut griff, damit dieser, die Peinlichkeit womöglich noch erhöhend, nicht herabfiel, was zur Folge gehabt hätte, dass sein bereits leicht schütteres Haar durch die Nachvornbewegung die Façon verloren hätte, was sie, das Fräulein, der blassen Kopfhaut ansichtig gemacht hätte und ihn wiederum in nicht besserem Licht hätte erscheinen lassen, sondern als das, was er war, ein nicht mehr ganz so frischer Herr, deshalb war das Fräulein, diese patente, fesche, kleine Person, diese höchst adrette Erscheinung, mit der er sich einen kleinen Zusammenstoß insgeheim schon immer gewünscht hatte, nun auch noch schneller als er. Sie griff die Karte, schüttelte sie und reichte sie ihm, ihn dabei direkt in die Augen blickend, mit dem Abbild nach oben.

Im Nachhinein sollte der Herr J. gerade dieses Detail entzückend kokett finden, jetzt hingegen empfand er anderes. Weil er nämlich in der Lage war, das Szenario – Folge des Schocks über das Geschehene – nicht nur sich zu vergegenwärtigen, sondern es auch gewissermaßen von oben herab, als sei er außer sich, auch noch zu betrachten, deshalb empfand er weiter nichts als das zweisilbige Wort: Vorbei. Nun ist es vorbei.

Es hatte noch gar nicht richtig angefangen, aber nun war es vorbei.

Und das alles wegen dem Stahala mit seiner Kunstanstalt, diesem Hund.

Der die Schoppen ziemlich schnell nach hinten kippen konnte, nicht eben, wie es sich gehörte für einen guten Wein und an nämlichem Abend, als es ihm eingefallen war, wie er es bewerkstelligen könne mit seinen Kärtchen, den Bildchen, den «kleinen Kunstwerken»: «Eine Cechin, 23 Jahre, im Walde irrend» – nackte, hinter einem Baum hervorlugende Vollbusige, der Deutsch-Wienerin verdammt ähnlich, «Stuttgarterin aus dem Arbeiterstande, 17 Jahre alt» – nacktes Mädchen mit großem Hinterteil neben einem Waschkorb, «eine magyarische Tänzerin, 19», an jenem Abend jedenfalls, da hatte der Stahala bestimmt schon fünf getrunken und er selbst, nun gut, auch schon drei, da hatte er die Püplat gefragt, wie sie es denn eigentlich anstelle mit den Bratkartoffeln, dass sie so ebenmäßig kross seien. Eine Frage, so ganz nebenbei, deren Antwort die Alte mit der freien Hand, in der anderen hielt sie die Gusseisenpfanne, über den Tisch fegte: dass sei eine Wissenschaft für sich, davon verstünden die Männer gar nichts.

Woraufhin der Stahala aufgesprungen war, im Sprung geschrien hatte: «Das ist es!», ihr um den Hals gefallen war, sie abgeküsst hatte, weshalb sie die Pfanne absetzen musste, die heiße auf den Tisch, was einen Brandflecken gab, weil sie den dort bereits befindlichen Untersetzer verfehlte. «Genau das ist es!», hatte er geschrien und gelacht und eine Art Veitstanz aufgeführt mitten in der Wirtschaft.

«Eine Wissenschaft für sich! Von der die Männer nichts verstehen.»

Mit der Gabel in der Luft herumrudernd hatte er erklärt, er wisse nun, wie es ginge. Und das war der Witz gewesen, jawohl. Denn es war lustig gewesen, wie der Stahala ihm, dem J., im Folgenden erklärt hatte, wie er um die Bildchen herum einiges formulieren werde, was es rechtfertige, den Frauenleib, nun, gewissermaßen, nicht anzusehen, sondern zu untersuchen. «Wenn nicht Kunst, dann Wissenschaft!», hatte er erneut ausgerufen. Und da hatte er, der J., ebenfalls gelacht und sie hatten sich Zoten ausgedacht über Kopfgröße und die vergleichenden Maße des werten Hinterns und Listen und Aufstellungen, aber der Stahala, der hat es dann eben auch gemacht. Und zwar mit dem Seip, dem Herrn Dr. Seip. Angeblich war er ein Doktor, nur was für einer, das sagte er nicht. Ein Scharlatan war der, ein ganz übler.

Und jetzt fiel ihm, dem J., das alles ein. Er würde die beiden am liebsten würgen, wären sie jetzt hier, weil sie ihm nun die Angelegenheit mit dem Fräulein verdarben, nein nicht die Angelegenheit, sein wirkliches Ansinnen an die Schöne, die Rehäugige, die Fesche, die Adrette, die Reine: ‹Was hätten'S denn gern?› ‹Ein Ochsenauge, bitte!›

«Wie heißt denn der werte Herr?», fragte sie keck und hielt ihm noch immer die Deutsch-Wienerin hin.

«Gestatten!», antwortete er geradezu soldatisch korrekt und lüpfte den Hut, «mein Name ist Jäger, Otto Alfons Jäger.»

«Da haben Sie etwas verloren, Herr Jäger», sagte sie, hob die ausgestreckte Hand zu seinen Augen, ihm fiel nichts ein, deshalb antwortete er: «Sie auch.»

«Ja, aber mein Billett ist schon entwertet», entgegnete das Fräulein, indem es ein wenig die linke Augenbraue nach oben zog, was das Fräulein streng erscheinen ließ, um nicht zu sagen indigniert.

Der Herr J. war zu diesem Zeitpunkt bereits zu traurig, um das leichte Zucken ihrer Mundwinkel zu bemerken, das man im Verein mit der hochgezogenen Braue auch hätte anders deuten können als streng.

Er nickte, verneigte sich, nahm die Karte an sich und hätte

am liebsten geweint. Wenn hier etwas entwertet war, dann war es er.

So viele Ochsenaugen hatte er bei ihr bestellt und gegessen, und nie hatte sie bei der immer gleichen Bestellung gesagt «wie üblich?». Nein, immer hatte sie ihn gefragt, so nett, korrekt und auch bescheiden. Er hatte ihr in die Augen gesehen und ach! auf ihre anmutige Erscheinung, so klar und rein und fein, und wenn sie ging, sich drehte, auf das gestärkte Stoffschleifchen über dem wohlgeformten Hinterteil, klein und zart davonwippend. Er hätte ihn streicheln mögen. Jetzt hielt er stattdessen die nackte Fette in der Hand, ein Bild auf einer Karte, aus dem der Stahala ein Buch machen wollte mit wissenschaftlichen Erläuterungen des angeblichen Herrn Dr. Seip, mit dem der Stahala jetzt so oft zusammenhockte. Erläuterungen über den Frauenleib − der Seip war drauf gekommen − im Vergleich der Rassen.

Geschmacklos fand Otto Alfons Jäger das, aber er hatte die Karte dennoch eingesteckt aufgrund allerdings seiner, ganz anders als es zu vermuten anstand, stattgefundenen Erregung.

«Stahala, du Hund», hatte er gesagt, «du bist weiter nichts als dreckig.» Denn ihm gefiel das nicht, dass jetzt Maßangaben unter den Bildern standen so wie bei seinen Zeichnungen, die er für Bauvorhaben anfertigte. Die Herkunft im Vergleich der Rassen wurde aufgeführt und darunter die Bewertung: «Die normale Verbreiterung des Oberschenkels gegen den Rumpf hin um 20 Zentimeter bei einer Cechin aus Tabor, 19 Jahre alt, mit deutlich arischem Einschlag. Angenehme Schönheit im mittleren Bereich.» «Panonisch slavischer Typus mit Spitzbrüsten und Brautschmuck, Taillenumfang 82 Zentimeter …», und nun sollte die Deutsch-Wienerin auch noch abgedruckt werden, in jenem Werk als Beispiel einer zur weiteren Verbreitung gewünschten Form, eine Art Katalog war es, den sie aufstellten, der Stahala und der Seip, mit Auswahlmerkmalen natürlich nicht der Wissenschaft zuliebe, sondern dem Gelde, dem schnöden Mammon.

Doch nun drehte sich das Fräulein weg, zuerst den Kopf, die Brust, den Rumpf, die schöne Taille, die Hüften, dann die Beine, sehr langsam sah er dies geschehen, wie die Drehung einer Zeichnung, langsam, von der Stirn- zur Seitenansicht hin, worauf er ja eigentlich spezialisiert war, der Herr J., der wie gesagt technischer Zeichner war, doch just diese Drehung hier, die sollte nicht geschehen, so ganz von selbst. Nun nahm das Fräulein seinen Weg wieder auf, um aus seinem Leben fort in das Café zu gehen, wo er nach diesem Vorfall auch keine Ochsenaugen mehr essen konnte und den Stahala und den Seip, die dort ebenfalls verkehrten, die wollte er ja sowieso nicht mehr sehen.

Nein, dachte der Herr Jäger da, das ist nicht das Ende, unmöglich kann dies das Ende sein und packte das Fräulein am Ärmel: «Hören Sie», flehte er, «das hier», er holte die Karte wieder raus: «Deutsch-Wienerin, 19 Jahre, Eltern angeblich ‹Hiänzen› aus der Ödenburger Gegend», und hielt sie vor sie hin, das hat mit mir nichts zu tun. Das ist eine Deutsch-Wienerin, «das fing mit Bratkartoffeln an und mit Wurstsalat, alles Weitere ist mir abträglich, eine Wissenschaft für sich und ich kann nichts dafür, ich habe doch all die Ochsenaugen nur wegen Ihnen gegessen, verstehen Sie denn?»

«Das da», antwortete das Fräulein da sehr entschieden auf sein Gestammel, «ist meine Freundin Zosia aus Krakau. Sie ist 22 Jahre alt und ihre Eltern kommen aus Lodz. Und über Ihren Verkehr, Herr Jäger, mit dem Herrn Stahala und dem angeblichen Herrn Dr. Seip wundere ich mich schon seit langem sehr. Und außerdem würde ich an Ihrer statt, werter Herr, die Donauwellen essen.»

Und da hätte die Geschichte nun endgültig zu Ende sein können, aber der Herr J. machte das Richtige: Er küsste sie. Mitten auf der Straße küsste er die junge Frau. Ein Akt, dessen
Direktheit alle Peinlichkeit überbot, und weil in diesem
Moment der Regen wieder einsetzte, konnte der Herr J. das
Fräulein auch gleich noch beschirmen, was er sich ja insgeheim schon so lange gewünscht hatte und sie sich auch.

Man kann sich schon denken, dass dieses Paar unzertrennlich
blieb.

Der Herr Jäger musste erstaunlicherweise, wenn er das
Fräulein liebte, immer an den Wurstsalat der Püplat denken, es
ist anzunehmen wegen des Fräuleins rosiger, glatter Haut.
Und das Fräulein schlug weiterhin diesen koketten Ton an,
mit dem sie ihn gewissermaßen als Erstes auf ihren bereits
stattgefundenen Verlust der Unschuld hingewiesen hatte.
Aber nichts ist unschuldig und wird doch – außer ein Billett –
nicht so leicht entwertet.

Am Nachmittag desselben Tages erkannte der Herr J., dem das
Fräulein inzwischen ein wenig die Augen geöffnet hatte, dann
übrigens in einer der Bedienungen die Deutsch-Wienerin,
namens Zosia, Herkunft Lodz.

Was jedoch das Fräulein anging, es hatte sich der Vermes-
sung durch die Herren Stahala und Seip fern gehalten.

Die Auflagen des Buches «Von der Wissenschaft des Frauen-
leibs» sollten in die Tausende gehen. Heute ist sein antiquari-
scher Wert schwer einzuschätzen und in vielerlei Hinsicht un-
ermesslich.

Marcus Schneider
Von Wäsche und so

Murphy kam zu Besuch. Ich mochte es, wenn er mich besuchte. Es gibt Besuch, der etwas von einem fordert, sich mit ungeduldiger Miene in die Küche setzt, hektisch raucht, sich über die Biervorräte hermacht und mit abfälligen Gesten reagiert, wenn man die Vorschläge zur weiteren Abendgestaltung mit einem trägen Bauchkratzen quittiert.

Murphy war da anders. Mit einem beiläufigen «Na?» betrat er die Wohnung, setzte sich schnurstracks in den Sessel, wartete dort bequem, bis man für Zigaretten, Bier und Musik gesorgt hatte, und begann direkt und ohne jede Vorwarnung mit einer Geschichte.

«Ich bin mit Rebekka Wäsche kaufen gewesen, sie wollte meinen Rat hören», begann er.

Rebekka war eine gute Freundin von Murphy, die sich gerade frisch in einen Sportstudenten verliebt hatte.

«Und?», fragte ich.

«Na ja, sie zog dies und das an, trat dann aus der Kabine und glotzte mich an wie eine kalbende Kuh.»

«Du fandst das nicht Spitze?», fragte ich.

Immerhin war Rebekka ein echter Feger, aber man muss wissen, dass Murphy sie vor einigen Jahren wegen einer frigiden Koreanerin verlassen hatte, die sich den Schambereich täglich rasierte. Aus hygienischen Gründen.

«Ach, ich weiß nicht», sagte Murphy, «all das Zeug war ja nicht für mich und ich konnte nur an diesen Idioten denken, wie er ihr die Fummel wieder auszieht und dabei schnauft und schwitzt.»

«Und was hat sie dann gekauft?»

«Strings.»

Wie auf ein geheimes Kommando hin schlugen wir uns an den Kopf und riefen ein «Verdammte Scheiße» aus.

Murphy und ich kamen schnell überein, dass String-Tangas das Schlimmste waren, das man sich vorstellen konnte. Denn so ein String signalisiert: «Ich will es auch.» Das wollen Männer aber nicht hören, natürlich wollen sie auch keine frigiden Koreanerinnen, aber im Grunde geht es ihnen um das Jagen und Erlegen. Manche Männer hingegen stehen auf Strings. Ein Freund erzählte mir einmal, wie er mit einem Mädchen durch den Park ging. Das Mädchen trug eine leichte weiße Hose. Er ging bei Gelegenheit hinter ihr, um zu schauen, ob er nicht ihre Unterwäsche ausmachen könnte. Aber er sah nichts. Solchermaßen erotisiert, sprach er sie darauf an, und sie sagte, dass sie einen String trüge. Er fand das Klasse, und sie gingen in die Büsche, und sie zeigte ihm ihren String und noch einiges andere.

Ich erzählte Murphy diese Geschichte.

«Verrückter Kerl», sagte er.

Auch wenn Murphy die Vorliebe für String-Tangas genauso wenig nachvollziehen konnte wie ich, waren wir doch bei einem guten Thema. Wir sprachen über Frauenunterwäsche. Wir diskutierten Hüft- und Brustformen, Vorlieben und Abneigungen, einigten uns schließlich auf schwarzen Samt. Die Farbe schien uns in jedem Falle vorteilhaft und die Haptik unerreicht.

Wichtig schien uns auch der Blick in den Wäschebestand einer neuen Liebe. Zum einen wusste man dann, woran man war, zum anderen konnte man nur durch diesen Blick die Wäsche, die sie an einem bestimmten Abend trug, richtig deuten. Trug sie an einem Abend beispielsweise ihr Spitzenmodell aus einer Auswahl ansonsten unspektakulärer Modelle, so wusste man, dass sie durchaus damit gerechnet hatte, ihre Wäsche noch vorzuführen. Das konnte einem den Erfolg, es mit ihr ins Bett gebracht zu haben, durchaus vermiesen, da es ja ohnehin in ihrer Absicht gelegen hatte. Trug sie das verwaschene Baumwollmodell mit dem ausgeleierten Bündchen, so konnte man sich zwar rühmen, es entgegen aller weiblichen Absicht bis ins Bett geschafft zu haben, doch blieb auch hier ein fader Beigeschmack, denn entweder war sie sich ihrer Sache zu sicher oder aber Sex war nicht wirklich wichtig für sie. Hier war es vor allem Murphy, der diese These stützte. Wahrscheinlich war die Erinnerung an die frigide Koreanerin noch zu frisch in ihm.

«Und Lisa?», fragte Murphy.

«Und Lisa, was?»

«Na ja, die Wäsche», bohrte Murphy weiter.

Murphy hatte einen wunden Punkt getroffen. Ich kannte Lisa noch nicht lange, vielleicht zwei Wochen, und es gab tatsächlich eine Wäschegeschichte zu erzählen. Ich druckste ein wenig herum, ließ mich ein paar Mal bitten, das gehörte alles zu unserem Spiel, das wir schon so oft gespielt hatten, wenn es darum ging, mit einer interessanten Geschichte herauszurücken. Ich hatte Skrupel, sie ihm zu erzählen, aber es war ein perfekter Sommerabend, die Motten flogen durch das geöffnete Fenster, über dem Nachbarhaus stand der Mond. Ich holte zwei Flaschen aus dem Kühlschrank, wies bedeutungsschwanger auf den Mond und sagte:

«Schau ihn dir gut an, jetzt hörst du, warum ich beim alten Mond immer an Lisa denken werde.»

«Sentimentaler Scheiß», sagte Murphy.

«Wart's ab», sagte ich und erzählte folgende Geschichte:

Lisa

Die ersten Tage mit Lisa ließen sich eigentlich sehr gut an. Wenn sie mich besuchte, war es nett, wir konnten morgens am Frühstückstisch sitzen und die Zeitung lesen. Manchmal stockte das Gespräch, dann erzählte ich Quatsch und sie lachte. Und als ich in einem schlimmen Vollrausch überall gehörnte Zeppeline landen sah und mich vor den Taschenlampen der Häscher in den Büschen versteckte, behielt sie die Ruhe, brachte mich nach Hause, erklärte mir, dass in der Waschmaschine niemand wohne, der sich zu besuchen lohne, blieb, bis ich eingeschlafen war, und am nächsten Tag war der vorwurfsvolle Blick schnell verschwunden.

Ich begann mich wohl zu fühlen, denn sie bestand auch nicht darauf, dass wir uns jeden Tag sahen. Doch dann passierte etwas, eine Kleinigkeit nur, doch alles kam ins Rutschen und stimmte irgendwie nicht mehr.

Der Sommer war einigermaßen verregnet. An einem Samstag war das Wetter erträglich und wir fuhren zum Spazieren ans Meer. Lisa trug eine grüne Leinenhose und als ich mich nach einer Weile am Strand zurückfallen ließ, um nach Steinen Ausschau zu halten, die ich übers Wasser springen lassen konnte, sah ich ihn.

Unter dem grünen, ganz und gar nicht blickdichten Stoff ihrer Hose zeichnete sich ihr weißer Spitzen-String-Tanga ab, oberhalb ihrer Backen sah ich ein kleines weißes Dreieck, das sich nach unten hin verjüngte, um dann zu verschwinden. Ich war beunruhigt. Wohin verschwand der String? Nicht dass ich es nicht wusste, aber ich weigerte mich, es zu realisieren. Diese offensive Betonung des weiblichen Hinterteils ließ mich an Schnabeltiere denken. Schnabeltiere sind Kloakentiere, das heißt Geschlechtsöffnung und Anus sind eins. Ich stellte mir die Sexualität der Schnabeltiere vor, in einer feuchten stinkenden Höhle am Fluss, hektisches Gezappel merkwürdiger Kreaturen.

Ich vermied es, im weiteren Verlauf des Spaziergangs hinter ihr zu gehen, war stets ein paar Schritte voraus und drängte überhaupt zur Eile. Ich schnaufte tief durch, als Lisa im Auto wieder auf dem saß, was anzuschauen mir den Schweiß auf die Stirn trieb. Während der Fahrt beruhigte ich mich damit, dass sie den String wahrscheinlich nur aus praktischen Erwägungen angezogen hatte, um die «SSL», die «Sichtbare-Slip-Linie», zu vermeiden. Der restliche Tag verlief entspannt beim Italiener und bei Dosenbier in der Küche, kaum dass ich noch an den String gedacht hätte, zumal Lisa sich eine Jeans angezogen hatte, deren Stoff sich nun wie ein Mantel des Vergessens über die lauernde Gefahr gelegt hatte. Irgendwann stand Lisa auf, ging mit meiner Pyjamajacke ins Bad, ich trank mein Bier, Lisa ging ins Bett, ich trank noch ein Bier, Lisa rief, wann ich käme, ich trank noch ein Bier. Als ich ans Bett trat, schlief Lisa, das Gesicht der Wand zugewendet. Ich schlug die Bettdecke zurück, und der Mond ging auf. Mit diesem Anblick hatte ich nicht mehr gerechnet, ich hatte ihn verdrängt. Unter der Bettdecke lag, groß und weiß mir entgegengestreckt, Lisas Hintern, durch den String-Tanga auf das Unvorteilhafteste zur Geltung gebracht.

Ich beeilte mich, unter die Bettdecke zu kriechen, möglichst vorsichtig, damit Lisa nicht aufwachte. Doch Lisa wachte auf, drehte sich herum, begann mich zu küssen, sie schmeckte schon nach Schlaf.

Sie wälzte sich auf mich, ich begann mit der rechten Hand nach dem Lichtschalter zu tasten. Ich konnte ihn nicht erreichen. Das Licht blieb an, also musste als Erstes der String verschwinden. Ich fand ihn unter der Bettdecke, zerrte ihn herunter und warf ihn so weit durchs Zimmer, als ich es in meiner angespannten Lage eben vermochte. Lisa begann schneller zu

atmen, und ich fragte mich, wie ich aus der Nummer heraus-
kam, denn ich konnte nur an den Mond denken. Ich hätte es
auf das Bier schieben können, aber diese Ausrede schien mir
zu plump, vor allem nach der Zeppelinnacht. Dann hatte ich
eine Idee. So sanft es mir eben möglich war, rollte ich Lisa von
mir herunter, ging in das Nebenzimmer und fand die Flasche
mit Janas Parfum, die in meinem Bücherregal stand. Ich nahm
sie, ging damit zum Bett zurück und kroch unter die Decke.
Lisa fragte, was ich gemacht habe. Statt einer Antwort hörte
sie ein «PFFFT, PFFFT». Ihr «Was soll das?» ignorierte ich
und quittierte es mit wilder Leidenschaft. Das schien ihr als
Antwort für den Augenblick zu reichen. Ich hatte die Augen
geschlossen und versuchte, an Jana zu denken. Es funktionierte eine Weile ganz gut, und auch Lisa schien es zu gefallen.
Dann überdachte ich meine Situation. Ich lag mit einer Frau
im Bett mit einem Hintern wie ein Mond, die ich mit dem
Parfum meiner Exfreundin besprüht hatte, um ihren String-
Tanga zu vergessen. Ich begann leise zu lachen und drohte alle
Konzentration zu verlieren, aber die hatte ich bitter nötig.
Also versuchte ich, an etwas anderes zu denken. Die Geschichte mit dem Parfum erinnerte mich an die Pferdezucht.
Auch hier sprüht man die Stuten mit bestimmten Lockstoffen
ein, damit der Hengst schnell drüberspringt. An dieser Stelle
signalisierten mir Lisas Hände, dass sie von mir genau das erwartete. Ich konnte nicht, denn mir fiel ein, dass Lisa ja auch
ritt, sogar ein eigenes Pferd besaß. Das schien mir unglaublich
komisch zu sein. Lisa wurde ungeduldig, bockte, warf mich ab
und wurde vom Pferd zum Reiter. «Aha», dachte ich. Ihr Gesicht wirkte zunehmend unentspannt, wie das eines Jockeys,
der beim Grand National in Führung liegend das letzte Hin-
dernis fixiert. Ich dachte an Nachmittage mit den Jungs auf
der Rennbahn, an unsere große Dreierwette, die absolut wasserdicht war, aber dann lief Pasteur Vixie nicht, dabei hatte er

alle Grasbahnrennen in den letzten drei Jahren mit mindestens einer Länge gewonnen. Lisa riss mich aus den Gedanken. Sie stieg ab, legte sich auf den Bauch neben mich und ich tat, was von mir erwartet wurde. Hier fiel mir ein beliebtes Spiel meiner Jugend ein. Wir lagen im Gras und Münster oder Meyer rief aus: «Stell dir vor, man tötet dich. Deine einzige Chance ist es, mit einem Tier deiner Wahl zu schlafen.» Dann dachten wir darüber nach. Rehe wurden genannt und auch Schafe waren sehr beliebt. Ich entschied mich damals für eine weiße Stute. Und dann öffnete ich die Augen, sah Lisa und fühlte mich, als würde das Spiel zur Wirklichkeit. Ich schloss die Augen schnell wieder und versuchte erneut an Jana zu denken. Das fiel mir schwer, denn ich hatte ihr Parfum auf Lisas Bauch gesprüht und hier hinten war nicht viel davon wahrzunehmen. Und ich verzweifelte, versuchte die Vanessa-Paradis-Nummer, die mir schon einige Male gute Dienste geleistet hatte. Ich landete aber immer wieder bei der weißen Stute. Schließlich entzog Lisa sich mir, der Spaß war nun auch für sie vorüber.

Nach einer Weile lagen wir rauchend nebeneinander. Nach ein paar Zügen sagte Lisa, dass es für sie nicht besonders gut gewesen war, was ich nachvollziehen konnte, denn ich hatte in Gedanken ja mit einem Pferd geschlafen.

Irgendetwas war in dieser Nacht zerbrochen, das zuvor vielleicht noch gar nicht ganz zusammengesetzt gewesen war. Ich vermied es seit dieser Nacht mit Lisa auszugehen oder gar mit ihr zu schlafen. Und alles hatte mit diesem verdammten String begonnen.

Murphy lachte nicht, als ich ihm die Geschichte erzählte. Er nahm eine Zigarette und sagte:

«Du musst mit ihr reden.»

Nachdem Murphy gegangen war, saß ich im Sessel und

wusste, dass er Recht hatte. Ich wollte es gleich tun, es war noch nicht spät.

Ich rief Murphy an, zum Glück war er direkt nach Hause gegangen.

«Ich sag's ihr, heute noch.»

«Und was sagst du ihr?», fragte Murphy.

Das war eine gute Frage, denn immerhin konnte ich Lisa schlecht die Geschichte vom String, dem Mond, dem Jockey und der weißen Stute erzählen. Wir kamen überein, dass ich es mit der «Ich lass mir alles aus der Nase ziehen»-Masche probieren sollte.

Nachdem ich Murphy versprochen hatte, mich nach dem Gespräch mit Lisa bei ihm zu melden, wählte ich ihre Nummer.

Sie begann mit einem «Lebst du noch?», eine ideale Ausgangssituation für die «Ich lass mir alles aus der Nase ziehen»-Masche. Ich antwortete einsilbig, legte lange Gesprächspausen ein und wartete, dass Lisa zu bohren beginnen würde, denn jede Frau beginnt in einer solchen Situation zu bohren, mit einem «Du hast doch was» oder «Was ist los mit dir?» oder wenigstens «Was denkst du?». Lisa tat es nicht, was mich bestürzte, das Gespräch lief weiter schleppend, und ich überlegte krampfhaft, auf welche Taktik ich umschwenken sollte, doch das musste ich mit Murphy besprechen. Ich beendete das Gespräch mit Lisa unter einem Vorwand und rief Murphy an.

«Und?», fragte er.

«Ich hab's vermasselt», sagte ich.

Wir sprachen eine Weile, wägten das Für und Wider der «Offen und ehrlich»- und der «Du spürst es doch auch»-Masche ab. Wir begannen uns gerade auf die «Du spürst es doch auch»-Masche zu einigen, als es an der Tür klingelte. Verdammt, wie hatte ich in dieser Situation vergessen können, die Lichter zur Straße zu löschen, ein echter Anfängerfehler.

«Scheiße», sagte ich, als ich den Summer betätigte, «sie hat es nicht verstanden, oder eben doch. Scheiße, Mann, sie läuft die Treppe rauf.»

«O.K.», schrie Murphy in höchster Aufregung. «Nimm die ‹Ich nehme alles auf mich›-Taktik und lass den Hörer liegen. Leg um Himmels willen nicht auf und lass den Hörer liegen.»

Ich war zu verstört, um lange nachzudenken, außerdem hatte ich einen guten Platz für das schnurlose Telefon zu finden. Lisa durfte es nicht sehen und Murphy musste alles verstehen können. Ich legte das Telefon auf den Küchenschrank, wegen der Akustik, und dann betrat Lisa die Küche: «Ich wollte mich nicht mit dir am Telefon streiten.»

Ich suchte schnell nach meiner Unschuldsmiene, fand sie hinter der Überraschung und der Verzweiflung stümperhaft versteckt, zerrte sie hervor, drehte mich um, brachte ein «Wieso streiten?» heraus und begab mich in das Unvermeidliche. Ich machte in Gedanken eine Liste, darüber schrieb ich: DIE «ICH NEHME ALLES AUF MICH»-TAKTIK und begann abzuhaken.

1. Du denkst nur an dich   Ja, abgehakt
2. Ich bin dir wohl ganz egal   Hmm, abgehakt
3. Du spielst mit meinen Gefühlen   Schweigen, abgehakt
4. Kannst du dir vorstellen, wie ich mich fühle   Nein, abgehakt
5. Ich fühle mich ausgenutzt   Das tut mir leid, abgehakt
6. Du bist ein Schwein   Das kann sein, abgehakt
7. Knallen mit der Tür   Aufatmen, abgehakt

Ich steckte mir eine Zigarette an und nahm den Hörer vom Küchenschrank.

«Und?», fragte ich.

«Perfekte ‹Ich nehme alles auf mich›-Taktik.»

«Danke, kommst du vorbei auf ein Bier gegenüber? Heute ist Mittwoch.»

«Klar», sagte Murphy.

Ein wenig später saßen wir beim Bier. Mittwoch war Carmen-Tag. Sie brachte uns das Bier und wir saßen ganz am Ende der Kneipe, damit wir ihren Gang möglichst lang bewundern konnten. Sie war ganz und gar ein Reh, nichts an ihr erinnerte an ein Pferd. Das tat mir sehr gut.

«Mit welchem Tier würdest du am ehesten schlafen, wenn man dich sonst tötete?», fragte ich Murphy.

«Ich glaube mit einem Seehund», sagte er.

Dass Murphy so schnell mit einer Antwort bei der Hand war, ließ mich spüren, dass auch er sich schon häufig mit dieser Frage auseinander gesetzt hatte. Mich beruhigte das irgendwie.

«Und du?», fragte Murphy zurück.

«Mit einem Reh», sagte ich.

«Gute Wahl», sagte Murphy.

«Ja», sagte ich und winkte nach zwei neuen Bier.

Schöne Sünden

Unten ruft der Sandkasten. Er ruft laut und zieht. Zieht Lena zu seinem dunklen Knirschen. Alle drei passen gerade rein.

Lena hüpft die Treppen runter, klingelt bei Hellmanns, fragt, ob Ingo raus darf. Er darf.

— Sollen wir Moni abholen?

Ingo schaut sie von der Seite an. Wahrscheinlich hat er Angst, dass die Mädchen wieder in der Überzahl sind. Er zieht die Stirn kraus, das heißt, er will was nicht.

— Meine Mutter hat einen neuen Freund!, sagt er.

Da sind sie schon an Monis Haustür vorbei.

Vielleicht macht es zu zweit sogar mehr Spaß.

— Und, ist er nett?

— Ja, ganz o.k. Aber meiner Mutter erzähl ich, dass ich ihn doof finde, dann bleibt sie abends länger bei mir am Bett sitzen. Ich darf jetzt viel mehr.

Sie gehen durch die Toreinfahrt, die Mülltonnen stinken. Am Ende, wo der Wind aufhört, ist der Garten mit dem Sandkasten. Er liegt im Schatten und oben drüber wachsen die Blätter des Pflaumenbaums. Das ist gut, so kann man vom Haus nicht in den Sandkasten sehen. Weiter hinten ist eine Teppichstange, an der sie manchmal als Fledermaus hängt. Der kleine Kirschbaum steht da und sieht aus wie ein Fohlen. Wenn sie alle Kirschen aufhaben, werden die Pflaumen reif. Im letzten Sommer waren es so viele, dass ihre Mutter Pflaumenkuchen gebacken hat.

Mit Moni haben sie ein Loch in den Sand gegraben, die Decke darüber gelegt und einen Ast aufrecht in die Mitte gesteckt. Es war eine gute Höhle. Sie sind reingekrochen, alle drei. Erst Ingo, er war der Vater, dann sie, die Mutter, und dann Moni, das Kind. Kinder kommen immer zum Schluss. Drinnen war es kühl. Und Lena bekam das Baby. Es war eine schwere Geburt. Moni wollte dann unbedingt auch mal.

– Nein, nur die Mutter kriegt Kinder!

– Außerdem hast du ja noch gar keine Pocken! Ingo war entrüstet.

Moni schaute auf Lenas zarte Erhebungen und machte ein Gesicht, als würde sie im Leben keine Brüste mehr erwarten.

– Aber es ist meine Puppe!

Das stimmte. Erst hatten sie Monis Puppe die Kleider ausgezogen, dann ihr das Höschen. Ingo hatte einen Stock ausgesucht und damit bei der Geburt geholfen. Als das Baby da war, wurde es in Lenas Pullover gewickelt, damit es nicht fror.

– Trotzdem! Ingo blieb hart.

Moni schmollte und spielte ein doofes Kind. Zusammen mit dem Babygeschrei wurde es zu blöd. Sie hörten auf.

Als Lena abends in die Wanne stieg, war noch Sand in ihrem Körper versteckt. Sie spülte ihn mit der Dusche weg – das fühlte sich wunderbar an.

Der Sand ist hell aufgehäuft. Sie holen die Spaten aus dem Schuppen und fangen an zu graben. Es geht gut zu zweit, einer schüppt, der andere wirft ihn auf den Haufen, immer abwechselnd – wie das Pendel der Standuhr bei den Großeltern. Die Grube wird größer, der Sand dunkler. Er riecht auch anders. Bald können sie mit dem Spiel anfangen. Wie es wohl ist ohne Moni. Sie könnten ja spielen, wie man Kinder macht, aber sie weiß nicht, ob Ingo das gut findet.

– Wir wollen mal unsere Ruhe, sagt ihr Vater sonntags, dann verziehen sich die beiden ins Schlafzimmer. Vorher ruft ihre Mutter noch: da ist Saft, und: wenn ihr lieb seid, dürft ihr euch ein Eis nehmen. Aber ihre kleine Schwester mag gar kein Eis.

Zu zweit haben sie viel mehr Platz und Ingo kann sie auch besser untersuchen.

Jetzt ist die Höhle groß genug. Aber es fehlt die Decke. Ohne Decke geht es nicht. Vielleicht finden sie eine in den Garagen. An der Straße hängt über der Toreinfahrt ein Schild *Allee-Garage*, denn im Hof sind Garagen und eine Tankstelle.

Sie stecken die Spaten in den Sandhaufen und laufen rüber zum Hof. Der Tankwart soll sie nicht sehen, er hat sie einmal erwischt beim Feuerchen machen. Rennt doch selber immer mit Zigarre im Mund rum.

Die Garage von Lenas Vater ist offen, wie die meisten. Ingo geht vor. Drinnen ist es ziemlich dunkel, nur ein Lichtstreifen kommt durch den Spalt der Tür, die sie schnell wieder zugemacht haben. Es riecht nach Öl und irgendwie nach Katze. Lena weiß, wo der Lichtschalter ist, aber nicht, ob ihr Vater eine Decke hat.

Hat er nicht.

Kurz überlegt sie, ob das Spiel auch in der Garage ginge, aber es ist ungemütlich da, und wenn ihr Vater früher nach Hause kommt ... Blöd – sie hat jetzt richtig dolle Lust darauf, so wie sie manchmal ganz großen Durst hat. Wie geht eigentlich Kinder machen? Sie hat auch so was wie einen Pimmel, nur kleiner. Und wenn sie am Ohrensessel hin- und herschubbelt, fühlt sich das toll an, überall im Körper. Hat sie vor kurzem entdeckt. Abends im Bett reibt sie ihn, Spucke auf den Finger und los, und kann gar nicht mehr aufhören, so schön ist das.

– Komm, wir suchen woanders, sagt Ingo und fasst sie dabei an der Hand. Das hat er noch nie getan. Seine Hand ist trocken, jeder Knochen bewegt sich. Sie fühlt den Druck, ganz fein. Sie lässt sich von ihm bis zur Tür ziehen.

– Das Licht!

In der nächsten Garage steht ein altes Auto, eine Ente, Regale mit Werkzeug und Blechdosen, daneben blaue Plastiksäcke.

– Ich hab im Fernsehn einen Film gesehen, da sexen sie in so einer Ente. Das Auto hat total gewackelt. Ingo macht die Bewegung mit dem Oberkörper nach.

Solche Wörter sagt er erst seit kurzem.

Lena untersucht die Plastiktüten, vielleicht findet sich so was wie eine Decke. Sie spürt noch die Berührung seiner Hand. Es kribbelt, und sie mag die Altkleider in der Tüte damit nicht anfassen.

Plötzlich hat sie Hunger. Nicht auf Käsebrote. Auf Süßes. Schrecklichen Hunger auf Schokolade. Sollen sie doch Naschkatze sagen. Am liebsten würde sie sofort rauflaufen und welche essen. Aber die Tafel ist schon angebrochen und reicht nicht für beide.

– Ich muss pinkeln! Ingo verzieht das Gesicht.

Soll sie mit ihm gehen? Oder lieber nach oben, Schokolade essen. Beim Runterrutschen auf dem Treppengeländer kommt auch immer das Gefühl in der Mitte.

– Gehst du auf die Wiese?

– Ja.

– Dann komm ich mit!

– Wieso?

– Weil ich Lust hab.

– O.k., aber nur, wenn du auch musst!

– Klar.

Sie marschieren zwischen den Garagen durch zur großen Wiese. Auf ihr liegt ein Schatten von den Wolken am Himmel.

Es ist windig. Ingo schaut sich um. Er geht zu einer Stelle, wo das Gras höher steht, zieht den Reißverschluss runter:

– Ich mach jetzt hier.

Schon schießt der Strahl raus, gegen Gräser, und breitet sich dunkel am Boden aus. Ingo steht da wie ein Flitzebogen.

Viel sieht Lena nicht. Sie würde gern mal wissen, wie es sich anfühlt, wenn es rausspritzt.

Ingo ist etwas kleiner als sie, aber stärker. Sie geht näher ran, schaut, wie er nach unten guckt und pinkelt. Sein Hals kommt aus dem Kapuzenhemd wie der Pimmel aus seiner Hose. Die Haut sieht weich aus, und wo es rund wird, sind Himbeerdellen und es kullert. Sie würde es schon gerne anfassen, nur einmal. Ingo bewegt sich. Haut er sie? Nein, er bleibt so stehen. Ein Drachen flattert hoch oben.

Jetzt könnte Lena ihm was zeigen.

Sein Strahl ist kürzer geworden, er hat fast fertig gepinkelt. Schnell streckt sie einen Finger aus und hält ihn drunter. Es ist warm wie das Meer im Traum.

Dann tut sie es.

Lena hat einen Rock an. Stopft ihn vorne in den Bund, zieht die Unterhose runter. Das Gummi schneidet in die Kniekehlen. Mit den Fingerspitzen faltet sie ihre Lippen auseinander wie einen Schmetterling. Vorsichtig rückt sie die Spalte nach oben, und da kommt es raus, klein und länglich und so rosa wie die Kirschen, bevor sie reif sind.

– Guck mal!

Ingo schaut.

– Siehst du, so ähnlich wie deiner.

Er schaut. Die Hose ist noch offen.

– Ja, sagt er, und es klingt überrascht.

Er greift in die Hose, holt seinen wieder raus und zieht die Haut nach hinten. Da kommt was zum Vorschein, das ist größer als ihr Kitzler, hat aber die gleiche Farbe. Und einen Mund, ein kleinen Fischmund.

Jetzt muss Lena auch.

Sie geht in die Hocke, und als sie loslegt, fallen die ersten Tropfen vom Himmel. Ingo streckt die Hände aus und lacht.

die frau, der mann, das kind

Sie trifft ihn beim griechen. er steuert den letzten freien tisch an und sie rennt fast, um gleichzeitig mit ihm anzukommen. er will ihr den tisch überlassen, aber sie besteht darauf, dass er ebenfalls platz nimmt. er ist es, denkt sie. der richtige. endlich. mittellange blonde haare, blaue augen. kein weiches blau. stahlblau sozusagen. und ein marienkäfertattoo am hals. der körper schmal, sehnig, nicht zu muskulös. sie hat geträumt von ihm. von dem richtigen. nicht nur einmal. er mustert sie kurz. sie ist nicht sein typ. groß, blond, kräftig, weit über dreißig. zu alt. viel zu alt. aber da ist etwas, dem er sich nicht entziehen kann. etwas leichtes, spielerisches. gleichzeitig fest entschlossenes. in ihrem blick und in ihren bewegungen. er bestellt einen samos. sie nimmt das gleiche. eigentlich hatte sie essen wollen, aber es ist nicht mehr der gleiche hunger, den sie jetzt verspürt. sie leert ihr glas auf einen zug. *komm,* sagt sie dann. einfach nur *komm.*

sie schließt die haustür auf. er lacht nervös. ein abenteuer. die erste frau. seine haut fängt zu kribbeln an, als sie ihn ohne umschweife ins schlafzimmer führt. ein bett, ein großer teddy, ein schrank. sie beginnt ihn auszuziehen. das kribbeln erreicht seine waden. der teddy. spielen. sie spielt bestimmt gern. *du kriegst mich nicht,* ruft er und kriecht unters bett. es flockt ein wenig. sie ist keine gute hausfrau. das nicht. sie kriecht hinterher. er versucht, ihr zu entkommen. aber sie ist schneller, schneidet ihm den weg ab. das kribbeln ist überall. er will sie küssen. *noch nicht,* sagt sie, *mach die augen zu.* er hört, wie sie

die schranktür aufschließt. etwas herausholt. er schlägt die augen auf. lederriemen. sie hat fantasie. er lächelt, legt sich, zieht
sie zu sich herunter. schiebt ihr die bluse hoch und vergräbt
sein gesicht in ihren vollen weichen brüsten. *noch nicht,* sagt
sie, *mach die augen zu.* sie steht auf. schnallt ihn auf dem bett
fest. beugt sich von hinten über ihn. *jetzt.* er schaut sie an.

irgendetwas schnürt ihm plötzlich die kehle zusammen. die
erkenntnis, dass die frau eine verdammte ähnlichkeit mit dem
kleinen mädchen hat. dem vor zwei jahren. und dann die
drahtschlinge, die sich langsam fester um seinen hals zieht.
mitten durch das marienkäferchen.

Fabienne Pakleppa
Zuschauen und zählen

Wie viele Züge noch, flucht Alice, der zweite ist vorbeigerast, die Bahnschranke rührt sich nicht. Viereinhalb Minuten schon wartet sie im Auto. Motor abgestellt, Radio dito. Alle Fenster offen. Sie lauscht. Weder dem nervigen Vögelgezwitscher noch dem Gesäusel des Winds in den großen Ulmen links, auch nicht dem Geraschel der Fliederbüsche am verlassenen Bahnwärterhäuschen. Flieder? Mitte Juni ist er längst abgeblüht, daneben sind die Haselnusssträucher verwildert und haben das gepflegte Ziergrün mit den roten Glöckchen verschluckt. An der Ecke wuchert ein Jasmin, der penetrant süßlichen Duft in ihre Richtung ausströmt. Manche Menschen bekommen davon Heuschnupfen, heulen Rotz und Wasser mit geröteten Augen, sie kriegt nur Hassanfälle. Gegen die Natur. Gegen diese da, ihre eigene, ganz besonders. Wüste, ewiges Eis, Dschungel könnte sie vielleicht noch verkraften. Das hier nicht. Sie persönlich würde sofort das gesamte Gebiet zwischen München und Fürstenfeldbruck zubetonieren. Als Anfang. Ein erster Schritt. Der Rest der Republik kommt später.

Einige Wagen weiter hinten röhrt jemand in sein Handy. Ja, Mutti, tut mir leid, ich stecke im Stau und schaffe es nicht bis zum Mittagessen. Ja, Mutti, bis heute Abend. Ja, Mutti, ist gut. Ja, genau. Und tschüss. Die paar Minuten an der Bahnschranke hätten dem Schweinsbraten nicht geschadet, Bubilein, Herzilein, die Kruste wäre nur noch krosser geworden. Im Rückspiegel sieht Alice ein gestandenes Mannsbild, einen

Macher, die Hemdsärmel hochgerollt, zu viel Masse um die Körpermitte. Vierzig, fünfzig Jahre alt, noch ist es Zeit, sich etwas zu gönnen, nebenbei ist das auch gut für die Figur. Der Herr lügt Mutti an, lügt die Gattin an. In der Mittagspause wird erst gevögelt, auf dem Rückweg das Clubsandwich im Auto gemampft. Mit Truthahnbrust oder mit Thunfisch, mit Mayo, Tomatenscheiben und einem Blattsalat, es muss sein nach dem Kalorienverbrauch in der Horizontale. Zwei Kilometer Luftlinie hinter der Bahnschranke steht nämlich das Hexenhäuschen, ganztags offen, ganzjährig, kein Ruhetag, warum auch, die Lust muss man befriedigen, wenn sie aufsteigt, klar doch. Solange Sie können und so viel Sie wollen. Geiler Werbespruch, wirklich wahr. Oder andersrum. Solange Sie wollen und so viel Sie können. Für eine bescheidene Pauschale erst ficken, dann fressen. Bei uns ist es ganz familiär, bringen Sie ruhig die Gefährtin mit, Kinder leider erst ab achtzehn. Jeden ersten Samstag im Monat gibt es den Swingerclub für Aufgeschlossene, im Prinzip nur Pärchen. Damen ohne Anhang dürfen gratis mitmachen. Herren allein nur ausnahmsweise. Die Stammkunden halt. Unterwäsche oder Bademoden Pflicht, sonst alles freiwillig. Keiner wird zu nichts gezwungen, wie Lola verkündet, also behalte deine Pfoten bei dir, wenn die Lady nein sagt, capito? Alles roger, Süße, große Liegewiese für Gruppen, Séparées und Darkroom, Sauna und kleinen Pool, alles für 200 Euronen, Buffet inklusive, Getränke extra. Morgens ab acht, neun wird richtiges Frühstück mit allem Drum und Dran wie im Hilton serviert. Wer's mag, schafft die paar hundert Meter bis zur Kirche noch locker, um zu hören, wie allsonntäglich der Schandfleck in unserer Landschaft von der Kanzel verteufelt wird.

Im Rückspiegel sieht Alice Muttis Sohn mit jemandem palavern, der gerade seinen Wagen quergestellt hat. Ein Mazda 626. Könnte ein guter Bekannter sein. Der Erwin vom Schreibwarenladen. Oder der Hugo von den Rapsfeldern. Die fahren immer Mazdas. Die sind auch nicht geduldig, wollen, wenn man sie schon lässt, sofort drankommen. Der Hugo ist ausdauernder als der Erwin, der Erwin dafür geschickter mit seinen Händen. Große Gesten im Hintergrund, einige Wortfetzen dazu. Ein Skandal. Unterführung. Brücke. Schon lange gewartet. Misswirtschaft. Rotgrün. Abknallen. Wie die Feldhasen, die Hugo seinem Spezl Klaus verkaufte, dem Koch vom Seehof. Oder schnappte er sie mit Fallen? Der Macher streckt seinen Zeigefinger eindeutig Richtung Hexenhäuschen, taucht mit dem Kopf hinab zum anderen, zu Erwin oder Hugo, die beide den Laden gut kennen. Die Clubkarte liegt im Portemonnaie zwischen Visa und Barmer, sie selbst gehen eher nach Feierabend als am Mittag hin, mittags müssen sie beide noch bei Mutti zum Schweinsbraten mit Knödeln antreten, auch an einem Tag wie heute, wenn es an die dreißig Grad im Schatten sein dürfte, sonst gibt es Schimpfe. Mir nach, Kumpel, ich zeige dir, wie du am schnellsten zu Betty, Sissy, Gloria und Josephine kommst, wie du überhaupt kommst, he, he. Einen ähnlichen Superwitz muss der Mazda-Fahrer gebracht haben, weil das Mannsbild laut wiehert. Zwei Autos weniger in der Schlange, drei oder vier, die mehr oder weniger geschickt wenden und hinterher fahren.

Sieben Minuten schon, die Bahnschranke zittert, der nächste Zug dürfte gleich vorbeirasen. Alice legt beide Hände auf das Steuerrad, zählt jetzt ihre Atemzüge. Als sie noch Indianer und Cowboys spielte, pirschten sich die Jungs unter den Stacheldraht hindurch und legten das Ohr auf die Schienen, sie war ihre Squaw, durfte nur zuschauen und sie dabei bewundern, schaute Jahre später auch zu, als es den Martin erwischte. Der war fast erwachsen und hatte einfach die Nase so voll, dass er mitten auf den Gleisen der Lok entgegenrannte, er rannte mit offenen Armen, wie einer, der seiner

Geliebten entgegenrennt, nur dass er dabei wie ein Wahnsinniger brüllte.

Und sie schaute auch an diesem Samstagabend zu, als die Jungs aus der Gegend einige Mädchen ins Hexenhäuschen eingeladen hatten. Sabine, Christine, Doro. Und eben Alice, die zuschaute. Und zählte. Solange Sie können und so viel Sie wollen. Es war nicht schlecht. Zuerst schon, dieses alberne Herumsitzen in BH, Höschen und Strapsen auf einem Barhocker. Auf der Liegewiese wurde es dann richtig gut und im Darkroom noch viel besser, wegen der samtigen Dunkelheit, die den Blick erbarmungslos nach innen zwang, in den eigenen Körper hinein.

Es war fast wie bei der Bahn, nur dass es mit den Zügen draußen, im Stehen und am helllichten Tag geschah. Erst als die nackten Fußsohlen ein leichtes Schwingen der Erde ertasteten, begann Alice zu zählen, eins, zwei, drei, vier, fünf, bei sechs war der Zug in der Ferne schon zu hören, bei sieben oder acht jaulten die Jungs auf und liefen schreiend davon. Sie rührte sich nicht, stemmte die Füße fester in die Erde hinein, um mehr zu spüren, zählte noch acht und neun, manchmal dauerte es bis zehn, elf oder zwölf. Länger nie. Sie schaute, wie der Zug von weit weg auf sie zurollte, fühlte sein Dröhnen, das ihr die Beine hochschoss, und es kam unendlich schnell und heftig, schoss durch ihren Körper hindurch, war schon vorbei. Alice stand schwankend da, schaute dem Zug nach, der von ihr wegrollte und in der Ferne verschwand. Es war so stark gewesen, dass sie noch Stunden später die Erregung in ihrem Bauch und zwischen ihren Beinen fühlte.

Im Darkroom waren es keine Hände, die sie berührten, keine Körper, die sich dem ihren näherten, keine Geschlechtsteile, die in sie eindrangen, da war sie allein mit sich, eine Alice, die im wattierten Nichts auf sich selber hinabschaute und laut zählte, um den Augenblick zu verzögern, an dem sie die Kontrolle verlor, in sich hineinfiel und sich endlich den Erschütterungen überließ. Dieses erste Mal hatte sie angeblich ewig lang vor Lust geschrien und dem Hugo in die Hand gebissen, weil er sie daran hindern wollte, angeblich war sie unersättlich gewesen und hatte die gleichen Tricks daraufgehabt wie eine Professionelle, meinte Sascha von der Autowerkstatt, der am frühen Morgen eine Frau namens Alice aus dem Darkroom trug, sie wusch und in ein Handtuch einwickelte. Wenn du magst, können wir zwei richtig zusammen gehen, Alice, was hältst du davon?

Zuschauen und zählen, die einzige Art, zu vergessen. Martin, die Welt, den ganzen Quatsch. Sich selbst zu vergessen. Die einzige Art, das Hirn zu leeren. Nicht mehr warum und wieso und ja aber und vielleicht und lieber nicht und na ja unter Umständen schon und wir müssen darüber reden und mal schauen und warten wir es ab. Nichts mehr davon. Nur das Dröhnen.

Ein Zug fährt vorbei, der dritte schon, es sind neun Minuten vergangen, mittendrin hat es ein Hupkonzert gegeben, alles zwecklos, die Bahnschranke bleibt geschlossen. Der Alte im Wagen direkt hinter Alice ist eingenickt. Weiter hinten wird fleißig gewendet. Wenn der Alte einen Meter zurückfahren würde, könnte auch sie umdrehen. Den Schleichweg durch die Felder nehmen, an den Containern vorbei, wo die Zigeuner ihre Schnäppchenwirtschaft betreiben, einmal links rein, die ungeteerte Straße mit dem Verbotsschild, am Ende nochmal links abbiegen und die fünfhundert Meter zurück bis zur Ampel. Die Schnellstraße rechts ab mit der Brücke über den Gleisen und gleich wieder rechts runter, den Campingplatz mit den Wohnwagen links liegen lassen. Insgesamt höchstens zweieinhalb Kilometer Umweg, am Wegesrand lauern Erinnerungen.

Weißt du noch, damals unter der Brücke … Es stürmte, als

hätte der Weltuntergang begonnen, die Jungs hatten Schlaf-
säcke und Isomatten ausgebreitet, eigentlich war man zu einem
gemütlichen Grillabend am Baggersee losgezogen, als sich die
gelben Hagelwolken am Himmel sammelten und es zu don-
nern begann. Alice schaute den Blitzen zu, zählte die Sekunden, bis es krachte, sie stand nackt an dem Brückenpfosten gelehnt, vor ihr kniete ein Junge, der sie streichelte und leckte,
später lagen sie ineinander verflochten und hatten Sex.

Sie sitzt im Auto vor der Bahnschranke, ihr Gedächtnis lie-
fert ihr ungebeten den ganzen Film vom Gewitter ab, mit den
Gerüchen dazu, einen schwarzen Himmel von grellen Blitzen
durchzogen, einen schwülen, schweren Duft aus Elektrizität,
nassem Teer und feuchter Erde, doch der Ton ist ausgeschaltet.
Es donnert nicht in diesem Film, es findet auch kein Sex statt,
die vergangene Lust, die köstlichen Gefühle, das Brennen der
Begierde zwischen den Beinen und sämtliche Empfindungen
sind verflogen. Nirgends archiviert, für immer abhanden gekommen, dem Herrn sei dafür gedankt! Den Sex muss man
jedes Mal von neuem erfahren, es geht nicht anders, und das
macht Alice nervös, seit der Radfahrer neben dem offenen
Fenster stehen geblieben ist. Sie hat ihn weder im Rückspiegel kommen gesehen noch gehört, der Mann ist auf einmal da.
Zum Greifen nahe.

Noch hat er sich nicht heruntergebückt, noch kennt sie sein
Gesicht nicht, nur seinen Bauch, muskulös, aber nicht zu viel,
seinen Arm und seine Hand, die locker auf seinem Oberschenkel ruht, die Finger offen und entspannt, all das nimmt
sie aus dem Augenwinkel wahr, weil sie sich eigentlich mit
beiden Händen am Steuerrad festhält und stur nach vorne
starrt, um die Metallstäbe der Bahnschranke zu zählen. Es
macht sie nervös, den Blick des Mannes in ihrem Ausschnitt
zu spüren, doch ihre Haut kräuselt sich ohne Scham unter den
Augen des Unbekannten, und deswegen muss sie von vorne

wieder anfangen zu zählen und verzählt sich erneut, als ihre Wirbelsäule ein Hohlkreuz bildet, um ihre Brüste noch deutlicher dem Mann anzubieten. Das Dröhnen kommt immer näher, der vierte Zug rollt an, vielleicht ist es schon der fünfte oder der sechste, Alices Rock hat sich selbständig gemacht und entblößt ihre Schenkel, wenn sich die Bahnschranke endlich öffnet, könnte sie aufs Gas drücken und den Radfahrer weit hinter sich lassen. Diesmal ist es ein Güterzug, vorne tukkert eine altertümliche Lokomotive, sie zieht mindestens siebenundzwanzig Wagen, alle leer, weiter zählt Alice nicht, weil sich der Mann an ihr Autodach lehnt und sie anweht mit seinem Duft, Aftershave und etwas Schweiß, gemischt mit dem penetranten Jasmin. Nicht nur das, er bückt sich hinunter, lächelt ins Fenster herein, als sich die Schranke tatsächlich hebt, und sie lässt den Motor an, aber sie braust nicht davon, sondern biegt ab und parkt den Wagen vor dem verlassenen Bahnhäuschen. Barfuß steigt sie aus, wartet, nur wenige Schritte von den Gleisen entfernt. Auf den Mann oder auf den nächsten Zug.

Marcus Braun

VAPERTA

Kranach bezahlt das Taxi. Wir haben Birgit überredet, noch mit uns ins Vaperta zu fahren, eine Diskothek am Rheinufer. Birgit ist keine Spielverderberin; das ist so ziemlich das Letzte, was man von ihr behaupten kann.

Es gibt eine große Schlange vor der Kasse; vielleicht sechzig siebzig Leute, Personenkontrolle.

«Da stelle ich mich nicht an», sagt Birgit und geht einfach an den Menschen vorbei mit ihrem hervorragenden Schuh- werk; was bleibt ihr auch sonst übrig. Wir folgen mit großen Schritten und gleichgültigen Mienen.

Wahrscheinlich arbeiten wir alle drei in dem Laden. Auch Kranach und ich lächeln dem Securitymann zu. Genau wie Birgit.

Trotzdem fasst er uns an den Jacken und sagt:

«Ihr seht nicht aus, als ob ihr's eilig hättet.»

«Na ja», sagt Kranach, «eigentlich schon.»

«Wir gehören zu Birgit», ergänze ich.

Natürlich spüren wir die Augen der Gerechten auf unseren Rücken.

«Welche Birgit?», fragt der Sicherheitsmann: «Auf euch beide wartet doch kein Mensch.»

Birgit geht durch die Sperre, sie verdreht spöttisch die Augen.

«Bis gleich.»

Auf dem Rückweg dürfen wir uns von schadenfrohen Besu- chern anstarren lassen, an der ganzen Meute müssen wir vorbei, hinten an den Arsch, wie Kranach sagt, jetzt können wir uns am Arsch anstellen.

Nach fünfundzwanzig Minuten, Kranach beobachtet wie ein krankes Känguru seine Uhr, sind wir endlich drin.

Bestimmt fünfhundert Menschen auf zwei Fabriketagen, Sisters of mercy. Schwarze Mäntel, weiß geschminkte Gesichter. Wir trinken Kristallweizen mit Zitronenscheiben, das ultimative Achzigerjahrekaltgetränk.

Wir können dastehen und endlos zusehen, wie die Menschen sich bewegen. Darin haben wir einige Übung. Lea und Maren langweilen sich bei diesen Gelegenheiten zu Tode oder lassen sich von fremden Männern zu erlesenen Getränken in Landhäuser mit Swimmingpool einladen.

Im Moment fällt uns auch nichts Besseres ein, denn Birgit ist nicht auszumachen. Pudert sie sich die Nase? Ein Schneehuhn? Wir halten Ausschau. Der Sinn der Sache.

«Natürlich, sie ist verschwunden.»

«Was ist daran natürlich?»

«Vielleicht ist sie schon wieder raus.»

Alte Lichtbilder von Madonna werden an eine Wand projiziert, da hat sie noch Augenbrauen wie ein Tier, ein schönes Tier. Die Jugend scheint richtungslos, jedenfalls tragen einige Mädchen die Kruzifixe verkehrt herum um den Hals. Manche sind mit nichts als Spinnweben bekleidet. Wir langweilen uns nicht. Auf einer Leinwand läuft Ivanhoe, ohne Ton, aber mit Liz Taylor. Dazu singt Robert Smith, als ob ihm jemand was getan hätte.

«Vielleicht haben wir irgendwas falsch gemacht», schlägt Kranach vor.

Vielleicht hat ihm jemand was getan.

Wir probieren ein paar Selbstbezichtigungen aus.

«Vielleicht sucht sie uns verzweifelt.»

«Ja, verzweifelt.»

«Wenn ich sie ansehe, wünsche ich mich das Gegenteil von weit weg, genau.»

«Kein Mensch weiß, was eine Frau ist.»

«Sie wollen schönen wilden Sex haben, aber sie möchten nicht auf diese Weise danach gefragt werden.»

«Auf welche Weise?»

«So wie du das anstellen würdest.»

«Und wie stellt man das an?»

«Anders. Auf jeden Fall.»

«Also so wie die Erklärung, man muss früh sterben oder gar nicht, dazwischen gibt's nichts.»

«Die Dinge laufen eben nicht, wie wir uns das vorstellen.»

Wir ziehen uns an einen Tisch in einer Nische zurück, roter Backstein. Ein Hochsitz, von dem aus man alles beobachten kann.

«Die hat schon eine kleine Schecke.»

«Das ist es ja gerade.»

«Mein Platz ist hier.»

«Mein Platz ist leer.»

«Nicht immer so, wie wir uns das vorstellen.»

«Und wenn sie laufen, dann aus anderen Gründen. Das ist wie mit der Biene, die durchs weit geöffnete Fenster reinkommt.»

«Was für eine Biene?»

«Ich meine, den Atem anhalten ist normal, aber weiteratmen ist auch normal. Man sagt ihr, dass es nichts zu holen gibt, also keinen Nektar, Pollen oder worauf die Viecher eben so stehen, und sie verschwindet wieder.»

Ich kann schwer folgen, aber gebe mir alle Mühe, denn nichts steht einem jungen Menschen mehr an, als der Versuch zu verstehen.

«Worauf es ankommt ist, dass man es der Biene erklärt hat.

Man hat es ihr gesagt, versucht, es deutlich zu machen, so gut es eben geht, man hat das Menschenmögliche versucht, man ist im selben Zimmer, irgendwo muss man sich ja aufhalten. Aber deshalb ist sie ja nicht rausgeflogen, auch wenn wir uns wünschen, dass das so funktioniert. Stattdessen: reiner Zufall. Sie fliegt. Macht sich wieder auf den Weg. Verlässt dein Zimmer. Macht den Abflug. Wenn du es sagst. Wenn du es ihr sagst. Aber auch, wenn du es ihr nicht sagst, verstehst du?»

«Klar.»

Lufthansa.

«Und das nächste Mal sagt man eben nichts, weil es einem egal ist, weil man keine Lust hat, was weiß ich, und darf feststellen, dass sie trotzdem wieder rausfliegt.»

«So ist das eben.»

«Aber der Mensch gibt sich nicht zufrieden, also normal, im Normalfall, man darf sich wiederholen. Er sagt dann einfach: Was aber, halt dich fest, was aber: wenn die Biene Gedanken lesen kann?»

«Ja, was dann?»

«Dann haben wir die Arschkarte gezogen, dann ist gar nichts mehr so klar. Wir suchen uns immer noch Gründe, wenn es offensichtlich keine gibt, wir bauen uns trotzdem eine Holzbrücke. Eine Holzbrücke zum Mond. Das geht ja wohl völlig an dir vorbei, oder wie darf ich das verstehen, wir können uns nicht damit abfinden, dass wir entbehrlich sind, und davon gehen wir keinen Millimeter weg, auch wenn man uns in die Psychiatrie bringt.»

«Deshalb sagen wir, dass sie uns verzweifelt sucht, während sie wahrscheinlich auf der Herrentoilette …»

Halsstarrig sitzen wir hier und sprechen das in dem Zustand aus, es beschäftigt uns, denken wir, sagen wir.

«So was tut Birgit nur in unserer lärmenden Phantasie, weil

wir hilflos sind, so hilflos, wie wir gerne wären, das ist es, was uns entspricht, kryptischer muss ich, glaube ich, nicht werden, wie ist eigentlich die Wetterlage in Südostbayern und wie in Gottes Namen stellt man Styropor her?»

Kranach hält einen Moment inne.

«Also, warum ich davon spreche», sagt Kranach als Nächstes, und hier muss ich seinen Redefluss stoppen.

Ich habe sie zuerst entdeckt. Weit entfernt, am anderen Ende dieses Frachtschiffs.

Deshalb darf ich ihr nachgehen, allein, so ist das abgemacht worden zwischen uns vor Jahren, oder jedenfalls beschwert sich Kranach nicht.

Ich wühle mich durch die bockigen, unzufriedenen, unterbezahlten, drittklassigen, willigen, käsigen Statisten, die bereit sind, alles zu tun, wie man das aus dem Kino kennt. So haben wir nicht gewettet, natürlich, sie stehen im Weg, was sonst, trotzdem werde ich nicht grob, um nicht das ganze Projekt zu gefährden, sollen sie sich doch wichtig nehmen wie Kinski. Die Musik ist ohrenbetäubend, um ehrlich zu sein, ich nehme sie überhaupt nicht wahr. Ich erreiche den Platz der letzten Erscheinung.

Es gibt einen Eingang für Männlein und Weiblein, davor steht ein Kampfsportler oder Bodybuilder, ein Schrank mit dem Schriftzug *Security* auf dem T-Shirt, er soll die jungen Menschen anhalten, sich die Hände zu waschen.

Ich passe den richtigen Moment ab, manchmal funktioniert so was.

Die Tür huscht folgsam zur Seite. So findet die zufälligste Begegnung der Welt statt.

Es ist eng. Birgit kommt gerade aus dem Mädchenverschlag. Sie presst für einen Moment lang zwei Finger an jede Schläfe, da hat sie mich noch nicht entdeckt.

Wir schieben uns zwischen Waschbecken und Zigaretten-automat aneinander vorbei. Spiegel an allen Wänden.

Wir schieben uns nicht aneinander vorbei.

Wir bleiben an der engsten Stelle stehen. Am Nadelöhr, Kamel oder Schiffstau, jetzt muss mir was einfallen.

Sie sieht sich neben meinem Kopf im Spiegel an; ich vermute mal, ihr Gesicht neben meinem Hinterkopf, sie verzieht ihre Oberlippen wie ein Orkawal, der das erste Mal versteht, dass er abgebildet wird, auch das möge man mir verzeihen.

«Du würdest wohl gern mal eine Vierzigjährige anfassen.» Sagt Birgit.

Unsere Oberschenkel berühren sich.

Wie lautet die erste Regel: Widerspreche ihr nicht.

Ich sehe ihr nicht in die Augen, starre auf ihren Pferde-schwanz, ihren grünen Pullover im Spiegel. Wie kommt sie auf so was?

«Du bist neununddreißig», sage ich.

Birgits Gesicht reagiert überhaupt nicht.

«Sehr komisch.»

«Du bist ja ein richtiger kleiner Spaßvogel.»

Da ist was falsch gelaufen, denke ich, vielleicht gebe ich mir einfach nicht genug Mühe.

Sie macht Anstalten zu gehen.

Ich fluche zweisilbig vor mich hin, in mich hinein.

«Wo warst du denn?», frage ich, um mich zu beschäftigen.

Sie dreht sich kurz um.

Außerdem stehen da Menschen, wo sie nichts zu suchen haben. Eine süße Statistin, wo sie nichts zu suchen hat, ein-deutig, und dann sperrt sie noch die Ohren auf, die junge Frau, als Birgit sagt:

«Was wollt ihr kleinen Schweineigel eigentlich von mir? Ihr habt doch reizende Freundinnen.»

Da fällt mir nichts mehr ein, natürlich, man könnte die

Spiegel putzen, es gibt Flecken, und niemand möchte wissen, woher die rühren.

Die Statistin lächelt und sagt naturgemäß nichts, das wäre ja auch noch schöner. Aber dann, als Birgit draußen ist, äfft sie sie nach:

«Ihr habt doch reizende Freundinnen.»

Wer hat ihr erlaubt zu sprechen, warum ist sie nicht taub-stumm? Was willst du jetzt tun, säuselt sie oder mein Schutz-engel, denn er ist ein weiblicher Engel, ich weiß es nicht. Man muss mit der nötigen Entschiedenheit und Irrationalität vor-gehen, wenn man einen Ritterroman schreibt, Ivanhoe und die schöne Jüdin, alles wird gut, wenn Richard wieder König ist, meine Verbeugung gilt der Schönheit, und das ist kein Au-genblick zu schweigen.

Hinterherschauen.

Ich beginne zu begreifen, was das heißt.

Sie ist weg.

Alle sind weg.

Nur ich stehe hier zwischen den Spiegeln.

Bis der Securitymensch den Flur betritt, mir zuzwinkert und mich fragt, ob ich etwas kaufen will.

«Du hast es vermasselt, gib's zu, Leon, das war doch klar», sagt Kranach, primitiv, wie er nun einmal ist, ganz aufgeräumt und schadenfroh.

Ein paar Ritter gehn bei jedem Turnier zu Bruch.

«Was hast du bloß mit ihr angestellt?»

«Irgendwas hat ihr die Laune verdorben.»

Interpretationen. Noch ist nicht aller Tage Abend. Liz Tay-lor, was für eine Figur, 1952. So lenke ich meinen Blick.

«Ich wollte gar nichts Böses», sage ich.

«Nein», sagt Kranach, «wir wollen nie etwas Böses.»

Nicht alles, was einem durch den Kopf geht, ist ein Gedanke.

Karin Hartig
Venus Scharf

Hast du schon, sagte die Stimme am Telefon. Hast du schon?
Ilsa errötete in zögernder Wut und beendete den Anruf mit
einem Klick. Sie setzte das Telefon zurück auf die Ladestation.
Hast du schon, seit drei Wochen jeden Abend. Ein obsessi-
ver Niemand ohne Körper, ohne Kontur, nicht einmal die
Stimmlage hätte sie klar benennen können. Hast du schon Te-
nor, hast du schon Bariton, sie wusste es nicht. Ihre Schenkel
überzog wieder dieses irrlichternde Brennen, das der Anruf
neuerdings auslöste, seit die Stimme dazu übergegangen war,
das *schon* flüsternd verklingen zu lassen.

Sie hatte noch niemals etwas geantwortet, sondern stets
schweigend aufgelegt; solchen Perversen war nur durch
schlichtes Ignorieren beizukommen, wer wusste das nicht.
Jede noch so geringste Aufmerksamkeit würde sein eigenes
krankhaftes Interesse an ihr potenzieren, statt den Funken zu
löschen.

Hast du schon, sagte die Stimme auch am nächsten Abend.
Hast du schon? Im Hintergrund lief Musik, die Ilsa nicht ein-
zuordnen vermochte; *hast du schon* als nächtliches Duett mit
einer zweiten Stimme, aus opaken Tönen zusammengesetzt.
Ilsa schauderte. Sie hängte ihre Strickjacke ordentlich über
einen Bügel, entledigte sich ihrer Jeans, bremste ihre Hände in
Hüfthöhe mit dem Stoff ihres Slips. Beunruhigt von der Sei-
denglätte des Materials, lenkte sie ihren Blick von den Füßen
aufwärts und versuchte, sich mit den Augen eines Mannes zu
betrachten. Schon in Höhe ihrer Knie ertappte sie sich dabei,

wie sie für einen Moment in typisch weibliches, feindliches
Sezieren verfiel. Ihre Oberschenkel waren schlank mit weichen Übergängen. Ganz oben, wo ihre Hände lagen, kräusel-
ten sich dunkle Haare aus den Beinausschnitten ihres Slips.
Ein Gefühl reiner Weiblichkeit stieg in ihr hoch. Hast du
schon? Sie starrte sich im Spiegel an, sah im Geiste verborgene
Hautfarben vor sich, changierend von zartrosé bis bronze-
braun. Geheimnishaut, dachte sie. Mit einer weichen Bewegung deckte sie ihre flachen Hände über das Dreieck des Slips.
Wie mochte es sich wohl anfühlen, darunter.

An jenem Tag, als sie das Päckchen auf der Ladentheke gefunden hatte, räumte Ilsa es in der Annahme beiseite, ein Kunde
hätte es vergessen. Erst als ihre Kollegin Ilsebill fragte, warum
sie neuerdings Geschenke nicht aufmache, wurde sie stutzig.

Wieso Geschenk, sagte sie.

Ilsebill war siebzehn Jahre älter als Ilsa und hieß natürlich
Ilse, sah aber die Notwendigkeit ein, sich von Ilsa zu unterscheiden. Ihr Mann sagte auch Ilsebill.

Dein Name steht drauf, deutete sie mit der Hand auf das
schmale Päckchen.

Ilsa löste einen Streifen Klebeband, weitete die Öffnung der
Verpackung mit zwei Fingern, spähte hinein. Wasserhelles
Türkis und ein Schriftzug. Gillette Venus.

Was ist es, fragte Ilsebill.

Ach, nichts. Ilsa schob das Päckchen in ihre Handtasche
unter dem Ladentisch, während ein paar Meter von ihr entfernt drei Schulmädchen vor der Wand mit den Spieluhren
stehen blieben und diese unter exaltiertem Gekicher auszuprobieren begannen. In keinem anderen Laden der Stadt gab
es ein derartig umfangreiches Sortiment. 87 verschiedene
kleine Spielwerke, fein säuberlich in Fünferreihen auf einer
mannshohen Platte verschraubt. Beethovens Fünfte erzeugte

meist Gelächter, *Happy Birthday* begeisterte alle, *La Mer* verführte ausnahmslos Frauen, *Yellow Submarine* kauften eigentlich nur Ältere. Brahms' *Wiegenlied* war aus unerfindlichen Gründen seit Monaten vergriffen. Ilsas Favoriten — *La vie en rose* — erwarben überwiegend Frankophile mit sentimentalen Neigungen. Auf Anhieb mit den Spielwerken umgehen konnten allerdings nur Frauen. Jene wenigen Männer, die es tatsächlich vermochten, mit gleichmäßig runder Bewegung an den winzigen Kurbeln zu drehen, ohne der Melodie Schaden zuzufügen, hatten alle feinnervige, filigrane Finger und gehörten folglich — so Ilsas Theorie — als Liebhaber zur absoluten Elite.

Hast du schon, nun versanken bereits zwei Drittel der Frage in Flüstern. Dieses Mal hörte Ilsa keine Musik; jeder Anruf unterschied sich von dem vorhergehenden stets in einem Detail. Ein Perverser mit Sinn für die Vielfalt, dachte Ilsa, während eine Gänsehaut über die Innenseite ihrer Schenkel leckte. Das schwarze Gekräusel unter ihrer Hand wehrte sich dagegen, zurück unter den Slip gedrängt zu werden.

Hast du schon, rief die Stimme, hast du schon, und die Musik im Hintergrund war so laut, dass sie zu einem dissonanten Klirren verkam. Ilsa kannte die Melodie, ohne sie jedoch benennen zu können. Das Telefon an ihr Ohr gepresst, lehnte sie bewegungslos an jener Nebelwand, die einem den Weg versperrt, wenn man weiß, doch noch nicht versteht.

Hast du schon, sagte er nachts, die Musik war leise, seine Stimme klang zärtlich. Als sie im Hintergrund die schmeichelnde Melodie von *La vie en rose* erkannte, ging sie ins Badezimmer, schweigend, den Hörer an ihr Ohr gepresst. Mit der freien Hand stellte sie ein paar Gegenstände bereit, breitete dann ein Handtuch auf dem Badezimmerteppich aus. Hast du schon, flüsterte die Stimme, und das Brennen in Ilsas

Oberschenkel verdichtete sich zu einem karmesinroten Sog, während sie sich langsam ihrer Jeans und ihrer Unterwäsche entledigte.

Ilsa verbrachte den nächsten Vormittag unter einem Schleier überzogener Erregung. Jede Bewegung rieb die Naht ihrer Jeans über glatte, zarteste Haut. Ihr unablässig erschauernder Körper gaukelte ihr vor, die Reibung setze sich ziellos fort und irre aufwärts, in Richtung ihrer Brüste. In dem sicheren Bewusstsein, ausnahmslos jeder sähe ihr an, was in ihr vorging, räumte sie Hartgummibälle und Blechspielzeug in die Regale.

Haben Sie schon, sagte eine Stimme. Ilsa flog herum, nur noch ihr Gehör funktionierte. Der Mann war ohne Gestalt, ohne Gesicht. Nichts als Stimme.

Vielleicht morgen, sagte Ilsebill, vielleicht auch erst übermorgen. Manche Bestellungen dauern leider ein bisschen. Machen Sie sich nichts daraus.

Haben Sie schon, sagte er am übernächsten Tag erneut. Er sagte es zu Ilsebill, immer nur zu Ilsebill. Über Ilsa sah er hinweg. Das Ziehen in ihren Oberschenkeln flammte bis hoch in ihre Körpermitte. *La vie en rose* war nun ebenfalls ausverkauft.

Mittags zwischen eins und halb zwei betrat nur selten jemand den Laden; um diese Zeit lag er meist in menschenleerer Stille. Als Ilsa aus der Pause zurückkehrte, um Ilsebill abzulösen, stand der Mann hinter der Wand mit den Spieluhren. *La vie en rose* erklang so gleichmäßig, als bewege ein Motor die Kurbel.

Sie trat hinter ihn. Sekundenlang verweilte ihr Blick auf der drehenden Hand; filigran war sie nicht, eher kraftvoll, aber durchaus fein gezeichnet. Der Kragen seines Polohemds ließ ein dreieckiges Stück Nackenhaut frei, dem ein Hauch ‹Aramis› entstieg. Ilsa schloss die Augen. Sie lehnte ihr Gesicht in die Vertiefung zwischen seinen Schulterblättern. Ihre Hand folgte seiner Körperkontur über die Hüfte abwärts bis zum Bund der locker sitzenden Hose, verharrte dort für einen Moment, glitt weiter. Er bewegte sich nicht. Ihre Brüste glühten an seinem Rücken. Den Kopf in den Nacken legend, atmete er leise aus. Als ihre Fingerspitzen über Geheimnishaut streiften, durchströmte heißes Silber ihren Körper.

Hast du schon, flüsterte sie. Hast du schon?

Jochen Langer
Schreie

Die besten Aufnahmen entstehen morgens. Wenn ihr Sohn aus dem Haus ist, haben wir freie Bahn. Wir können tun, was wir wollen. Niemand im Haus kümmert sich darum, ob eine Frau (und aus welchen Gründen) schreit. Und Franzi schreit manchmal. Ich meine, ich habe noch nie eine Frau gehört, die beim Sex aus voller Überzeugung, es tun zu müssen, schreit. Aber Franzi schreit hin und wieder, ohne dass ich einen besonderen Grund dafür ausmachen kann. Ich nehme es deshalb wie eine besondere Anerkennung. Eine Aufmerksamkeit, die sie mir erweist. Etwas in der Art von: Kleine Geschenke erhalten die Freundschaft. Was soll ich sagen? Es ist schön. Aufregend schön.

Ich weiß nicht, ob sie eine besondere Frau ist oder ob Franzi zu der Sorte der aufregenden Frauen gehört, die mir bis jetzt einfach entgangen ist, weil sie sich außerhalb, weit außerhalb meiner Reichweite aufhielten. Sie ist eigensinnig in dem Sinn, dass nicht mit ihrer Anpassungsbereitschaft zu rechnen ist. Sie macht, was sie will. Woraus sich mehr Erotik ableitet, mehr als ich jemals für möglich hielt. Sie ist niemals unterwürfig. Aber sie ist jederzeit bereit, eine Rolle zu spielen, die gerade diese Unterwürfigkeit voraussetzt. Erst ihre bedingungslose Hingabe, die zum Beispiel darin bestehen kann, sich wie ein Hund auf den Rücken zu werfen, alle viere in die Luft zu strecken und um Gnade zu winseln, erst diese Bereitschaft, alles zu tun, was ihr der Überlegene auferlegen würde, erst diese Demut macht mir meine Kraft bewusst. Macht mir auch bewusst, wie sich ein Körper geradezu danach sehnen kann, von einem schweren Gewicht zu Boden gedrückt zu werden. Ich merke nun, dass es mir darum geht, Macht auszuüben, und ihr, sie zu empfangen – aber nicht, weil sie wirklich demütig wäre, sondern weil sie sich – es ist auf Franzis Gesicht abzulesen – in dieser Rolle verdammt gut gefällt.

Das sind die Bilder, die hinausgehen in die Welt. In die Welt des Internets. Erwachsenen vorbehaltenen Seiten. Für den Jugendschutz wird, sagt sie, alles getan. Die Welt der Voyeure und Gelangweilten, der Enttäuschten und der Einsamen, die schon ihr ganzes Leben lang einen Mann, eine Frau suchen, die bereit sind, sich in dieser Weise hinzugeben. Oder, was nicht weniger ist, die in der Lage sind, eine solche Hingabe entgegenzunehmen.

Was ich zurzeit wirklich lerne vom Leben, ist, was es heißt angenommen zu werden in seinen *dunklen* Seiten. Eitrige Furunkel. Entzündetes Fleisch. Das Schönste für mich ist es, wenn sie vor mir kniet. Ich bin zwischen ihren Schenkeln und schiebe sie noch weiter auseinander.

Sie sagt: «Nicht in den Arsch, bitte!»

Dann fasse ich sie an der Schulter an, eisenhart, sodass sie sich nicht rühren kann, und bugsiere meinen Schwanz, der ebenso eisenhart ist wie mein Griff (als hätte es über die Jahre eine Karate-Übung gegeben, die einen Schwanz eisenhart macht – es hat diese Übung nicht gegeben, aber der Gedanke ist nicht übel, eine solche Übung wäre zweifellos ein Renner), an ihre rosafarbene Schweinchenrosette, befeuchte sie kurz und beginne ihn gegen den Widerstand ihres Arsches hineinzuschieben.

Sie keucht. Es tut ihr weh. Aber, weiß Gott, das ist nicht der einzige Grund, warum sie keucht. Und ich richte meinen Oberkörper noch etwas mehr auf und schiebe meinen Schwanz noch etwas weiter hinein. Franzi wimmert. Es tut ihr weh. Ich fasse das blond gefärbte Haar, eine Faust voll Haar, und ziehe ihren Kopf zurück. Bis ich ihren geöffneten Mund sehe, die Augäpfel, die fast weiß scheinen, das Blau ist verschwunden, ein unartikulierter Schrei löst sich aus dem Mund, als ihr Oberkörper ganz aufgerichtet neben mir ist. Sie schlingt die Arme um meinen Kopf und zieht ihn herunter zu sich, bietet mir ihren weit geöffneten Mund, die flatternde Zunge, an der vorbei sich Schreie und Stöhnen lösen. Sie leckt mir über das Gesicht, während ich tief in ihr stecke. Ich weiß, ich habe sie, sie kann jetzt nicht anders. Aber viel mehr macht es für mich aus, dass sie sich vorher anders hätte entscheiden können.

So wie Marianne in der Zeit unserer Ehe getan hat. Vielleicht war es gut für *sie*, aber es war nicht gut für mich. Und nun habe ich Franzi kennen gelernt. Und ich habe *mich* kennen gelernt. Insofern gibt es kein Zurück. Es ist ein Sprung in ein Leben, das ich bisher nur als ein Spiel für Kinder gespielt habe. *Harmlos.* Ich möchte nie wieder harmlos spielen.

Bei alledem ist es nicht viel, was ich über Franzi erfahre – und was ich erfahre, verstärkt bei mir das Gefühl, etwas versäumt zu haben, was nicht mehr aufzuholen sein wird. Unabänderlich. Um keinen Preis. Und etwas bisher Unbekanntes tritt in mein Leben: *Melancholie!* Ein trübes Nachsinnen darüber, dass die Wasser des Rheins unwiederbringlich flussab fließen. Ich werde Franzi Rosche nie in dem Maße kennen, wie es vielleicht wünschenswert wäre. Und nie, wie ich Marianne über viele Jahre hinweg kennen gelernt habe, seit ich von ihr weiß, dass sie nach der Schule in einer Spedition gearbeitet hat. Und so viele Dinge mehr.

Ich besuche Marianne verschiedentlich. Es sind Besuche, die der Orientierung dienen, informelle Gespräche, die nur mich und sie und die Kinder betreffen und die ich deshalb Franzi gegenüber nicht weiter erwähne.

Beim ersten Mal ist es an einem späten Nachmittag: ein heißer Tag, der unser ehemals gemeinsames Schlaf- und Arbeitszimmer unter dem Dach aufgeheizt hat. Eine Temperatur, die wie dazu geschaffen ist, sich auszuziehen und jedes überflüssige Kleidungsstück abzulegen. Ich suche an meinem Schreibtisch nach Versicherungs- und Steuerunterlagen, die ich mir kopieren will. Die Originale sollen bei Marianne bleiben.

Irgendwann steht sie im Zimmer. Ich habe sie nicht kommen hören. Keine Schritte auf der Buchentreppe, was erklärlich ist, denn Marianne ist barfuß. Ich sehe, dass sie sich einen Rock, einen relativ kurzen, engen, dunklen Rock angezogen hat. Als ich vorsichtig an der Haustür klingelte (Luckies heiseres Anschlagen versetzte mir einen schmerzhaften Hieb des Glücks zwischen die Rippen), trug sie noch ihre ewigen verwaschenen Jeans. Aber ich wollte auf jeden Fall rücksichtsvoll sein.

Marianne setzt sich wortlos auf das schmale Zwei-Personen-Sofa, das Arbeits- und Schlafbereich trennt. Zuerst nehme ich sie – bis auf das Gefühl einer gewissen emotionalen Bedrohung – nicht weiter wahr. Marianne ist da und schaut mir zu. Sie ist misstrauisch. Nun gut. Was soll ich sonst erwarten? Trotzdem liegt eine gewisse, schwer zu beschreibende Spannung zwischen uns.

Aber als ich wieder einmal kurz zu ihr hinüberschaue, sehe ich, dass sie sich zurückgelehnt und die Schenkel unter dem engen Rock gespreizt hat. Ich sehe, dass sie keinen Slip trägt. Das dunkle Dreieck ihrer Schambehaarung ist deutlich zu sehen. Sie präsentiert es wie ein Ausstellungsstück, das – bei Gefallen – unter Umständen käuflich zu erwerben ist.

Ich schlucke, schaue zurück auf den PC und meine Unterlagen, blättere angestrengt auf dem Bildschirm und zwinge mich, nicht wieder hinzuschauen. Aber irgendetwas bringt

mich dazu, doch wieder hinzuschauen. Direkt zwischen ihre Beine, lange und ohne Ausflüchte. Ich merke, wie mein
Schwanz sich unter der Cordjeans riesenhaft aufbläst und
habe das Gefühl, als stehe die Luft, die Marianne und mich in
diesem Dachraum noch trennt, in lodernden Flammen.

Ohne ein Wort löse ich mich von meinem Bürostuhl, eine
schnelle, gleitende Bewegung, und bin schon bei ihr, komme
zwischen ihren Beinen an und werde von Mariannes ausge-
breiteten Armen empfangen. Sie zieht mich an sich. Wir küssen uns, wie wir es seit vielen Jahren nicht getan haben. Ich
schiebe den wuchtigen, rauen Handteller meiner Linken über
ihre dicht behaarte Scham und spüre im selben Moment, was
ich noch nie gespürt habe: dass sie mir gleichsam entgegen-
fliegt. *Nass.* Ich habe sofort nichts anderes im Kopf als das,
was sie früher kategorisch ablehnte: den Schreibtisch. Ich
hebe sie hoch in die Luft und trage sie die paar Schritte hinüber.

«Du willst dich nur *rächen*!»

Sie klingt schrill und verzweifelt. Ich schaue in ihre Augen
und sehe, dass trotzdem keine Abwehr in diesem Satz liegt:
dass sie auf jeden Fall gefickt werden will.

«Das will ich *nicht*!», sage ich und versuche, so gut ich kann,
zu lügen. Und doch ist es keine Lüge.

Ich schiebe den ganzen Kram auf dem Schreibtisch beiseite,
setze sie auf der Kiefernplatte ab und spreize mit beiden Händen ihre Schenkel so weit es nur geht. Als wollte ich ihr klar
machen, dass nun nichts mehr dem Zufall überlassen bleiben
soll. Marianne quittiert es mit einem Stöhnen, wie ich es von
ihr noch nicht gehört habe. Ich zerre ihr rotes T-Shirt hoch,
bis der BH sichtbar wird. Marianne hilft mir. Sie zieht das
Shirt über den Kopf und öffnet den BH, durch dessen weißen elastischen Stoff die dunklen Brustwarzen wie Bernstein
schimmern. Ich lecke sie hastig ab, wie zu schnell schmelzen-

des Milcheis, beuge mich dann aber weit hinunter, spreize die Schenkel noch etwas weiter, es muss ihr wehtun, aber ihr Stöhnen ist die reine geile Lust, und ich lecke sie von oben bis unten ab wie eine Kuh ihr neugeborenes Kälbchen.

Als ich mich wieder aufrichte, dringe ich fast übergangslos in sie ein, und ein Stöhnen fährt aus ihrem Mund wie ein böser Geist, der sie endlich verlässt.

Das alles sind für mich überraschende Verhältnisse, über lange Jahre unbekannt und noch kaum erklärlich. Ich komme mir vor wie einer dieser Archäologen, die etwas ausgraben, was eine unglaublich lange Zeit unsichtbar in der Gegend herumgelegen hat. Und doch ist es ein Zeichen dafür, dass es existiert hat. Die ganze Zeit über.

Hinterher, als ich wieder gehen will, sagt sie: «Wie ist es mit ihr? Wie ist es, wenn ihr *fickt* und sie deinen Namen ruft? Ist es das Gleiche wie bei mir?»

«Du hast nie meinen Namen gerufen, wenn wir *gefickt* haben. Muss ich dich daran erinnern?»

Marianne überhört natürlich meinen Einwand. «Und wenn Tobias dich bittet, ihm bei etwas zu helfen? Ist es das Gleiche wie bei Nicole oder Markus?»

Ihre seltsame Wortwahl erinnert mich an einen unserer gemeinsamen Lieblingssongs, wie er uns über die Jahre hinweg erhalten geblieben ist: *The winner takes it all* von ABBA. Dort singt Agneta:

«Does it feel the same, when she calls your name?»

Das genau ist die Herkunft dieser Sätze. Aber der Umstand, dass *ABBA* sie einmal gesungen haben, macht sie weiß Gott nicht weniger richtig.

Ja, zum Teufel, könnte ich antworten, es *ist* was anderes!

Stattdessen antworte ich: «Nur nebenbei bemerkt: – stell dir unsere Dreisamkeit nicht zu idyllisch vor! Tobias möchte mich am liebsten zum Teufel jagen.»

Sie schaut mich zweifelnd an: «Du willst doch nicht etwa, dass ich dir ein paar gute Tipps gebe, wie du mit dem Kleinen besser fertig wirst?»

«Wir kommen schon zurecht. Und noch etwas: wenn du Franzi jemals ein Wort davon sagst, dass wir zwei es noch einmal getrieben haben, werde ich *nie wieder* ein Wort mit dir reden! Verstehst du, was ich sage: *nie* wieder!»

Ich bemühe mich um einen so drohenden Ton, dass ich einigermaßen sicher bin, dass sie mir die Konsequenz abnimmt.

Aber was ist in der Liebe schon eine sichere Sache?

Anna Kaleri

Frösche vom Himmel

Die Zauberinnen sollst du nicht am Leben lassen. 2. Mose 22,17

Zwischen den Wänden der Gemeinschaftsküche kam mir David fremd vor. Meine Mitbewohnerin hielt im Türrahmen inne, sah ihn mit ausgestreckten Beinen im Stuhl hängen und rauchen, sah die schmutzigen Turnschuhe und seine Kaputzenweste aus imitiertem Schaffell. Sie zog unwillkürlich die Augenbrauen zusammen und drehte um.

Lass uns rausgehen, sagte ich und stellte den Teekessel auf den Herd, ohne das Feuer anzuzünden.

Es regnet, sagte David und ich erwiderte: Es nieselt. Ich konnte mich nicht erinnern, dass er früher einen nächtlichen Ausflug abgelehnt hätte. Ich dachte daran, wie wir in seinem großen Wagen über die Landstraßen schaukelten, selbst als dicke Hagelkörner fielen und andere Leute ihre Wagen panisch unter Bäume fuhren. Die Sonne schob sich gerade wieder aus den Wolken, als wir ein Tal erreichten. Es dampfte die Erde, lärmten die Vögel, dufteten die honigfarbenen Blumen. Von den Blättern tropfte es, mein Kleid klebte auf der Haut. Der Kastanienbaum bedeckte uns mit großen Händen. Sonnenstrahlen plimperten durch seine Finger. Wir standen einen Augenblick nackt voreinander. Dann rannten wir ins Wasser. Es war warm und mulmig vom Schlamm, den wir aufrührten. Die Seerosenblätter schwappten auf dem Wasserspiegel und wurden überspült.

Pass auf, wohin du trittst, sagte David.

Der Regen fiel in feinen Strähnen und durchtränkte das Haar.

Sie sind überall, sagte er und ich sah einen winzigen Frosch nahe meiner Füße beiseite springen. Ich setzte den Fuß vorsichtig auf, sah einen zweiten Frosch. Der Tonfall des Satzes hallte in mir nach und hinterließ einen bitteren Geschmack. Er sollte doch wissen, dass ich kein Mensch war, der kleine Frösche zertrat. Der Weg schlängelte sich den Berg hinauf, jeder Schritt war mir eine Qual in dem Bewusstsein, mir könnte ein Wesen, dass eben erst atmen gelernt hatte, unter die Schuhe geraten. Ich wäre am liebsten stehen geblieben, angewurzelt, denn plötzlich wimmelte der ganze Boden vor mir, sah ich im schwachen Licht Tausende von jungen Fröschen, kaum größer als Fliegen, und wenn es nur Fliegen oder Regenwürmer waren. Aber wir gingen, Schritt für Schritt, schweigend. Ich hatte nichts zu sagen oder so viel, dass ich nicht beginnen konnte. David war mir so fremd, dass ich abwarten wollte, was er mir zu sagen hätte, denn ich spürte, dass er etwas mit sich herumtrug. Ich hörte ihn schlucken.

Bilder aus den vielen Jahren, die wir uns kannten, tauchten auf, Farben. Rotes und blaues Licht schien auf das monströse Denkmal, das ich von meinem Fenster aus sehen konnte. Es waren ausgestreckte Finger, die aus der Erde ragten, als wollten sie nach uns greifen und nach unten ziehen, zu einem riesigen Leib, den die Würmer zerfraßen. Ich fühlte die Wärme, die Davids Körper ausstrahlte, und starrte auf das Denkmal und sagte, jetzt gleich!, und mit einem unhörbaren Klack fiel das blaue Licht aus. Es blieb das rote, tauchte die Hand in wärmeres Licht, als würde sie uns beschützen, eine Nacht lang, aber wir küssten uns nicht. Wir legten uns hintereinander, waren die beiden Kinder im Wald, die sich verlaufen hatten, die die Angst zusammentrieb, und es streichelten uns nur die zarten

Äste, atmete nur der Wind etwas schneller, drückte nur eine Wurzel in meinem Rücken. Ich drehte mich nicht um. Später hörte ich David in gleichmäßigen Zügen atmen und war selbst hellwach, denn über mir liefen Schritte über die Holzdielen, es war eine Frau, darin war ich mir sicher, sie konnte nicht schlafen, so wie Davids Frau diese Nacht schlaflos lag.

Der Turm, den wir bestiegen, vibrierte unter den Schritten. David vertraute in die Statik des dreibeinigen Metallgestänges, der Wind lag still. Die Stufen ächzten und unter uns versanken die Baumkronen und schäumten grünsilbrig im Regen.

Wie spät ist es, fragte David. Ich hatte keine Uhr, aber ich wusste, dass es bald Mitternacht war. Dann erlosch das blaue Licht und tauchte die andere Hälfte des Lebens auf, die zärtliche, die Zauberin, die man für listig, wild und unbändig hielt, die man beschimpfte, weil ihre Füße einfach nicht im Haus bleiben konnten und sie durch die Nacht trieben.

Hexe, sagte David so leise, als hätte ein Ast geknarrt.

Was willst du sagen, fragte ich und hob besorgt einen Fuß, um unter die Sohle zu sehen.

Er schluckte wieder, dann knarrte der Ast, und sagte: In der Nacht damals habe ich die ganze Zeit an sie gedacht.

Ich hob den zweiten Schuh an. Es klebte nichts darunter, Gott sei Dank, ich stellte den Fuß wieder auf den Boden. Der Turm wankte unmerklich, weil David näher an die Brüstung trat und auf die Bäume hinuntersah, und ich fasste, von einem leichten Schwindel ergriffen, nach dem Geländer. In meinen Ohren rauschten die Blätter und der Regen, wie ein Hagelkorn fiel der Satz in mein Bewusstsein, traf es nicht, denn ich schwebte zehn Meter über dem Erdboden, weil es den Turm, auf dem ich stand, gar nicht gab. Was war denn wahr, wenn nicht der wahrste, einzigartigste Moment, in dem man sich nichts mehr fragte, sondern alle Sicherheit der Welt besaß, dass man jemanden liebt und wiedergeliebt wird. Konnte der Mensch, mit dem man glücklich war, im selben Moment an jemand anderen denken? Konnte es sein, dass man blinzelte und den anderen mit geschlossenen Augen lächeln sah und sich Hände fanden und Küsse ineinander flossen, sich aufheben und davontragen und am Ende nicht wahr gewesen sind?

Ich sah David an. In seinen Augen flammte plötzlich Leere auf, himmelschreiend.

Du lügst, wollte ich sagen, aber so weit konnte ich mir nichts zu wissen anmaßen. Ich erkannte ihn nicht wieder, obwohl mir der Flaum seiner Haare vertraut war. Ich hatte ihn so oft mit dem Handrücken gestreift. Seine schelmische Nase, jetzt fiel es mir ein, ich hatte noch nie gewusst, was er dachte, wenn er in einer Ecke saß und vor sich hin lächelte.

Irgendetwas war nicht wahr oder ist nicht wahr. Hatte ihn jemand, seine Frau?, von mir weggehext oder war er plötzlich aufgewacht und sah um sich herum ein Spinnennetz, dass ich nicht aus Berechnung, sondern aus reinem Gefühl, wie ich jedenfalls dachte, gesponnen hatte? Riss er sich jetzt los, mit gesammelter Kraft, wie er sich bei unseren heimlichen Treffen nicht losreißen konnte und blieb, sitzen blieb, während er immer am Losgehen war?

Warum sagst du das, fragte ich und unterdrückte die Zärtlichkeit in meiner Stimme, um ihn so frei wie möglich antworten zu lassen.

Er löste sich vom Geländer und trat auf mich zu, griff nach einer Hand, nannte meinen Namen.

Fass mich nicht an, schoss es aus mir heraus, und im nächsten Augenblick wurde mir klar, dass dieser eine Satz tief getroffen hatte und nicht mehr rückgängig zu machen war, ob er stimmte oder nicht, ab jetzt würde ich mir wieder einen Mantel überziehen, den ich vor ihm vertrauensvoll abgelegt hatte. Der Satz war vergiftet und ich stand noch, würde aber das Gift in kleinen Dosen aufnehmen und unmerklich sterben. In dem Maß, in dem ich meinte, ihn zu lieben, schäumte jetzt Hass in mir hoch, ich blickte ihn an und erkannte ihn wieder und sah, dass er nie anders war, dass er nie etwas versprochen hatte. Ich erinnerte mich daran, dass mir der Hass nicht fremd war, denn oft hatte ich jahrelang gewartet ohne eine Nachricht von ihm, hatte ich viele Nächte im Halbschlaf zugebracht, weil ich bei jedem in die Straße biegenden Wagen meinte, seinen zu hören. Erst war ich ärgerlich, dann besorgt, und wenn ich erfuhr, dass er lebte, dass es ihm gut ging, beschloss ich, mich endlich von ihm zu lösen, und wenn die Wut den höchsten Punkt erreicht hatte, stand er vor der Tür. Er ließ meine Tiraden über sich ergehen, die gleichen, die er von seiner Frau kannte, er wartete geduldig, bis sie vorüber waren, verzieh mir großzügig, denn ich hatte, im Gegensatz zu seiner Frau, kein Recht dazu, obwohl ich zu einer Art Zweitfrau geworden war, wie er mich einmal halb im Scherz nannte, obwohl die Zeit nicht die war, in der man in Vielehe lebte, und ich hatte die Argumente abgewägt und geantwortet, dass es möglich wäre, wenn beide Frauen nichts voneinander wüssten, örtlich getrennt wären und von dem Mann gleich viel Liebe und Aufmerksamkeit erhielten. Aber ich wusste, dass er sie warten ließ wie mich, dass er mit ihr so unentschieden war wie mit mir, und ich wollte nicht an ihrer Stelle sein und ich hatte sie gesehen, wusste, dass ihre Augen funkelten, wenn sie lachte, und dass sie weinte, wenn er ihr wehtat.

Komm, sagte David und ging vor mir die Treppe hinunter. Es hatte aufgehört zu regnen und mit jeder Treppenstufe fiel die Last eines Jahres von mir ab, merzte den Schmerz aus, es verging viel heilende Zeit, ich starb ein bisschen, aber die Zuversicht war nicht totzukriegen.

Bläulichweiß schimmerte etwas durch die Bäume. Es war der Fluss, von einer Algenschicht überzogen, auf der sich das

Mondlicht brach und fast wie Schnee aussah, und es war warm. Ein Ast ragte aus dem Wasser wie ein Krokodil in Lauerstellung. Der Wald war still. Nur unsere Schritte knackten auf den trockenen Ästen, sodass wir vor uns selbst erschraken. Wir verloren den Weg, die Tränen waren zu Perlen geronnen und von einem Räuber gestohlen. Wir drehten die Ohren aus dem Wind und lauschten in alle Richtungen, als würden wir so den Weg zurückfinden.

Ohne dich hätte ich Angst, sagte David.

Ich ohne dich auch, sagte ich, und da waren wir wieder, wie wir immer waren, wir gingen nebeneinander, als hielten wir die Hände, ließen sie nicht los, gingen, weil wir nicht stehen bleiben durften, weil wir übereinander herfallen und vom Fluss verschlungen und von der Mondschicht überzogen würden.

Als wir aus dem Wald traten, wurde der Himmel schon blau und überlagerte das rötliche Licht der Straßenlampen. Ich kannte die Straße, aber ich fand mein Haus nicht und ich fragte eine Frau, sie antwortete in einer seltsamen Sprache, und als ich mich nach David umdrehte, war er samt dem roten Licht verschwunden.

Roland Koch

Pfützen

Sie mag Wasser. Das ist alles, was sie weiß. Sie geht abends nicht gern weg, nicht nach acht, dann denkt sie lieber. Sie spricht nicht mit den anderen Studenten, sie kommt ein oder zwei Tage, dann reicht es ihr. Am liebsten würde sie nur Modelle bauen, die müssten nicht einmal statisch funktionieren. Sie schläft gern lange.

Wenn sie aufsteht, ist ihre Mitbewohnerin schon weg, sie beobachtet den Briefträger, der mit seinen hektischen Bewegungen langsamer vorankommt, als wenn er ruhig bliebe. Oft verliert er einen Brief oder wirft etwas falsch ein.

Ein Ferienjob könnte das sein, denkt sie.

Sie weiß, dass Marek sie ansieht, aber sie mag es nicht. Abends, bei einem Vortrag, setzt sie sich trotzdem neben ihn. Er bringt nachher zwei Gläser Wein an ihren Platz, da steht sie auf.

Sie muss nach Hause, doch, sie trinkt noch einen Schluck.

Sie sagt nichts, sitzt neben ihm, trinkt, mehr hat sie nicht zu geben.

Es ist gut, dass du mal nicht wegsiehst, sagt Marek.

Er riecht nach diesem Öl, mit dem man eingerostete Schrauben löst.

Nachts beginnt sie eine Zeichnung, ein Haus, das wie eine Arche aussieht und am Meer steht. Gibt es das schon? Marek hat von Altbausanierung geredet, er will nichts Neues bauen, das Beste ist, das Alte wieder freizulegen. Sie muss an ihren Bruder denken.

In der Stadt gibt es fast kein Wasser, nur ein Flüsschen, das lange zubetoniert war und stückchenweise freigelegt wird. Eine Braunkohlegrube weiter draußen, die zu einem See rekultiviert wurde. Ein paar Teiche in den Parks. Nicht das Wasser, das sie kennt. Wenn sie zwei Tage an der Universität war, möchte sie alles abwaschen, schwimmen, das zu viel Gehörte wässern.

Rita sitzt in der Küche und telefoniert. Um mit ihr zu sprechen, muss man eine Lücke zwischen zwei Anrufen finden, meist aber ist die Leitung besetzt. Rita hat Freundinnen, mit denen sie so lange reden muss. Oft geht sie danach weg, ohne dass man etwas hört, genauso geräuschlos kehrt sie nachts nach Hause zurück.

Der Einzige, mit dem sie spricht, ist David. Er kommt aus Hamburg, ist ein wenig zu groß, alles an ihm wirkt überdimensioniert, und er hat diese dröhnende Stimme. Vielleicht sind seine Eltern reich, er sagt es nicht genau. Er erzählt von der Außenalster, den ganzen Tag dort sitzen, das wäre etwas für sie. Er will sie einmal mitnehmen. Sie war schon oft in Hamburg, ihr Bruder lebt dort.

Die Gegend, in der sie aufgewachsen ist, ein Hafen, eine kleine Stadt, die Ostsee.

Diese blauen Augen kommen von der Ostsee, sagt David. Er lacht. Er riecht nach Wind, nach angebranntem Toast. Er plant nichts, er wird seinen Abschluss machen, in Hamburg in ein Architekturbüro eintreten, an das sein Vater ihn empfiehlt. Er wird auf Baustellen arbeiten, Bauleiter anschreien, mit den Gummistiefeln im Matsch stehen, mit den Arbeitern reden. Er ist der Typ, der mit Menschen umgehen kann.

Er ist überall beliebt, er wird zu vielen Partys eingeladen, er hat eine Freundin, die Schauspiel studiert. Er könnte selbst am Theater sein mit seinem weichen großflächigen Gesicht, das fast alles ausdrücken kann. Manchmal kommen sie zu zweit vorbei, als wären sie ein Paar.

So sieht eine schöne Frau aus, denkt sie, hellblond, groß, fleischig.

Sie kommt nicht mit, läßt die beiden wieder zusammen gehen und ärgert sich.

Manchmal ist nachts ihr Mund so trocken, dass sie aufstehen und ihn ausspülen muss. Sie hat keinen Durst, nur die Schleimhaut schmeckt entsetzlich trocken. Es ist, als sei die Nacht zu trocken für sie. Oder die Stadt? Sie liest, bis es Morgen wird. Soll sie zurückgehen?

Sie steht an der Kreuzung und geht über den kleinen Platz, an dem ein neuer Brunnen aufgestellt wurde. Wasser läuft über verschiedene Granitflächen und -rinnen. Bald ist ihr der Verkehr zu laut. Sie macht Fotos von den Gebäuden. Dem Reichsgericht. Der Hochschule für Grafik. Sie fotografiert die Treppenhäuser. Es ist April, und das Licht verändert sich in wenigen Minuten mehrmals, als hätte sie in drei verschiedenen Jahreszeiten fotografiert. Sie befühlt mit den Fingerspitzen den Stein, das Holz, das Glas. Basalt mag sie am liebsten.

In den Vorlesungen gähnt sie oder spielt mit ihrer Kamera. Oder sie träumt. David stößt sie manchmal an, wenn er sie erwischt. Marek berührt sie nie, er sieht sie an, als wolle er von ihr das Träumen lernen. Sie gehen mittags in ein Café, aber David und Marek streiten, sie reden über die Grachtenhäuser in Amsterdam, als hätten sie viele Jahre dort gelebt. Stimmt es, dass manche Häuser in Amsterdam auf Holzpfosten gebaut sind?

Marek sagt nein. Er ist in Polen geboren, manchmal sieht er sie an und meint: Das ist kein Grund, mich nicht zu mögen. Aber das ist dein Grund. Er sieht sie an, als habe er sie aufgegeben.

Sie telefoniert jetzt morgens, wenn Rita weg ist, sie ruft ihren Bruder an, der noch im Bett liegt. Er ist Schauspieler, früh spricht er leise, auch er ist ausgetrocknet.

Ins Schwimmbad geht sie abends allein, sie möchte nicht vor David im Badeanzug stehen, nackt schon, aber nicht so. Vor Marek wäre es ihr egal. Sie schwimmt auf dem Rücken und schließt die Augen, in dem Platschen des Wassers ist ein Rhythmus, der sie zufrieden werden läßt. Das Rufen der anderen, die sich immer durch Laute bemerkbar machen müssen.

Ist David überhaupt ein Mann?, denkt sie plötzlich, er könnte eine große, freundliche Mutter sein. Er könnte gut mit Babys umgehen.

Dann wird es warm, und sie geht jeden Nachmittag in den Park. Von hier aus sieht man ein paar Plattenbauten, die moderne Fassaden bekommen haben. Hinter den neuen dichten Fenstern soll es in den Wohnungen schimmeln. Sie war mal in einer. In den Bädern sind Abzüge, und es entsteht ein Unterdruck, weil sie die Luft aus den Zimmern saugen. Sie würde gern dort wohnen, mit Balkon, die Wohnungen sind groß und hell.

David erzählt von der Bretagne. Freunde von ihm haben ein Haus direkt am Meer. Er möchte im Sommer mit ihr dorthin fahren. Mit ihr und der Schauspielschülerin.

Die Schauspielschülerin, das klingt herablassend, sagt David. Sie heißt Jana.

Sie sagt nicht zu, sie überlegt, wahrscheinlich so lange, bis es zu spät ist.

Marek fährt im Sommer nach Krakau, er lädt sie ein mitzukommen, aber er glaubt nicht, dass sie ja sagt. Sein verlegenes, weiches Lächeln. Sie fährt allein nach Dresden, setzt mit einer Fähre über die Elbe, fotografiert den Fluss, geht im Schlosspark von Pillnitz spazieren, denkt über beide Vorschläge nach. Sie sitzt auf einer Bank an der Elbe. Sie könnte auch etwas anderes machen. Sie steht unter den alten Bäumen, vor der riesigen blühenden Kamelie in ihrem Glashaus, jetzt wünscht sie sich nichts mehr.

Sie baut ein Modell, das aussieht wie ein griechischer Tempel, ein klarer strenger Bau, mit hellen Säulen und rechten Winkeln. Es ist aber ein Schwimmbad. Sie weiß nicht, wo sie die Rutschen unterbringen soll, die müsste sie von außen ankleben, das würde alles verderben. Die Rutschen brauchen zu viel Platz. Es gibt einen Wettbewerb, und sie würde gern ihr Modell einreichen. Aber es soll ein Spaßbad sein, mit vielen runden Becken, Whirlpools, Außenbereich, Saunen, Saunasee, wie passt das zu den einfachen Formen des Tempels? Tagelang geht sie nicht zur Uni.

Marek und David streiten über den Wettbewerb. Muss man fertige Zeichnungen einreichen, muss die Statik berechnet sein, oder geht es allein um die Idee? Marek ist wütend, er spricht von einer bunten Kuppel, aber David findet das kitschig. David würde alles aus Holz machen. Sie erzählt nichts von ihrer Idee.

Abends geht sie mit zu David. Sie sind allein, er fragt sie, ob sie bei ihm bleibt. Sie hat Meißener Wein getrunken, drei Gläser, und sie sagt ja. David ist vergnügt, er putzt sich die Zähne. Er hat ein Hochbett, und als sie oben angekommen sind, hat sie vergessen, zur Toilette zu gehen. Sie will nicht nackt die Leiter hinunter und durch das Zimmer laufen. David sieht sie neugierig an. Sie denkt an Jana. Als sie David küsst, spürt sie einen warmen, angenehmen Strom, aber Davids Matratze ist nass.

Sie steigt hinunter, zieht sich an und geht. Sie fühlt sich betrunken, aber sie spürt sonst nichts. Sie will David anrufen und sich entschuldigen, es meldet sich nur seine Mailbox, da legt sie auf. Sogar ihre Handflächen sind wieder trocken.

Sie bleibt zu Hause und bastelt an ihrem Schwimmbad. Sie hat den Tempel sanfter gemacht, runder, asymmetrisch, beinahe wie ein antroposophisches Gebäude. In einer leichten Steigung bringt sie die Rutschen unter, gleich drei. Becken in

Brezelform. Immer wenn es klingelt, deckt sie das Modell zu. Aber es ist nur für Rita.

David meldet sich eine ganze Woche lang nicht. Klausuren, Übungen, Scheine, sie hat sich um nichts gekümmert. Dieses Semester gehört nur den Modellen. Sie denkt schon an eine Kirche, ein Rathaus. Das Gebäude der Hafenverwaltung? Ein Wasserwerk? Etwas wie ein schlankes, lang gestrecktes Boot. Ein Hotel auf einer Insel. Das wäre es.

Im Café trifft sie Marek, allein, nicht mit David, wie sie gehofft hatte. Er hat von David auch nichts gehört.

Scheint weggefahren zu sein, sagt er.

Sie trinkt nur ein Bier, dann geht sie mit zu Marek. Sie war noch nie bei ihm. Er wohnt in einer unsanierten Wohnung, allein, er hat zweihundert Quadratmeter. Was man daraus machen könnte. Er benutzt nur ein Zimmer, er zeigt ihr die anderen, als ob sie sich eins aussuchen solle. Marek ist traurig, er scheint zu wissen, dass etwas zwischen ihr und David passiert ist, aber er weiß nicht was. Und er weiß, dass sie ihm nichts sagen wollen. Er tut, als habe er schon verloren.

Sie geht zurück in sein Zimmer, sie hatte etwas gesehen. Tatsächlich, Marek besitzt ein Aquarium. Davon hat er nie erzählt. Sie setzt sich vor das Becken und sieht dem Fischschwarm zu. Es ist nur eine Art darin, winzige, durchsichtige Fische, die synchron schwimmen, wie in einer Shownummer. Marek setzt sich neben sie.

Das findest du wohl spießig, sagt er.

Er hat wieder diesen rauen Ton, bei dem sein Akzent durchkommt. Immer sagt er etwas Negatives. Sie nimmt seine Hand. Er schüttelt den Kopf, aber sie hält sie fest. Marek erklärt etwas über die Fische, die Pflanzen, wie schwer sie zu pflegen sind, den Bodenbelag, die Hölzer, die er versenkt hat, die Landschaft, die er in dem Becken bauen will, wenn die Pflanzen weiterwachsen. Die Balance, die er herstellen will. Es soll nicht nur auf die Fische ankommen. Es soll ein Gleichgewicht zwischen Mikroorganismen, Tieren und Pflanzen entstehen.

Sie denkt an ihr Schwimmbad, sie will etwas Ähnliches versuchen. Sie spürt, dass Marek sich vorbereitet, nach Worten sucht, er hat etwas wochenlang angesammelt, das er gleich loswerden will. Etwas bäumt sich auf. Sie hat Angst vor einer neuen Panne. Sie geht nach Hause, obwohl sie spürt, dass er nicht mehr kann. Sie verurteilt sich dafür. Sie spürt, dass es die letzte Gelegenheit war.

David war mit Jana in Hamburg. Das ist nur die eine Neuigkeit. Sie haben gestritten, sie wollen sich nicht mehr sehen. David zeichnet Holzhäuser, die sich mit der offenen, gläsernen Seite nach der Sonne drehen lassen. Man hat den ganzen Tag über wechselnden Ausblick. Technisch ist das möglich, er hat recherchiert. Mit einem Knopfdruck kann man die Bewegung anhalten, dann ist der Eingang zum Keller wieder frei.

Ob sie später Kinder haben will?

Sie lacht. Hat er darüber mit Jana gestritten? Jana mit der glatten, reinen Haut, dem fülligen Busen, wie ein gelungenes Bauwerk. Sie sprechen nicht über das, was passiert ist. David lacht nicht mehr. Er ist komisch, er erzählt von seinem Vater, der Anwalt ist. David hat keine Geschwister. David bereitet ein Fischcurry zu, für sie beide. Sie trinken vorher eine Flasche Wein, sie setzt sich an den Tisch in seinem Zimmer und hört ihn in der Küche singen. Sie essen schweigend, und eigentlich ist es schön.

Bis David sagt, dass sie sich nicht schämen soll. Sie ist empört über seine Dummheit. Glaubt er, dass es ihr immer so geht? Das läßt sich nicht aufklären. Soll sie das Gegenteil beweisen? Er versteht sie sowieso falsch. Nach dem Essen hören sie Musik, aber David bleibt ernst, und sie geht um acht, sie freut sich auf ihr Zimmer, auf die Ruhe. Sie wird ausschlafen.

Sie geht mit Rita ins Kino und versucht, David zu vergessen. Es ist so warm, dass die Biergärten aufmachen. Sie geht jetzt abends oft weg, mit Rita, mit ihren Freundinnen, es ist viel einfacher. Einmal fahren sie zu dem neuen See und legen sich in die Sonne, das Wasser ist noch zu kalt. Sie stellt sich vor, wie es wäre, hier ein Haus zu bauen, direkt am Ufer, ein Strandcafé, das an die ehemaligen Braunkohlebagger erinnern soll.

Sie hat ihr Modell längst eingereicht, sie bekommt einen Zwischenbescheid, alle Modelle werden öffentlich ausgestellt, irgendwann wird die Jury eine engere Auswahl treffen. Sie ist aufgeregt, obwohl sie weiß, dass sie keine Chance hat. Sie muss in den Ferien ein Praktikum auf einer Baustelle machen.

Marek möchte, dass sie zu seiner Party kommt. Sie hat kein gutes Gefühl, aber sie sagt zu. Sie trägt einen Rock und Sandalen mit Absätzen. Auch Marek ist anders, er ist aufgeregt, er riecht an ihrem Hals. Was hat David ihm erzählt? David ist nicht eingeladen. Marek hält sich immer an ihrer Seite auf, er leiht ihr die Rolle der Gastgeberin. Obwohl sie doch hier nicht wohnt, fragt sie jeder nach der Toilette oder den Getränken.

Jana kommt allein. Sie bringt selbst gemachtes Sushi mit. In einem Raum wird getanzt, sie geht sofort hinein und schließt sich an.

Marek sieht zufrieden aus, er scheint sich auf den Moment zu freuen, wenn alle gegangen sind. Er grinst manchmal. Er trinkt zu schnell, und er sagt ihr, dass sie heute hier bleiben soll. Sie lacht, sie spürt, dass er wütend ist.

Sie tanzt allein, und später sieht sie Marek, der in einem Sessel sitzt, zwischen seinen Beinen Janas Kopf. Er massiert ihren Nacken, sie hält seine Beine umschlungen.

Um zwei ist sie zu Hause, Rita ist noch wach, aber als sie in die Küche kommt, sitzt David da. Er lacht nicht.

Warst du bei Marek?

Sie nickt. Sie stellt sich vor, dass David gut zu Rita passen würde.

Schläft Rita schon?, fragt sie.

Du bekommst einen Preis, sagt er.

Er hat ihr Modell in der Ausstellung gesehen, die Preisträger wurden heute bekannt gegeben.

Du weißt, dass das nichts bedeutet, sagt sie.

Sie geht zur Toilette, läßt das Wasser im Waschbecken dabei laufen, dann folgt sie David in ihr Zimmer.

Sie liegen im Bett, und wieder küsst sie ihn. Aber es passiert diesmal nichts. Das ist noch schlimmer. Sie spürt, dass David auf der anderen Seite eines Grabens ist. Sie kann ihm nicht herüberhelfen. Er trinkt verzweifelt den Wein, den er mitgebracht hat. Sie legt ihr Ohr an seinen Bauch und hört es gluckern.

Ulla Lenze
Engel

Später kann ich mich nicht mehr an sein Gesicht erinnern. Ich sehe nur Ausschnitte, die ich nicht zusammenfügen kann; die Linien auf seiner Stirn, wenn er beim Singen die Augenbrauen hochzieht, die Müdigkeit um seinen Mund herum, wenn ich ihn dort berühre und es ihn in einen Taumel versetzt, seine Brillengläser, in denen ich mich spiegle, bis ich die Augen schließe. Und immer wieder sein kopfloser Körper, der an eine Säule gelehnt auf mich wartet.

Ich möchte mich nicht wegbewegen von dem Ort, an dem ich bin. Aber ich fühle mich geehrt, dass man sich an mich erinnert. Der Anruf kommt am Abend vor der dritten Probe.
Ein Sopran ist krank geworden.
Ich kenne das Werk nicht.
Das macht nichts. Romantische Chormusik. Man kann es vom Blatt singen.

Aus dem Lexikon erfahre ich: Es geht um einen gefallenen Engel. Er unterzieht sich großer Strapazen, um wieder ins Paradies zurückkehren zu dürfen. Er sammelt den Blutstropfen eines Jünglings, der im Krieg stirbt, und den Todesseufzer einer jungen Liebenden. Am Ende verdient er sich das Paradies durch Reuetränen.

Ich fahre in eine andere Stadt. Die Frau, die den Engel singt, geht dort vor dem Bahnhof auf und ab. Ich erkenne sie, obwohl ich sie noch nie gesehen habe. In ihrem Blick ist jene Gelassenheit, die durch das Wissen um das Unabwendbare entsteht.

Das Unabwendbare des Falls, der Anstrengung und des Sieges.

Das mag ich mir einbilden.

Da spricht sie mich an.

Ich antworte, dass ich zur gleichen Adresse muss und alle Busse am Konzerthaus vorbeifahren.

Im Bus setzt sie sich neben mich. Ich sehe nach draußen. Die Stadt hinter der Glasscheibe ist dunkel, man erkennt nur den Innenraum des Busses. Ich frage sie, weshalb der Engel aus dem Paradies vertrieben wurde. Sie sagt, was ich schon weiß: dass die persische Sage darüber keine Auskunft gibt.

Wohl das Übliche, lacht sie dann.

Wir betreten den Probensaal gemeinsam. Sie ist schön, das wird mir klar, als ich neben ihr stehe und die Aufmerksamkeit bemerke, die sie auf sich zieht. Nachdem ich mir einen Platz im Chor gesucht habe, spüre ich es.

Sein Blick hat nicht dem Engel, sondern mir gegolten. Denn er sieht mich immer noch an. Ich kenne ihn nicht. Er lächelt jetzt.

Ich rede mit ihm, aber es ist ein Verstummen, das ich fühle.

Nein, ich will nicht noch einen trinken gehen.

Er wird auf mich warten, sagt er und geht auf seinen Platz zurück.

Er hat das Verstummen gehört.

Während der Probe blicke ich manchmal in seine Richtung. Er merkt es, er schaut nie zurück. Er singt dasselbe wie ich, nur ein paar Takte früher: *das Blut, das Blut, für die Freiheit verspritzt vom Heldenmut.*

Ich kann ihn heraushören. Er spricht die Konsonanten schärfer als die anderen.

Ich verlasse den Saal, ohne mich umzusehen. Er ist bereits draußen und sagt: Ich bin auch müde. Wir werden nicht weggehen, wir werden im Hotel noch was trinken. Er sagt einfach: wir.

Er winkt ein Taxi herbei und öffnet mir die Tür. Sollen wir nicht jemanden mitnehmen, frage ich.

Die gehen zu Fuß, sagt er und setzt sich neben mich auf die Rückbank.

Ich frage ihn, ob er schon öfter in diesem Chor gesungen hat.

Er sagt, es sei das erste Mal. Er sei Solist, eigentlich. Es ist wegen des Geldes.

Der Weg zum Hotel ist nicht weit, aber die Fahrt dauert lange, immer wieder stehen wir vor roten Ampeln. Als wir das Hotel betreten, sind die meisten schon da. Vor der Rezeption hat sich eine Traube gebildet. Immer wieder ruft der Portier Namen auf, oft von Leuten, die noch nicht da sind oder ganz hinten stehen. Jedes Mal gerät die Gruppe in Aufruhr, wenn welche sich nach vorne kämpfen, weil sie ihren Namen hören.

Wir stehen schweigend nebeneinander. Er legt seine Hand auf meine Schulter. Sie bewegt sich nicht, aber ich spüre eine Viertelstunde lang ihre Unruhe.

Mein Zimmer ist eine Etage höher als seins. Bevor sich die Tür des Aufzugs hinter ihm schließt, dreht er sich noch einmal kurz um. Dieser Blick ist anders. Er ist sich nicht mehr ganz sicher.

Ich schaue reglos zurück, und darin liegt der Beginn von etwas.

In meinem Zimmer mache ich als Erstes den Fernseher an. Ich schalte durch die Programme, ohne etwas zu verstehen. Ich laufe auf und ab und trinke ein Glas Wasser. Jemand klopft an die Tür.

Nein, sage ich, und dann lauter, nein. Es klopft wieder. Ich schreie: Geh weg.

Das Klopfen hört auf.

Der Flur vor meiner Tür ist dämmrig und leer. Ich fahre mit dem Aufzug eine Etage tiefer. Eine der Türen ist angelehnt, ich gehe hinein und schließe sie hinter mir. Er sitzt auf dem Bett mit dem Rücken an der Wand, die Beine vor sich ausgestreckt. Der Fernseher läuft. Er wirkt nicht überrascht. Ob ich ein Bier will. Er gießt es in die Zahnputzbecher. Auf den Engel, sage ich, und er sieht mich lange an, bevor er schließlich sagt, meinetwegen. Ich setze mich neben ihn und trinke in großen Schlucken das lauwarme Bier.

Ein Mann liegt in einem Krankenhausbett. Er hat einen Verband, der vom Oberschenkel bis zur Hüfte reicht, und ist an Händen und Füßen gefesselt. Eine Krankenschwester schneidet den Verband auf. Sie ritzt ihm dabei in die Haut, sodass rote Blutrillen entstehen. Als er stöhnt, klebt sie ihm den Mund zu. Nachdem sie den Verband entfernt hat, hebt sie ihren Kittel und steigt auf ihn auf.

Willst du es kaputtmachen?

Ich habe gelacht.

Der Film ist schlecht, antworte ich.

Er sieht mich an, als hätte ich mich in einem Widerspruch verfangen.

Ich hatte mal einen Nachbarn, sagt er. Ein Schreiner. Nach Feierabend hat er in seiner Gartenlaube weitergeschreinert. Man hörte ihn wochenlang hämmern und sägen und jeder dachte, er baue Schränke und Betten. Eines Tages lagen im Müll Fotos von ihm. Er lag unbekleidet auf einer hölzernen Streckbank, dahinter diverse Folterinstrumente. Vor ihm stand eine Frau, in Leder, sie sah auf ihn herab.

Es seien die Leute, denen man das am wenigsten zutrauen würde.

Er steht auf und schaltet den Ton vom Fernseher ab, dann löscht er die Nachttischlampe. Der Fernseher wirft nun zuckendes Licht durchs Zimmer. Er setzt sich wieder neben mich. Ich überlege, was ich sagen könnte. Er zieht mich an den Schultern zu sich, bettet meinen Kopf in seinen Schoß. Seine Hand berührt vorsichtig mein Haar. Der Bund seiner Jeans stößt gegen meine Wange. Er möchte mich küssen, und ich drücke mein Gesicht in sein Kordhemd, dort, wo sein Bauchnabel sein müsste. Der Geruch. Nein, ich habe keine Angst, sage ich, als er mich fragt.

Aber ich möchte jetzt lieber gehen.

Er kommt mir nach, bis zur Tür. Er steht hinter mir, und ich spüre seinen Körper, ohne ihn berühren zu müssen. Ich drehe mich noch einmal um. Nur unsere Lippen treffen sich. Als hingen sie mit nichts zusammen.

Bevor ich in dieser Nacht einschlafe, sehe ich mich selbst, wie ich am Morgen durch die Stadt gelaufen bin. Es ist nicht kälter als vorher. Dennoch friere ich mehr, die Luft ist anders: wie aufgeraut, sie schürft über meine Haut, sie verletzt mich.

Ich habe eine Reise vor mir.

Ich kaufe ein: Nylonstrümpfe, Lutschbonbons, ein schwarzes Kleid. Ich verspäte mich. Den Mann, den ich seit Anfang dieses Jahres liebe, rufe ich im Zehnminutentakt an. Ich sage jedes Mal das Gleiche: Noch eine halbe Stunde. Er lacht.

Ohne diesen Mann, den ich seit Anfang dieses Jahres liebe, fühle ich mich leer, fühle ich mich unvollständig, brauche ich für alles länger.

Dass du dafür anrufst.

Ja. Ich will diesmal nichts falsch machen, antworte ich.

Ich muss bis unters Dach. Ich nehme zwei Stufen auf einmal und verlangsame mein Tempo erst, als ich fast oben bin. Ich keuche, die Leere wird gleich weniger, es ist immer so.

Er steht nie in der Tür, sondern öffnet sie und geht dann wieder. Manchmal singe ich oder rufe nach ihm. Ich finde ihn dann in der Küche oder in einem der Zimmer. Er sagt, dass er sich jedes Mal noch wundert, wenn ich plötzlich da bin.

Als ich ihn heute verließ, blieb er auf dem Bett liegen; ich bat ihn darum. Neben seinem Kopf war eine Mulde im Kissen. Als sei ich noch da. Durch das Fenster schien die Wintersonne, und ich konnte sie ansehen, ohne das es wehtat.

Ich sagte nichts, und auch mein Geliebter sagte nichts. Damit es kein Abschied wurde.

Am nächsten Morgen stehe ich früh auf und gehe in den Frühstücksraum. Er sitzt bereits da und macht eine einladende Handbewegung.

Ich setze mich zu ihm.

Du bist nett, sagt er. Nett ist nicht das richtige Wort. Aber ich kenne zwei Menschen, zusammen sind die so wie du.

Vielleicht ist es das, was du spürst. Dass ich nicht alleine bin.

Seine Antwort sind seine Hände. Er formt sie zu einer

Schale und nimmt meinen Kopf hinein. Damit zieht er mich zu sich, Stirn an Stirn. Ich sehe mich in seinen Brillengläsern gespiegelt, ich schließe die Augen, um meinem Bild zu entrinnen. Die Bedienung stellt den Kaffee zwischen uns ab. Er lässt mich wieder los.

Ich weiß nicht, ob das richtig ist, sage ich, und was das überhaupt ist.

Wir werden nicht gefragt, sagt er und schaut weg.

In der Mittagspause laufe ich die Straße hinab, so weit, bis die Entfernung stimmt.

In einer Buchhandlung kaufe ich ein Buch. Als ich bezahlt habe, steht er plötzlich vor mir. Es sei Zufall, schwört er. Und deshalb darf er das tun: mich gegen ein Bücherregal drücken und die Lippen öffnen, mit seiner Zunge nach meiner angeln. Im Rücken spüre ich Bücher, unter meinen Achseln seine Hände, ein Griff wie eine Zange.

Es macht Spaß.

Ich muss es deshalb beenden.

Ich lasse ihn stehen, gehe die Straße zurück, halte inne, kehre wieder um.

Er legt seinen Arm auf meine Schulter. Ich fahre mit der Nasenspitze sein Gesicht aufwärts, stelle mich auf die Zehen, um seine Stirn zu erreichen. Er hält still, sein Gesicht wird leblos. Ich rieche an seiner Haut.

Das ist bedeutsam, das ist ein Ritual.

Ihm wird schwindelig davon.

Ich sage, dass ich jetzt wirklich gehe und er mir nicht folgen darf.

Er lacht. Er weiß, dass das nichts hilft.

Nach einigen Metern drehe ich mich um: Er steht immer noch dort und sieht mich an.

An diesem Abend gehe ich nicht ins Hotel, sondern fahre

mit dem Zug nach Hause, zu meinem Geliebten. Ich laufe das Treppenhaus hoch, nehme zwei Stufen auf einmal, ich singe.

In der Nacht holt er ein Handtuch, um den Schweiß von meinem Körper zu wischen. Nicht, sage ich und nehme es ihm aus der Hand. Am nächsten Morgen dusche ich nicht, gehe mit Schweiß und Speichel auf der Haut nach draußen.

Er lehnt an einer Säule und wartet auf mich.

Er greift nach meiner Hand und zieht mich den Gang entlang.

Bis zu der kleinen Nische. Durch die Wand dringen die Einsingübungen des Chors. Was ich ihm sagen will, spreche ich in seinen Mund hinein, und die Worte schlagen einsam, wie eine Verirrung, in meinen eigenen zurück. Sehr bald hören die Worte auf. Aber ich bin noch da. Im Verstummen. Ich wusste nicht, dass das möglich ist.

Heute ist der Kammerchor aus Polen angereist. Sie sollen uns unterstützen. Sie singen: *Hailig iesd daas Blodd.* Der Dirigent bricht ab und erteilt Sprechunterricht:

Heilich isstt dasss Bluut. Sie sprechen es nach.

Währenddessen kann ich die andere Stimme hören. Sie ist laut, denn sie ist wortlos; sie gehört meinem Körper.

Da steht der andere auf und verlässt den Saal. Ich gehe ihm nach, finde ihn da, wo ich ihn erwartet habe. Am Ende des Ganges. Durch die Wand dringt der Gesang des Engels: *geh, schwing dich im Fluge von Stern zu Stern.*

Beim Choreinsatz sind wir wieder auf unseren Plätzen.

Es folgen drei Tage Pause. Ich verbringe sie oben, in der Dachwohnung. Ich gehe kaum weg. Ich liege im Bett, ich starre in die Luft, und manchmal singe ich.

Einmal kommt ein Anruf von der Nachbarin. Das Singen würde sie stören. Ich höre gerne auf.

Während ich daliege, geht mein Geliebter auf und ab und entschuldigt sich für diese Rastlosigkeit.

Ich denke an das, was ich anfangs zu ihm gesagt hatte: Es gibt nichts, das ich dir anders erzähle als mir selbst. Es ist, als gäbe es plötzlich kein Außerhalb mehr.

Ob ich das bedrohlich fände.

Nein, das finde ich schön, habe ich geantwortet, und wir haben mir das geglaubt und wir haben uns gefreut.

Das erste Konzert ist in einem Kurhaus, einem Jugendstilbau von beängstigender Pracht. Er steht oben am Ende der Treppe, ich muss nur den roten Läufer gehen, um bei ihm anzukommen. Das Sonnenlicht fällt in seine Augen, er blinzelt und greift nach meiner Hand.

Er sagt, er möchte mir den Muschelsaal zeigen.

Wir durchqueren das Gebäude. Zu viel Gold, sage ich, schließe die Augen und lasse mich von ihm führen.

Er sagt: Der Muschelsaal ist anders.

Das stimmt. Seine Farben sind die des Meeres. Seegrün, Muschelweiß, Koralle, an der Decke das Meer. Blass, wie die Gesichter der Meerjungfrauen in ihm.

Das wollte ich dir zeigen.

Es ist ein Raum für sie. Für den Engel.

Der Engel, wiederholt er.

Ich gehe zur Tür, öffne sie, eine Steintreppe führt in einen winterlichen Park, in der Wasserpfütze eines Springbrunnens schwimmen schwarze Blätter. Er tritt hinter mich und zieht mich fest an seinen Körper.

Ich frage mich, ob dies das Außerhalb ist, von dem ich glaubte, ich hätte es nicht mehr.

Wenig später betrete ich die Sammelkabine des Chors. Frauen, die sich vor den Augen von Männern ausziehen, ankleiden, schön machen. Ich nehme mein schwarzes Kleid und gehe zum Muschelsaal, ich will mich nicht anstarren lassen. Auf dem Gang ist eine Gestalt. Sie bewegt sich, als sei sie aus einem der alten Gemälde an den Wänden. Es ist der Engel. Sie trägt langen, rubinroten Samt, auf den Schultern einen golddurchwirkten Schal. Im Konzert wird sie ihn abwärts gleiten lassen, langsam, bis man ihre blasse Haut sieht.

Er ist in einem anderen Hotel untergebracht als ich. Der Bus setzt ihn dort ab. Dieser Bus wird uns morgen in den Norden fahren, wo unser letztes Konzert ist.

Du hältst mir einen Platz frei, bestimmt er und steigt aus.

Am Morgen setze ich mich in die Mitte, da, wo alle vorbeigehen.

Er rutscht auf seinem Sitz hin und her, bis er die Position gefunden hat, in der er mich nicht berührt. Er holt ein Buch hervor und legt es auf die Ablage. Es ist ein Reiseführer über New York, dort wird er nächste Woche Konzerte haben. Er blättert darin und zeigt dann auf eine Abbildung. Eine eingeschneite Straße mit Bars und einem Kino, darüber leuchtet ein roter Schriftzug. Endless Lust, lese ich stumm, er sagt, es wird kalt werden, dann zieht er das Buch wieder weg: Ich kann nicht lesen, wenn jemand mitliest.

Da weiß ich, dass er ein Fremder ist.

Er zieht sich bis zum T-Shirt aus; die Sonne scheint in den Bus. Ich sehe zum ersten Mal seinen nackten Arm, er ist unbehaart und kommt mir obszön vor, wie plötzlich alles an ihm, sogar sein Griff nach dem Vorhang, den er mit einem Ruck zuzieht und dabei mein Gesicht streift. Auch sein Geruch streift mich, wie vor sechs Abenden, ich möchte, dass er seinen Arm dort lässt, und ich möchte auch meine Lippen auf seine legen, etwas Stummes zum Sprechen bringen, aber der Arm verschwindet wieder, als sei er ahnungslos, und seine Hand blättert eine weitere Seite des New-York-Führers um.

Ich lege meine Lippen nicht auf seine.

Er fragt: Langweilst du dich.

Ich habe Hunger.

Er legt seine Hand auf meinen Oberschenkel.

Zwischendurch essen ist eine Schwäche, sagt er und drückt sie fest in mein Fleisch, es tut fast weh.

Der Konzertsaal ist grün und kastenförmig. Er sieht aus wie ein Schwimmbad, aus dem man das Wasser gelassen hat. Nach der Generalprobe gehe ich nach draußen. Die Stadt ist mit Nebel verhangen, die Dämmerung macht ihn grau, ich spaziere hinein in der Hoffnung, mich zu verlaufen.

Es dauert, bis ich eine Telefonzelle finde. Mein Geliebter meldet sich mit müder Stimme. Er habe geschlafen. Ich erinnere ihn daran, um acht das Radio anzustellen, er könne uns dann hören. Ich will ihm etwas mitteilen, etwas anderes, aber es lässt sich vorerst nur so sagen.

Ich rede so lange, bis eine Frau ungeduldig gegen die Scheibe klopft.

Er hat auf mich gewartet und küsst mich auf die Stirn. Dann betreten wir den grünen Saal: Ein letztes Mal den Engel durch das Land der Sonne begleiten, Blut für die Freiheit verspritzen, den Saal mit den Wässern des Nils überfluten, Palmenhaine in Ägypten rauschen hören, mit Pest gestraft werden. Ein letztes Mal die blassen Schultern des Engels sehen, die sich vor Anstrengung hochziehen, wenn sie den höchsten Ton, ein dreigestrichenes c, wie einen Pfeil durch den Saal schießt, drei Takte lang, und dann ist es geschafft, der Chor jubelt *Willkom-*

men, willkommen unter den Frommen, und der Beifall des Publikums ist wie eine große Flut, die alles unter sich begräbt.

Ich lege die Noten weg und sehe ihn an.

Ich will nicht, dass er auf mein Zimmer kommt. Ich gehe zu ihm. Es geht schnell, als seien wir auf der Flucht.

Küss mich, befiehlt er. Ich küsse ihn und er heult auf wie ein erzürntes Kind.

Ich schmecke mich ja gar nicht.

Er stößt seine Zunge tief in meinen Mund, wühlt in jeder Ecke, bis in den Rachen.

Du hast es geschluckt.

Ich habe es geschluckt. Es schmeckte nach dem Bier, das wir vorher getrunken haben.

Er schlägt mir hart ins Gesicht. Aus meiner Nase läuft Blut. Auch auf dem Laken ist Blut, und ich weiß nicht, wie es dahin gekommen ist.

Ich gehe ins Bad, ich wasche mich. Er ruft: Leg dich noch einmal zu mir.

Ich lege mich noch einmal zu ihm.

Er hält sein Ohr an meine Brust.

Ich spüre dein Herz. Aber ich höre es nicht.

Ich stehe auf und sammle meine Sachen vom Boden. Blicke kurz zurück, sehe in das Gesicht, an das ich mich ab jetzt nicht mehr erinnern werde. Ich glaube, er sagt:

Wenn du gegen die Wand klopfst, kann ich dich hören.

Denn mein Zimmer grenzt an seins. Dort lasse ich das Licht aus und öffne das Fenster. Ich sehe den Mond und eine Windmühle, die ich tagsüber nicht bemerkt habe, der Nebel ist nun verschwunden.

Ich klopfe nicht. Ich höre ihn klopfen, aber klopfe nicht zurück. Ich bin ganz still und verbiete mir, mich zu erinnern.

Mirko Bonné
Geschwungene Treppe

Er hatte Teile der Mappe ins Bett mitgenommen, lustlos schrieb er Anmerkungen in seinen Block. Die Zeichnungen gefielen ihm besser, als er es tagsüber unter dem Eindruck ständiger Störung hatte wahrhaben wollen.

Dennoch war er in unguter Stimmung. Er hätte hier und da gern in Marinas Bilder eingegriffen, nicht nur weil er wusste, wie man sie hätte verbessern können (schließlich war er Dozent an einer Kunsthochschule); eingegriffen hätte er am liebsten in die Künstlerin selbst, die in seinen Augen ... einer Verbesserung bedurfte.

Er kannte sie, hatte mit ihr gelebt.

Die Zeichnerin, Marina, seine Nichte, hatte sich, er wusste nichts Genaues, offenbar in den Kopf gesetzt, Kunst zu studieren.

«Sie will es so», hatte seine Schwester, Marinas Mutter, gesagt, die von dem inzwischen beendeten Verhältnis ihres Bruders mit ihrer Tochter noch immer nichts ahnte, als sie vor einigen Wochen mit der Mappe zu ihm gekommen war. Um den vielleicht doch in ihr aufkeimenden Verdacht zu zerstreuen, hatte er sie gefragt, weshalb Marina sie ihm nicht selbst gab, ihre Zeichnungen. Aber seine Schwester hatte darauf nicht geantwortet, sie war in Eile gewesen, musste noch packen, für den gemeinsamen Urlaub mit Marina, in der Provence und im Piemont.

«Gut, ich will sehen, ob es was taugt», sagte er, sagte also nicht, was seine Schwester, die manchmal von erschreckender

Einfältigkeit war, glaubte erwarten zu können, nämlich: «Ich will sehen, was ich machen kann.»

Er wollte, wie stets, wenn er prüfte, selbst vorkommen in einer Zeichnung, auf welche Weise auch immer, und wenn er nur eine Spur fand, die niemand außer ihm als solche erkannte.

Marinas Mappe aber hätte er glattweg vernichten müssen, um darin etwas von sich wiederzufinden – Ungeduld, Jähzorn, Herrschsucht, die ganze Palette der Kränkungen. Oder, dachte er im Bett (und mit müdem Lächeln, das dem kindischen Einfall galt, schob er die Blätter beiseite) … oder er signierte mit der Buchhalterakribie, die Mutter und Tochter ihm nachsagten, alles fein säuberlich um. Er brauchte bloß, in Marinas Schrift, seinen Vornamen vor den Familiennamen zu setzen. Sehr schöne Lüge … sehr schön, wie einige von Marinas Bildern wirklich waren.

Er stand auf, ging ins Bad und trank ein Glas Wasser. Leider fehlte ihm zum Fälschen der Mut. Im Spiegel untersuchte er sein Gesicht. So war es. Er hatte eine andere, bessere Frau gefunden, die ebenso jung war wie Marina und die er nicht vor aller Welt verstecken musste. Darf ich vorstellen: Meine Nichte, sie … wohnt bei mir im Haus. Wie bitte? Ja, immer.

Marina fehlte ihm nicht mehr. Er zog sich aus. Es war wieder gut, seitdem sie ihre Sachen abgeholt hatte, nein: seitdem seine Schwester zum ersten Mal wieder zum Essen bei ihm gewesen war, sich verabschiedet hatte, ohne dass ihr aufgefallen wäre, wer hier gelebt hatte, Marina, ihre Kleine, die auf eine so wunderbare wie abstoßende Weise sogar denselben Körper wie ihre Mutter zu haben schien, die widerstandslos weichen Brüste, die in den Körper flossen, wenn sie auf dem Rücken lag und seine Hand auf ihren kleinen Kugelbauch hinunterschob. Es war nichts mehr von ihr da. Er legte sich hin und machte das Licht aus.

Er machte es wieder an und griff nach der Mappe, die neben ihm auf dem Bett lag.

Das Bild, das er suchte, war das Einzige in der Mappe, das einen Titel hatte, oder nein … als er es wieder in Händen hielt, sah er, dass die Schriftzeile zu der Tuschzeichnung dazugehörte. Über die geometrischen Flächen führte der Satz wie eine Kurve in das Bild hinein. Der Satz lautete: «Sämtliche – fast unbändige – Teile einer Anwesenheit sind mit einem Schlag kaputt.» Er sah sich die Zeichnung lange an. Dann stand er auf und ging, das Blatt in Händen, zur Treppe und machte unten Licht. In der spiegelnden Glasfront, hinter der der Wacholder am Rand der Terrasse leicht im Wind bebte, sah er sich nackt, mit dem Bogen Papier in der Hand, auf der Galerietreppe stehen. Er ging ganz hinunter und verglich, im Wohnzimmer stehend, genauer. Marinas Bild zeigte diesen Raum, das große Fenster, davor den Busch. Der seltsame Satz war die geschwungene Treppe, die hinunterführte. Alles war da.

Eine Zeit lang überlegte er, ob er sie anrufen solle. Er rauchte in der offenen Terrassentür und sah in den Garten. Die Silhouetten der Birnbäume hoben sich kaum von der schwarzen Heckenfront ab. Dunkelblauer Himmel, an dem blinkend eine Nachtmaschine hereinkam. Ihm fiel ein, dass die beiden Frauen verreist waren, in der Provence; zurück wollte man über Turin fliegen, seine Schwester träumte schon lange davon, das Grabtuch Christi mit eigenen Augen zu sehen. Er schloss die Tür und legte sich, in eine Wolldecke gehüllt, auf die Couch.

Einmal hatte ihm Marina in ihrem typischen Mädchenspott verraten, was sie angeblich nie an ihm gemocht hatte: «Als ich ein Mädchen war, hast du mich, wenn ich aus dem Pool steigen wollte, immer vom Rand aus unter Wasser gedrückt.»

Sie waren beide angetrunken gewesen, sie stärker als er, und hatten beide gelacht. Aber Marinas Späße waren nie nur Späße.

«Weißt du es noch?», fragte sie allen Ernstes und hob drohend ein Sofakissen.

«Hör auf damit», sagte er und bekam das Kissen ins Gesicht.

Und sie sagte: «Wieso? Du sollst ruhig wissen, wie ich …»

Und er: «Ich habe den ganzen Tag …»

Und sie: «Ja? Was? Doziert?»

Und er: «Jedenfalls nicht, so wie du, in der Stadt …»

«Verstehe», sagte sie nicht gekränkt, aber der Schwung, den die Anekdote ihr gegeben hatte, war verschwunden. Wenn sie gestritten hatten, schaltete sie für gewöhnlich den Fernseher ein, oder sie ging grußlos ins Bett, oder sie sah ihn lange von der Seite an, bis er sie auch ansah und fragte: «Was ist?»

Und sie sagte: «Nichts.»

Und er sagte: «Schlag mich nicht, dann muss ich mich nicht wehren.»

Und sie: «Es war ein Spiel.»

Und er: «Aber ein grausames.»

Und sie: «Das sind bloß Worte.»

Ein paar Mal hatten sie es geschafft und dann miteinander geschlafen, gerade weil, wie es ihm schien, sie sich anders nicht mehr hatten aussöhnen können. Aber davon war nichts übrig geblieben als die Schalheit des Rituals, die ihn peinigte und die genauso aus ihrem gepeinigten Blick sprach. Er musste die Augen zumachen, sie kletterte auf ihn, glitt hinab und nahm ihn hinein, mit einem Schauer war er da, zog sie an sich, und ihre Bauchkugel sank auf ihm zusammen, während sein Kopf ins Kissen gedrückt war und ein heiserer, unregelmäßiger Atem sie beide durchbrauste.

Er stand wieder auf, ging nach oben und holte die Mappe. Als er sich jetzt Marinas Zeichnungen noch einmal ansah, erschien ihm beinahe jede wie eine Skizze von gemeinsamen

Erlebnissen. Wenn das stimmte, dann war die Mappe ein getuschtes Journal ihrer gemeinsamen Erinnerung ... und wie sollte er sich täuschen, da er doch alles wiedererkannte?

Er nahm Blatt für Blatt aus der Mappe und heftete ein jedes an die große Fensterscheibe. Mit der Dämmerung würde mehr und mehr Licht durch das Papier fallen. Und er würde prüfen, ob er Recht hatte.

Er legte sich hin, eingewickelt in die Decke, die auf der Haut kratzte, ihn wach hielt, und wartete.

So war es. Er lachte still über seine Enttäuschung. Aber sein Mut kehrte zurück.

Tanja Langer
Quatorze Juillet

Im Sommer war Jenni träge wie eine Katze. Sie hatte immerzu Durst, lungerte herum und genoss es, in Paris zu sein. Denn in jedem Sommer fuhr Jenni nach Paris, um die Ferien bei ihrer Freundin Valérie zu verbringen. Valérie teilte ihre helle, große Wohnung im neunten Arrondissement mit Jerôme, der zu dieser Jahreszeit wiederum mit seinem Liebsten die griechischen Inseln umsegelte. Jenni durfte dann in Jerômes Zimmer wohnen, und sie und Valérie amüsierten sich. Wenn Valérie zu Hause arbeitete, saß oder lag Jenni auf ihrem Bett und verschlang einen Roman nach dem anderen, bis ihre betriebsame Freundin «Hunger» schrie. Dann raffte Jenni sich auf, sah in den Kühlschrank, rannte hinunter, kaufte Salat und Pastete und Obst und bereitete ein leichtes Essen vor. Sie aßen, tranken Wein, streichelten sich und schliefen ein bisschen Arm in Arm und machten sich am Spätnachmittag auf, durch die Straßen zu wandern, Museen zu besichtigen oder in einem Café zu sitzen, in dem sie redeten, während Jenni Passanten skizzierte. Manchmal saßen sie aber auch den ganzen Tag in Valéries Zimmer, und Jenni sah ihr zu, wie sie mit verschieden großen Sticheln Furchen und Rinnen in Holzstöcke grub, schnitt und riss, um ausdrucksvolle Drucke herzustellen. Nähgarnspulen, Kämme, Seiltänzer, Brunnen, Kinder: Valérie sah mit freundlichen Augen in die Welt und fand alles wert, auf dem Papier noch einmal zu erscheinen.

In diesem Sommer war alles anders. Valérie hatte Carlos den Laufpass gegeben, denn Carlos war ein Schuft, der mal rechts, mal links die Damen verführte, was ein Kinderspiel für ihn war, weil er nicht nur eine schnurrende Stimme und eine wohlgeformte Gestalt hatte, sondern auch noch im passenden Augenblick Bossa nova auf dem Klavier spielen konnte. Valérie war ihm verfallen und er ihr, und er kam nach seinen kurzen, heftigen Abenteuern auch stets zurück, mit langstieligen wilden Rosen, ausgefallenen Schmuckstücken, antiquarischen Kostbarkeiten und samtigen Augen. Doch mindestens einmal im Jahr musste Valérie ihn in die Wüste schicken. Aus erzieherischen Gründen, sagte sie, er soll bloß nicht glauben, er könnte sich alles leisten. Valérie lachte und weinte, und Jenni lachte ebenfalls, denn sie wusste, wie lange die Erziehungsmaßnahme andauern würde. Eine Woche oder zwei. Dieses Mal aber war es anders, Valérie hatte Geschirr zerworfen, Briefe zerrissen und kein bisschen gelacht. Sie hatte ihre Koffer gepackt, kaum dass Jenni in Paris angekommen war, und war in den Nachtzug nach Nizza gestiegen, um zu ihrer Mutter zu fahren. Jenni wagte es nicht zu fragen, ob sie mitkommen könnte, und Valérie hatte sie zum Abschied auf die Stirn geküsst und ihr erlaubt, in ihrem Zimmer zu wohnen.

Und nun lag Jenni traurig auf Valéries Bett, auf den mit Holzwolle gestopften, geteilten Matratzen, und dachte an ihre schöne Freundin. Sie streckte ihren Arm aus und schaltete das Radio an, sie hörte Velvet Underground «Sunday Morning» spielen und singen, und sie beobachtete die Stäubchen, die in den Sonnenstrahlen über dem Parkett tanzten. Sie hatte keine Lust aufzustehen. Das Bett war übersät von Zeitschriften und Büchern, in denen sie am Abend lustlos geblättert hatte. Auch das Zimmer, das sie so sehr liebte, sah verlassen aus, Kleider und Schuhe lagen zerstreut herum, die abgefallenen Holzspäne waren nicht zusammengekehrt. Quer durch den Raum war eine Schnur gespannt, an der Valéries frische Holzschnitte mit Wäscheklammern zum Trocknen aufgehängt waren. An den Wänden war kein Fleckchen frei, überall hingen Zeichnungen, Drucke, Fotografien, Masken und Traumfänger. Man musste gar nicht hinaus, ein ganzes Universum war an diesen Wänden versammelt. Auf dem uralten schmalen Sekretär aus krummem, dunklem Holz lagen halb ausgequetschte Farbtuben, Messer, Kohlestifte und dazwischen Briefe, Haarspangen und Ringe. Valérie bevölkerte ihre Welt nicht nur mit Bildern, sondern auch mit Sachen, möglichst alten Sachen. Jenni sah sie genau vor sich, wie sie mit den breiten und schmalen Sticheln Flächen und Formen im Holz entstehen ließ, mit Druck und Gesang, so wie sie auf ihren zierlichen Absätzen durch die weitläufige Wohnung klapperte, mit Druck und Gesang. Jeden Tag zog Valérie, die einen wunderbaren großen Busen mit zarter Haut hatte, ein anderes raffiniertes Kleid an, farbenfrohe Fummel, die sie auf dem Flohmarkt aus unübersichtlichen Haufen fischte oder von verstaubten Stangen in vollgestopften Secondhandshops. Jeden Tag malte sie sich die feinen Lippen ihres breiten geschwungenen Mundes mit einem anderen Stift an, zog die Augen mit dem Kajalstift nach und frisierte ihr dichtes langes dunkles Haar. Jenni konnte ihr stundenlang zusehen. Wie sie in der winzigen Nasszelle stand, die Jerome für sie gebaut hatte, und in der Fettcremes, Farbtöpfe, verschmierte Schwämme, Seifenstücke, Schminkstifte, Drähte, Korken und andere merkwürdige Sammelstücke eine friedlich-schmuddelige Koexistenz führten. Valérie machte sich schön, selbst wenn sie nicht aus dem Haus ging. Sie balancierte den Kaffee in ihr Zimmer, sang und schrappte das empfindliche Holz.

Einmal hatte Jenni zugesehen, als Valérie und Carlos Liebe machten. Sie war mitten in der Nacht aufgewacht und konnte der Versuchung nicht widerstehen. Sie schlich zu Valéries Zimmertür, die nur angelehnt war, und spähte ins Halbdunkel. Durch die Lamellen der Fensterläden fiel das Licht der nächtlichen Straße herein, die Musik der arabischen Kneipe schallte herauf. Valérie saß auf Carlos und hatte den Kopf weit in den Nacken zurückgenommen, ihren Oberkörper in einem überdehnten Bogen gespannt. Carlos hielt mit einer Hand ihre linke Brust, die andere Hand hatte er in ihren Mund gesteckt. Sie waren sehr still in diesem Moment, plötzlich schnellte Valérie nach vorn, zu Carlos, und nun zuckten beide Körper nach oben, in harten Wellen, ohne Laut. Jenni spürte, wie ihre Brustwarzen sich unter dem dünnen Nachthemd aufrichteten, sie fuhr mit der Hand zwischen ihre Beine. Die beiden blieben liegen, ineinander verkeilt, und Jenni schlich zurück in ihr Bett. Am nächsten Tag war sie verunsichert, sie beobachtete Carlos und Valérie heimlich, sammelte ihre Blicke und Berührungen, und sie scheute sich vor den Zärtlichkeiten, die sie selbst mit Valérie bis dahin so unbekümmert ausgetauscht hatte, die eher ihrem langjährigen, innigen Umgang entsprangen als einem wirklichen körperlichen Verlangen. Jenni ertappte sich dabei, Valéries Hüften auf neue Weise anzusehen, vor allem aber ihr reizvolles Dekolleté, das sie mit dem Ausschnitt ihrer altmodischen Kleider betonte. Sie musste dagegen ankämpfen, nicht mit ihrer Hand unter den Stoff zu gleiten und Valéries Brustwarzen, die sie so oft nackt gesehen hatte, zu berühren, sie zwischen den Fingerkuppen hin- und herzubewegen, bis sie fest und fester würden. Und sie ertappte sich, dass sie in Carlos' Anwesenheit immer wieder mit den Fingern zu ihrem Mund fuhr, die eigenen Lippen kurz berührte, sie manchmal sogar leicht öffnete, die Zunge spürte, als würde sie Honig kosten, eine Geste, die sie an sich selbst und auch keinem anderen Menschen je bemerkt hatte.

Jenni stand auf. Sie kochte Kaffee, wärmte Milch, toastete ein altes Croissant auf, hockte sich wieder auf Valéries Bett. Sie schmollte, sie schob ihre große Zehe zwischen ihre Schamlippen und bewegte sie ein bisschen, das half manchmal, zog sie unwillig wieder heraus. Zwei Tage waren schon vergangen. Jenni hatte keine Lust, in völliger Untätigkeit hier auszuharren, bis Valérie zurückkommen würde. Sie hatte schließlich Ferien. Sie könnte auch allein in Museen und Cafés gehen, und sie kannte genug Leute, die sie anrufen könnte, um für den Abend eine Begleitung fürs Kino oder zum Essen zu finden.

Entschlossen stand sie auf. Sie duschte in Valéries Dusche und betrachtete sich im Spiegel. Ihr Körper war gerade und fast knochig, aber hübsch. Ihr Haar war kurz und sehr blond, eine längere Strähne fiel ihr in die Stirn; sie könnte sie mit einer Spange festhalten, um die Frisur etwas femininer zu gestalten. Sie sah sich um. Valéries Kleider hingen an einer Stange im Bad, obwohl es so klein war, und sie dufteten stark.

Sie trieb sich herum. Sie spazierte in Valéries Kleidern durch die Stadt, stöckelte auf Valéries Schuhen, die sie anfangs drückten, über den heißen Asphalt. Sie benutzte Valéries Handtasche, ihre Lippenstifte, ihr Parfüm. Sie kaufte einen Wonderbra, damit auch ihre Brüste in den ausgeschnittenen Kleidern gut aussahen. Sie fühlte sich fremd, und sie spürte die Blicke in der aufgeheizten Stadt. Alles war wie immer, die Senegalesen verkauften Ledertaschen und trommelten, Araber zischten durch die Zähne und belästigten sie, während sie durch die Gänge der Métro eilte, die Leute im Marais saßen auf dem Trottoir in der Rue des Rosaires und aßen die besten

Falafel der Welt, die Kunststudenten führten ihren neusten Look vor im Quartier des Beaux Arts und tranken kühlen Weißwein am frühen Nachmittag. Und auch das Licht war wie immer zu dieser Zeit in Paris, ein lichtes Grau, wie Jennis Augen, in dem sich die Farben aufzulösen oder vor sich hin zu dösen schienen, bis sie am Abend aus ihrem lotterhaften Tagesschlaf erwachten, in dem sie die ganze Zeit jedoch lauerten, zart wie ein Gespinst voller Geschichten, so war dieses Licht, das alle zeichnerischen Details der Stadt hervorhob und das Jenni über alle Maßen mochte.

Jenni trug Valéries Kleider, und doch wurde sie nicht wie sie. Sie wurde nicht zu der warmherzigen, erotischen, selbstbewussten Frau, ruhig und lebendig zugleich. Sie war aber auch nicht mehr wie sie selbst. Etwas Fremdes hatte von ihr Besitz ergriffen, eine eigenartig wütende Gier, zu verschlingen und verschlungen zu werden. Ihre Bewegungen wurden kantig und raubtierhaft und ihre Gedanken hart. Den Männern gefiel es, und jeden Abend fand Jenni eine andere Begleitung. Sie ging mit einem Tunesier, der sich in einem Buchladen dicht hinter sie stellte, vor einem Regal mit Krimis, und der sie mit zu sich nach Hause nahm, in eine dunkle Parterrewohnung, die nach Haschisch roch und Knoblauch. Sie ließ sich von ihm mit nordafrikanischen Vorspeisen füttern, mit Kichererbsenmus und eingelegten Auberginenscheiben, die er ihr mit seinen langen dünnen Fingern in den Mund schob und die sie lange über ihre Zunge und ihren Gaumen wandern ließ. Er flößte ihr tunesischen Rotwein ein und begann, seine Hände an ihren Beinen immer höher schweifen zu lassen. Er hatte eine Zahnlücke und studierte Jura, und er wirkte schlau und einfältig zugleich. Jenni spürte eine leichte Verachtung, die ihr erlaubte, sich gehen zu lassen. Es gefiel ihr, wie er über ihre Hüften strich, wie er ihren Rücken fasste und seine Hände überall zugleich sich bewegen ließ, bis ihr leicht schwindelig wurde. Sie fühlte sein langes, dünnes Glied und lachte rau und aufreizend, und er wendete sie und zog sie und drehte sie mit einem Anflug von Gewalt auf den Bauch. Sie ließ sich von ihm vögeln als wäre sie ein Mann, und verließ ihn im Morgengrauen; sie sah ihn schlafend, augenschattig und allein. Sie ging mit einem reichen Libanesen, dessen Bauch sich schon in jungen Jahren wölbte, der sie in einer teuren Diskothek an sich zog und ihre Ohrmuschel leckte und hineinflüsterte, er würde das mit ihrem ganzen Körper tun. Sie ging mit einem italienischen Studenten der Archäologie, der sie im Beaubourg auf der Rolltreppe ansprach, als sie auf das Gewimmel auf dem Platz unter ihnen sah, und der sie in seiner engen Wohnung vorsichtig auf den Küchentisch legte, zwischen Zeitungspapier und eigenartige Tongegenstände, die er offenbar mit einer alten Zahnbürste von Staub und Erde freigeschrubbt hatte. Sie lag noch dort, mit ihren umgebogenen Borsten, und er legte auch sie dort hin, als wäre sie ein Fund aus den Tiefen eines getrockneten Schlammlochs oder eine besonders delikate Speise, und er küsste ihre Zehen und liebte sie dreimal hintereinander, ausführlich und gekonnt und immer in derselben Stellung, bis ihr alles wehtat und sie in seine kräftigen Pomuskeln kniff. Sie ging mit einem algerischen Kellner, der sie auf der Matratze in seinem Dachzimmer lange massierte, bevor er zur Sache kam und sie nicht mehr auf die weiße Toilettenschüssel starrte, die mitten in das Zimmer gebaut war, ohne Paravent und ohne Vorhang. Sie ging mit einem Psychologen, geboren in der Capitale, der sie bei einem Jazzkonzert anlächelte und sie eine Zeile weißen Puders in die Nase einziehen ließ, sodass sie die Töne der Musik einzeln zu hören glaubte. Er nahm sie mit zu sich, in die Nähe der Oper, und dort lief alles schief. Sein Glied war zu kräftig oder ihre Öffnung zu schmal oder ihre Lust zu klein; das Gummi riss und sie fing an zu lachen, und sie lachte, unverfroren und metallisch, und lief nach Hause durch die dunklen Straßen der Stadt, und sie lachte, bis sie schlief. Sie ging nicht mehr mit dem freundlichen älteren Mann im Louvre, der ihr ein Essen bezahlte und behauptete, ein Schatzsucher zu sein, obwohl sie von einem solchen schon oft geträumt hatte.

Denn eine Woche war vergangen und Jenni war erschöpft. Sie wusste nun viel Neues über diese Stadt, hatte die Fensterläden aus brüchigem Holz halb zugeklappt, Schweiß überzog schon am Morgen ihre Haut, und sie lag auf Valéries Bett und weinte. Keine Nachricht von ihrer Freundin; kein Anrufbeantworter bei ihrer Mutter im munteren Nizza. Die Blumen in den Kästen vor dem Fenster hingen vertrocknet herunter; halb ausgetrunkene Tassen Milchkaffee standen neben dem Bett; schmutzige Kleiderhaufen lagen auf der Erde, über der Stuhllehne, dem Pfosten des Bettes. Auf Valéries Schreibtisch lag Staub, im Waschbecken gab es einen braunen, schaumigen Rand, weil das Wasser schlecht abfloss. Die Musik von der Straße war kreischend und eintönig, hin und wieder hörte man Böller.

Der Anrufbeantworter piepte. Piepte nochmal. Das Telefon klingelte siebenmal, bevor das Band ansprang. Jenni kroch aus dem Bett. Schniefte. Vielleicht war es endlich Valérie. Sie musste langsam gehen, ihr Kreislauf hing im Keller, sie sah Sternchen. Ihre Stimme war heiser, als sie sich meldete. Carlos war es. Sie ist nicht da, ich weiß nicht, wo sie ist, sie hat sich nicht gemeldet. Jenni legte auf. Es klingelte erneut. Jenni, hörte sie Carlos, leg nicht auf. Jenni war nie aufgefallen, dass Carlos noch immer einen leichten brasilianischen Akzent hatte. Was willst du, fragte sie, abweisend und unbestimmt sehnend zugleich. Heute ist der vierzehnte Juli, Kleines, was machst du? Der was? Jenni wollte ihren Morgenkaffee, sie wollte sich waschen und lange spazieren gehen und die letzte Woche aus ihrem Körper vertreiben. Der vierzehnte Juli, du erinnerst dich, der Tag, an dem die Pariser die Bastille stürmten und die Menschenrechte forderten, les droits de l'homme, buchstabierte er, Freiheit, Gleichheit, Brüderlichkeit, und Marie-Antoinette sagte, sollen sie doch Kuchen essen und … Ich weiß, sagte Jenni, ich weiß. Carlos lachte, der französische Nationalfeiertag, du verstehst, sagte er, heute Abend gibt es ein großes Feuerwerk und alle tanzen auf den Straßen.

Plötzlich sehnte sich Jenni nach ihrer Arbeit; sie sehnte sich nach dem reservierten, aber zuverlässigen Architekten, für den sie tätig war; sie sehnte sich nach den übersichtlichen Zeichnungen, den geordneten Räumen im Dachgeschoss eines Hauses der vorletzten Jahrhundertwende. Sie sehnte sich nach den Ventilatoren an den Abenden, an denen ihr Chef sie bat, diese eine Änderung noch, kommen Sie, Kleine, dann kriegen wir es fertig. Er durfte sie so nennen, er achtete sie, sie hatte es ihm gestattet, nachdem es ihm einmal herausgerutscht war.

Du kannst morgen immer noch abreisen, beendete Carlos das Gespräch, ich hole dich um sieben ab, und er legte auf.

Sie saßen in einem der vielen kleinen Restaurants im Keller in der Nähe der Bastille, in denen man dicht an dicht sitzt, an schmalen Tischen mit rotweiß karierten Tischdecken. Jenni trug ihre ausgewaschenen Jeans und ein altes weißes ärmelloses Hemd. Sie steckte in flachen Sandalen und hatte eine Strickjacke über die Schultern gelegt. Ihre Augen sahen müde und sehr hellgrau aus. Sie hatte ihre Wimpern ein wenig getuscht und ihren eigenen Lippenstift aufgetragen. Sie betrachtete Carlos. Er war ein paar Jahre älter als sie, hatte eine braune, leicht gegerbt wirkende Haut, seine Augen waren braun und sehr verschieden in der Form. Wenn er sprach, blitzten seine weißen, unregelmäßigen Zähne auf. Er sprach viel, er lachte oft. Spät am Abend sang er sogar, mit den anderen ausgelassenen Gästen im Lokal, die bald darüber miteinander diskutierten, ob sie zum Feuerwerk auf die Champs-Elysées fahren oder an diesem sympathischen Ort bleiben sollten. Das Feuerwerk gibt es doch jedes Jahr, riefen sie und bestellten vergnügt eine weitere Flasche Wein. Minja, sagte Carlos manchmal, und er legte seine Hand auf Jennis Hand. Zuerst hatte sie sie erschrocken weggezogen. Er war Valéries Freund, das wäre zu einfach, sie beide, sitzen gelassen und enttäuscht und allein. Bald aber hatte er sie zum Lachen gebracht. Er hatte das Essen bestellt, nicht ohne zu fragen, ob sie einverstanden wäre, denn schließlich, so hatte er gesagt, stellten die Frauen heutzutage selbst ihre Forderungen, das müsse er berücksichtigen, wenn auch eigentlich noch nicht sehr lange, genau genommen nämlich erst – und hier küsste er ihre Hand – seit der Französischen Revolution. Und er grinste vergnügt und Jenni zog die Augenbrauen hoch und lachte dann doch und fühlte sich wohl. Sie aßen Tacos und geschnitzelte Avocados in einer scharfen Soße mit Zitrone, sie aßen eine duftende Paella mit dicken Muscheln und safrangelbem Reis und würzigem zartem Hühnerfleisch, und Jenni sah bunte Papageien auf einer Veranda in der Karibik, sah Voodootänze auf Haiti, sah Hängematten zwischen hohen unbekannten Bäumen und hörte Chansons in vielen Sprachen und sah die vergilbten Poster von alten Filmen an den Wänden des Lokals. Erzähl mir von Brasil, sagte sie, und Carlos ließ sie alle aufmarschieren, seine Urgroßmutter, die selbst gedrehte Zigaretten rauchte und wenig sprach, seine Großmutter, die ihn als kleiner Junge in die Geheimnisse ihrer wunderbaren Küche eingeweiht hatte und nach gebackenen Bananen roch, seinen Vater, der stets dunkle Anzüge trug; er erzählte von seinen

Onkeln und Tanten und Brüdern, die Bauern und Leucht-
turmwärter und Eisenbahnschaffner in einsamen üppigen
Landschaften waren und viele Kinder zeugten, die sich aus
Liebe umbrachten oder ans andere Ende der Welt gezogen
waren. Carlos sang ein bisschen, wenn er sprach, wechselte
vom Französischen ins Spanische, legte wieder seine warme,
trockene Hand auf ihre unmerklich zitternde, und er schenkte
ihr nach, wenn sie das Glas geleert hatte. Sie trank ununterbrochen Wasser, und langsam schwammen die Erlebnisse der
letzten Woche fort wie in einem brasilianischen Fluss in der
Regenzeit, ja, alles schwamm weit, weit fort. Sie lächelte, lie-
benswürdig, und sie dehnte sich aus in Zeit und Raum. Ihre
Haare fühlten sich weich an, wenn sie darüber strich, ihre Un-
terarme bekamen einen goldenen Schimmer, wenn er sie betrachtete, ihre knochige Gestalt bewegte sich sanft und geschmeidig, obwohl sie ihre Stühle kaum verließen, und ihre
Füße schienen über warmen Sand zu laufen. Jenni sah die Gesichter der Menschen um sich herum wie tanzende gute Geis-
ter und sah die Härchen auf Carlos' kräftigem Handrücken.
Sie bemerkte die feine Kerbe in seiner linken Wange und die
ockerfarbenen Einsprengsel in seinen braunen Augen. Sie sah
seine Schultern unter dem blauen Hemd und die Narbe an
seiner rechten Augenbraue und wie er sich manchmal am Hals
kratzte, mit einer raschen, verstohlenen Geste. Sie hörte das
Timbre seiner Stimme wechseln, obwohl es laut war in diesem
Lokal. Sie spürte manchmal, wie sein Knie das ihre unter dem
Tisch berührte und zurückwich. Sie spürte, wie die Berührung durch sie hindurchlief bis zu ihrer Kopfhaut, die so leicht
und locker auflag, schützend über diesem inneren Vorführ-
raum, dieser lebendigen Leinwand für all die Dinge, die er
ihr erzählte. Carlos erzählte auch von Valérie, als wäre sie die
eigenwillige Geliebte eines längst verstorbenen Vorfahren. Er
berichtete von seiner Arbeit in den hohen Anden, am glit-

zernden Polar und in den Bergen von Ghana, wo er unge-
wöhnliche Pflanzen suchte, ausgrub und sammelte. Er sah sie
an und sie fühlte, wie ihre hellen Augen ein wenig dunkler
wurden, wie ihr Mund kleine unbegründete Bewegungen
machte und sie den Kopf leise neigte. Sie spürte ihr Haar zu
einem großen flimmernden Teppich aus weichen Federn werden und sie trug ein elegantes dunkles Kleid, als er mit ihr
zwischen all den anderen Menschen südamerikanische Tänze
tanzte und sie von ferne Böllerschüsse hörten. Irgendwo wurden phantastische bunte Blüten in den Himmel geschossen,
blühten auf und zerfielen wie die Zeit, die nie vergeht, und
Jennis Schuhe waren hoch und fest und gaben ihr einen sehr
genauen starken Schritt, und Carlos führte sie vorsichtig und
wissend und aufrecht und hielt ebenjenen geheimnisvollen
Abstand, den es braucht, um durch helle laue Mitternächte
über den von Katzen bewohnten Dächern von Paris davon-
zuschweben, in Blau und Schwarz und glühendem Grau, lächelnd und leicht, voller Unschuld und Glück.

Lutz Walther

AMERICA

Das Abendessen lag mir halb verdaut im Magen, als wir aus Chinatown, SF, wieder nach Osten fuhren. Es war der Sommer des Jahres, als Clinton seinen Pseudo-Oralsex mit jener pummeligen Praktikantin zugab. Wer hätte gedacht, dass dieser Präsident einen so schlechten Geschmack hat. Aus dem Autoradio pochte Popmusik der 80er Jahre an meine schläfrigen Ohren, Gunsn' Roses. David hatte gute Laune, *horny* zwar, wie immer, aber nicht betrunken, *50 miles outside of town.* Zum Glück musste ich nicht fahren, konnte es mir hinten bequem machen, neben dir. Manchmal ist es von Vorteil, in einem großen amerikanischen Schlitten unterwegs zu sein, einem dieser über dreißig Liter verschlingenden Benzinschweine, die eigentlich verboten werden sollten, aber wen interessiert das hier schon. Der Highway war ruhig und lag einsam im Dunkel der Nacht; wir waren das einzige Auto weit und breit, Viertel vor zwei. Ich horchte auf das Surren der Reifen im Windfluss der offenen Fenster. Draußen wurde die Luft von Kilometer zu Kilometer wärmer. Nicht untypisch, dachte ich: Wenn man von der immer kühlen, nebelverhangenen Bay Area zurück ins Landesinnere fährt, wird es spürbar wärmer und trockener. Die Sterne hingen träge am Himmel, kein Mond. Kurz bevor ich einnickte, flogen mir Bilder, Fragmente, Erinnerungen der vergangenen Stunden in North Beach durch Augen und Hirn, und wir.

Zwischen Kroepok, Chopsuey, süß-sauren Suppen und Curry-Chicken auf Reis, schob sich dein Grübchen lächelnd in

Pose, *with the twinkling of an eye*. Ich sah auf grünes Gewirk und in graublaue Augen, umwölkt vom Duft deiner Nelkenzigarette, die zu finden – wie souverän du das immer tust – uns den halben Tag gekostet hatte. *When I go to Chinatown I get drunk*. Ich klebte mit meinen Ohren am kühlen Klang deiner kehligen Stimme, die anderen verhallten fernöstlich im Nichts, und hoffte – wie oft hatte ich es zu träumen gewagt – *with the tip of my tongue*, deine Zunge zu fühlen, das salzige Eis deines Cocktails zu spüren, *margarita*. Ich hoffte auf den symbolischen kleinen Finger, der meine Zweifel ausräumen und meinen Tatendrang in Gang setzen würde, und versuchte die Blicke zu deuten, die du im schläfrigen Dunst des Asiaten mir zuwarfst, *55 miles outside of town*.

When I go to Chinatown I want to get laid. Ich gab dir ein Zeichen und entschuldigte mich bei den anderen. *Where's the restroom?* Wie oft hatte ich Beschreibungen solcher Situationen in erotischen Filmen, Romanen und Kurzgeschichten gelesen. «Mit einer leichten Kopfbewegung gab er ihr ein Zeichen. Er ging voraus; sie folgte unauffällig sieben Minuten später.» Wohin? Auf die Bordtoilette in einer 747 auf dem Flug von New York nach L.A., in eine Intercity-Zugtoilette auf der Fahrt von Berlin nach München oder nach hinten zur Toilette in einer New Yorker Oyster Bar, wo die Akteure dieser Geschichten ihren willigen Partner in geiler Erregung die Kleider herunterreißen, aneinander bis zur Ekstase lecken, lutschen, saugen, mehrere Stellungen durchexerzieren, bis sie sich schließlich von vorne, hinten, unten, von wo auch immer penetrieren. *Wishful thinking* daheim gebliebener Schmalspurpoeten, dachte ich, verwirrend nur, wenn solche Gedanken von Schriftstellerinnen geäußert werden. – Sie kam nicht, was mich eigentlich nicht weiter verwunderte, denn würde *ich* es auf einer verpissten, klebrigen und überaus engen Toilette treiben wollen, ständig mit der Angst agierend, auszurutschen und mit dem

Hintern auf dem schmierigen Kachelboden zu landen oder mit dem erektilen Körperteil am Pressplastik anzustoßen und gar festzukleben? Nein danke!

Tags zuvor waren wir über die Golden Gate nach Norden die Küste entlang in Richtung Mendocino gefahren. Dort oben ist kaum etwas los, keine Touristen, kaum Einheimische, ganz anders als südlich der Bay, wo sich zwischen Carmel und San Luis Obispo der wunderschöne, aber stark befahrene Highway 1 am Big Sur entlangwindet. Nördlich von San Francisco ist die Küste nicht annähernd so spektakulär, aber ruhig und schön. Wir parkten an einer, wie wir meinten, einsamen Stelle, liefen ein paar Meter die Böschung hinab, um von den Klippen aufs offene Meer zu schauen. Dort, am Abgrund, sahen wir uns plötzlich von einer Gruppe amerikanischer Männer mittleren Alters umgeben, die mit starken Ferngläsern auf die Strandfelsen glotzten. Tatsächlich war unten eine Hand voll nackter Männer zu sehen, Homosexuelle, wie es schien, ihre Körper der Sonne ergeben, allein unter sich. Keine Frauen, zum Baden zu kalt. Herrliche Leiber – zugegeben, auch wenn ich sonst nicht auf Männer stehe –, ästhetisch, gepflegt, gesalbt, geölt, griechisch-athletisch, nicht von übermäßigem *Workout* entstellt, Männer, die auf großen Felsblöcken lagen, saßen und dösten, sich berührten, aufs Meer hinausschauten oder sich unterhielten. Wegen der Entfernung konnten wir leider nichts Genaues aufschnappen. Oben die anderen, biedere Herren, schmierig, fettig, allesamt übergewichtig, in karierten Hemden, zum Teil mit Baseballkäppi oder Cowboyhut, belustigt, verklemmt, scheinheilig, bigott.

Amerika, sagtest du später, sei ein Land, das eigentlich auf eine lange Tradition der Provokation zurückschauen könne. Damals hätte man alles herausgeschrien, man regte und reizte und forderte alle zum Kampf. Heute würde jede Provokation im Anlaut erstickt, zum Schweigen verurteilt: kein Heben von

Brüsten zum Zeichen des Protests, kein Herzeigen textilfreier Körper auf öffentlichen Plätzen, in Parks, am Strand, in der Sauna, bei Theaterveranstaltungen oder Rockkonzerten, kein Geheul mehr, und *City Lights* sei auch nur noch eine Anlaufstelle für Touristen, alles verdörrt, verödet, verrottet, *he saw the best minds of his generation go crazy*, wir könnten nur noch zuschauen, wie alles im Sumpf einer heuchlerischen Gesellschaft versinke, *how I hate this country* – du warst schon immer leicht erregbar, *65 miles outside of town.*

Von der Vorderreihe unseres Pontiac tönte verhaltenes Kichern nach hinten. David, die Hand im Schritt seiner Beifahrerin – Automatikgetriebe – aufgeregt wartend, war immer noch auffallend wach und äußerst gut gelaunt, Bruce Springsteen. Neben ihm Claire, die auf die einsamen Bäume am Straßenrand starrte, verlegen einige Haarsträhnen zu Löckchen drehte und unbewusst an der Kuppe ihres kleinen Fingers knabberte. Kein Gegenverkehr, und wir?

Endloser Gesprächsmonolog deinerseits über den Verlust von Bürgerpflicht und Freiheit, *double standards*, und den Wunsch, anders zu sein, was immer das heißt, in einem Land, in dem jeder anders sein will und sich doch alle auf so erschreckende Art gleichen, *a land full of nerds*. Wie herrlich, deine Stimme, wie erregend, auch wenn es manchmal nicht einfach war, dir zu folgen. Warum konntest du nicht für ein paar Minuten schweigen und dich mir zuwenden, einfach aufhören zu reden, mich küssen und deine Hand in *meinen* Schritt legen? Ich hätte keine Löckchen in den Nachthimmel gedreht. Meine Augen klappten auf halbmast.

Wir müssen bald tanken, Leute, verkündete plötzlich eine Stimme aus dem Off. Ein paar Meilen voraus ist 'ne Tanke, die Einzige in dieser Gegend, die vierundzwanzig Stunden geöffnet ist, kann nicht mehr weit sein. He, ihr da hinten, habt ihr auch Lust auf 'n Eis? Ich könnte ein ganzes Pfund verschlingen, wie wär's mit *chocolate brownie with walnut*? Oh Mann, oder *pecan butter fudge chunk*? Schon so lange her, das Abendessen, halten nicht lange vor, diese Chickenbrüste. Stellt euch vor, da steht so 'ne Blonde hinterm Tresen, trägt vorne 'ne geblümte Schürze, und wenn sie sich rumdreht, leuchtet dir ihr praller weißer Arsch entgegen. Oder du sagst ihr, du hättest gerne diese beiden größeren Kugeln da, die sie unterm Kinn trägt, zwinkerst ihr zu, fährst dir über die Lippen, damit sie's auch wirklich kapiert, und sie reißt sich tatsächlich die Bluse auf, hey, Mann, nichts drunter, und sagt mit 'ner Piepsstimme, meinste die da, die sind unverkäuflich. Wenn wir Pech haben, kommen wir nicht rein in den Laden, ist wohl schon zu spät, wird nur so 'n milchbärtiger Jüngling hinterm Panzerglas sitzen und die Scheinchen hin- und herschieben. – Aerosmith *blaring from the radio*.

Meine lüsterne Müdigkeit suchte nach neuen Eindrücken, trieb über glatte Bäuche zu runden Schultern hinauf, ein geschmeidiges Rückgrat, herunter zu den Rundungen eines modellierten Pos, und dies, obwohl mein schläfriges Bewusstsein eher einem alten Mann glich, der, auf Krücken gestützt, zitternd die Straße der Vergänglichkeit überquert. *America, when will you take off your clothes?* Ich konnte das Stimmengewirr, das an mein Ohr drang, nicht mehr unterscheiden. Draußen flogen die Bäume dahin, und ich sah, dass wir einige Minuten später auf die rechts neben dem Highway gelegene Tankstelle fuhren; sah, dass sich David zu seiner Beifahrerin hinüberlehnte, nachdem er den Wagen an einer der Zapfsäulen zum Stehen gebracht hatte, sie auf die linke Wange küsste und *be right back* murmelnd schwungvoll die Wagentür aufstieß; sah, dass er immer noch fürchterlich wach und unendlich gut gelaunt auf dieser gottverlassenen Tankstelle stand *in the darkest hour of the night* und den Zapfhahn in das dunkle gierige Loch des Wagens einführte; sah, dass Claire in einem Moment, da sie sich unbeobachtet fühlte, den obersten Knopf ihrer Bluse öffnete, mit der Rechten von oben hineingriff, um ihre Brüste zu ordnen, zurechtzurücken im BH, volumenverstärkt, den Knopf nicht wieder zumachte, *80 miles outside of town*; dass ich mich fragte, warum sie ihre lästige Unterwäsche nicht auszieht, loswird, wegwirft, es wäre der richtige Zeitpunkt gewesen, da David mit endlosem Betanken unseres *gas hogs* beschäftigt war; sah, dass er sich schließlich durchs offene Fenster der Fahrertür ins Innere hineinbeugte, um seine Brieftasche zu greifen, im selben Moment jedoch deine Stimme neben mir, *hey wait*, rief, ich mach das, und du im gleichen Moment die Wagentür öffnetest, draußen Turnschuhe, T-Shirt, Hose und Slip auszogst, zu mir hineinwarfst und um den Kofferraum liefst, um David die Brieftasche aus der Hand zu nehmen; sah, dass diesem nicht mehr als ein *hey cool* entfuhr, wir anderen dir nachschauten, wie du nackt über den warmen Asphalt zur Kasse herübergingst, deine straffen Pobacken bei jedem Schritt zuckten und du dich langsam von uns entferntest; sah, dass der Milchbart an der Kasse den Mund aufriss, seine Stimme versagte, seine Augen an der Doppelglasscheibe klebten, seine Zunge im Mundwinkel hing, sein Schwanz im Innern seiner allzu engen Jeans an die Hosennaht schlug und er die Welt verfluchte; sah, dass ich mir willenlos in meine Hose griff, ins Zentrum des Fleisches, *cocks and endless balls*, den Moment abzuwarten, an dem du, von der Kasse dich abwendend uns deine Frontseite zeigen würdest, Sekunden zittriger Erregung, auch David bekam seinen Mund nicht mehr zu; dass deine Brüste bei jedem Schritt leicht wippten, die ultimative Vagina im Blick, du lächelnd das Kleingeld zähltest, direkt auf mich zukommend, und deine entschlossene Nacktheit eine Aura der Unnahbarkeit umgab; sah, dass du dich wieder neben mich in den Wagen setztest, als sei nichts gewesen, David den Motor startete und zurück auf den Highway fuhr, leise vor sich hin summend; dass Claire vor Neid in sich zusammensank oder vor Geilheit sich ebenfalls auszog oder vor Wut in Weinen und Schluchzen ausbrach oder so tat, als sei nichts gewesen; sah, dass ich schließlich erwachte, *85 miles outside of town*, die Hose feucht, in Gedanken einem schönen Traum nachhängend, und du immer noch neben mir saßt, vollkommen nackt.

Marascha Heisig

Nur Haut und Blau

War es der Flug oder schaukelte das Meer wirklich so heftig, als ob sich Götter unter einer blauen Bettdecke, mit Satin bezogen, verabredeten? Ihre paarenden Leiber schienen sich aus dem Meeresspiegel hervorzuwölben, ihn anzuheben und aufzuspannen. Poseidons Lendenstoß hob Berge in das glänzende Blau. Als er niedersank, hinterließ er weiße Schaumkronen über tiefblauen Schatten. Mit seinem Liebestanz forderte er die Schiffe heraus. Sein Lustgeheul peitschte als Sturm auf und pfiff durch die See, als sei es zu hören.

Mein Kopf kippte gegen die Fensterscheibe und ein akustisches Signal ertönte. Ich war eingeschlafen. Immer noch müde, zu früh aufgewacht. Die Anschnallzeichen leuchteten auf. Also zurrte ich den Gurt fest, während das Meer auf mich zukam und die Schiffe größer wurden. Halt dich an den Armlehnen fest, sagte ich mir, es ist nur ein Anflug, ein ganz normaler Sinkflug. Wenn du willst, Maxi, kannst du bei meiner Schwester in Athen bleiben und meinen Cousin Jorgos in Thessaloniki besuchen. Das war die Art meiner Freundin Helena, sich bei mir zu bedanken, weil ich ihr einen Job als Fotografin in unserer Zeitung vermittelt hatte.

Als die Landebahn von Athen in Sichtweite war, klatschten die Leute schon, obwohl die Räder noch in der Luft waren. Der Bodenkontakt war mehr als ein Aufprall. Eine Wucht. Der Sitz fuhr ruckartig in meinen Beckenboden. Solche Stöße war ich nicht mehr gewöhnt. Vor Erregung kam einer dieser Miniorgasmen, der mehr wollte. So wie ich einen zweiten wollte, weil der erste sich erschöpft zur Seite drehte und eine Pause in Anspruch nahm. Einmal zwei in mir. Gleichzeitig. Das müsste doch möglich sein. Irgendwann. Nicht jetzt.

Nach acht Stunden kam der Bus von Athen in Thessaloniki an. Das Einzige, was ich von Jorgos kannte, war seine Handschrift: The only thing you have to do is to take your ticket, your suitcase, your airplane and your smile and come. Mit einer braunen Lederjacke wollte er sich zu erkennen geben. Ob er da ist? Wie er wohl aussieht? Irgendwie werde ich ihn schon erkennen.

Am Busbahnhof gab es nur ein einziges Straßencafé. Er sprang sofort auf, hatt die Brille in die Stirn geschoben. Einen Daumen in seinem Gürtel eingehängt. Die dunkelbraunen Haarfransen hingen ins Gesicht und in den Seitenpartien hatte er die Haare mit Gel hinter die Ohren gekämmt. So wollte ich immer aussehen, wenn ich ein Mann wäre, diese Mischung aus frechem Blick und natürlicher Coolness. Wir mussten beide lachen und seine Grübchen in den Backen schoben sich zu seinen Lachfalten um die grünen Augen hoch. Hallo, ich bin Maxi Bass. Jorgos? Er nickte, und wir zögerten, sollten wir uns die Hände geben? Er strich mir über den Arm und wir bekamen einen kleinen Schlag, mein Körper hatte sich wohl im Flugzeug elektrisch aufgeladen. Jorgos lachte und berührte mich gleich nochmal. Schon besser, sagte er. Dann nahm er seine braune Lederjacke vom Stuhl. Hob sein Glas hoch, in dem nur mokkafarbener Schaum zu sein schien, tippte mit dem Zeigefinger an den Strohhalm, bevor er daran sog. Spitzte seine vollen Lippen. Das ist Frappé, das trinken hier alle, sagte er. Er zupfte sich die enge Jeans im Schritt zurecht und ich dachte, seine Jeans gleicht einer Statistik, die viel zeigt und das Wesentliche so charmant verhüllt. Seine Schultern waren braun gebrannt. Jorgos Körper erinnerte mich an eine dieser griechischen Poseidonstatuen mit ihrem Dreizack, den Blick ins Weite gerichtet, stolz auf einem Podest stehend, immer bereit für ein Abenteuer.

Avanti maestro, rief er dem Kellner zu. Ihr sprecht hier Italienisch, fragte ich und er lachte wieder. Sí, sagte er und drückte dem Kellner zwei Euromünzen in die Hand, nachdem er mir das Eulenmotiv darauf zeigte. Helena hat mir viel Gutes von dir erzählt, grinste er, auch von deinen roten Haaren. Das ist ja fast wie ein Blind Date, lachte ich. Er trug den Koffer zum Taxi, hielt mir die Tür auf und schloss sie, sobald ich mich gesetzt hatte. Die Straßen waren so holprig, dass sich unsere Knie und Schultern beim Schaukeln berührten. Beiläufig.

Kaum waren wir bei Jorgos, fühl' dich wie zu Hause, sagte er noch, da wollten wir auch schon wieder los, bevor es ganz dunkel wurde. Halt dich gut fest, befahl er mir fast und ich rankte meine Hände um den Griff hinter meinem Rücken. An der byzantinischen Mauer vorbei, die sich durch die ganze Stadt schlängelte, fuhren wir mit dem Motorrad bis hoch zur Aussichtsplattform des Castros. Er zeigte die wie drei Finger ins Meer auslaufenden Landzungen. Auf die linke Halbinsel von Chalkidiki dürfen nur Männer, sagte Jorgos. Man sah nur die blitzenden Lichter der Uferketten. Klare Sicht. Ein klarer Sternenhimmel. Eine Sternschnuppe fiel ins schwarze Meer. Hast du dir auch was gewünscht?, fragte er. Ja, sagte ich nach einer Weile. Die Sterne sehen wie deine Sommersprossen aus, und er strich mir über die Wangen. Wie heißt Stern auf Griechisch?, wollte ich wissen. Asteria, antwortete er. Asteria heißt Stern.

Ich spürte seinen Atem an meinen Flaumhäärchen im Gesicht. Mir ist kalt, sagte ich. Du musst dich mehr in die Kurven legen, das geht leichter, wenn du dich mehr an mich lehnst, und wärmer ist es auch, erwiderte Jorgos und schob mich auf sein Motorrad. Wir fuhren zum Hafen, eine Hand stützte ich hinten auf, den anderen Arm schlang ich vorsichtig um ihn.

Sein Bauch war ganz warm. Mein erster Frappé. Er schmeckte nach einer Mischung aus Kakao, Nescafé, Eiskaffee und auch ein bisschen nach dem Salzgeruch in der Nase. Das Meer ist still heute, morgen wird ein guter Tag, sagte er. Obwohl es dunkel war, leuchteten mich seine Augen an. Die Clique von Jorgos strömte in die Bar, Lekurgos, Spirosch, Tomasch, Janis und Fotis. Fotis war groß und trug selbst nachts noch eine Sonnenbrille. Obwohl er mich auf Französisch ansprach, habe ich ihm in Englisch geantwortet. Fotis sprach aber kein Englisch.

Auf der Fahrt zu Jorgos' Wohnung legte ich meinen Kopf an seine Schulter, dachte, ohne Helm, mit achtzig, besoffen, durch die bewegte Stadt, an den Autokolonnen vorbeigeschlängelt, was tu ich nur? Jorgos hupte in den engen Gassen die Autos und die Leute weg. Wie warm es hier bereits Ende April war, und das um Mitternacht. Das Leben wie ausgewechselt. Die Menschen aus ihrem Kokonwesen geschlüpft, zeigten sich der Welt als Schmetterlinge. Brauchst du noch was, fragte Jorgos. Cali nichta, sagte er, gute Nacht. Im Bett ging das Geschaukel weiter. Ich wälzte mich im Schlaf.

Am nächsten Morgen sonnte ich mich auf dem Balkon. Jorgos brachte mir frischen Frappé und führte mir den Strohhalm in den Mund, hielt ihn fest, bis ich daran sog. Beim Schaum musst du schon kräftiger ziehen, sagte er. Es klingelte und Janis und Fortis kamen mit einer Tüte Hähnchen. Ich hatte nur meinen blauen Bikini an. Weil er zu meinen blauen Augen passt. Nur Haut und Blau. Das reichte. Fotis hatte Namenstag und Jorgos schenkte ihm ein Sturmfeuerzeug. Fotis gab mir Feuer, sah mir in die Augen. Die Flamme stank wunderbar nach Brennspiritus. Er musterte mich von oben bis unten. Fotis hat seinen Namen vom Feuer geliehen, sagte Jorgos. Hatte er Fotis von der Seite scharf angeschaut?

Gegen Mittag gingen wir ins Museum. Ich sah toll aus in meinem neuen Kleid. Jorgos zeigte mir Totenmasken der Götter, die ich für Sonnenembleme hielt. Geflügelte Pferde. Ipos heißen die Pferde auf Altgriechisch, sagte Jorgos. In der Mitte eines blauen Raumes thronte die dunkelgrünbronzene Statue eines Satyrs aus dem sechsten Jahrhundert vor der Zeitrechnung. Der Satyr zeigte nicht nur mit der Hand in den Himmel. Auch sein Schwanz jagte wie ein Pfeil in die Höhe. Er hatte zwei Schwänze, einen Tierschweif und einen Schwanz, der weit über seinen Bauchnabel reichte und den Himmel wie die Gefährtin suchte. Tanzend stand er auf einem Huf. Als winke er Poseidon und Dionysos zu. Zwei Schwänze! Bei diesem Anblick bin ich weggekippt. Sah Jorgos wie im Nebel vor mir. Wurde immer klarer, trug ein griechisches Gewand und ein goldenes Schwert. Ließ nach seinem Huftanz, wie es zum Ritual gehörte, als Zeichen seiner Eroberung sein Schwert blitzen, warf es zu meinen Füßen, ich musste springen, der Klinge entweichen. Mit einem zweiten Schwert schnitt er mir die Kleider vom Leib, ich versuchte, ihn davon abzuhalten, aber er hatte die göttliche Macht geerbt. Fesselte mich an eine Scheibe und zielte mit den Schwertern auf mich, immer knapp neben meinen Körper. Das dreizehnte warf er direkt vor meine Muschel. Er zog das Schwert aus dem Holz und presste es auf mich. Die Meute jubelte ihm zu.

Vom Gott mit dem Riesenschwanz nahm ich Postkarten mit. Wir gingen noch in eine Bar. Ena frappé scetto, bestellte ich. Du machst Fortschritte, sagte Jorgos und kippte mir etwas Zucker in den Frappé. Ich rührte mit dem Strohhalm darin, bis der Schaum Schlieren zog. Das hast du noch nicht gelernt. Ein Frappé muss nach unten hin immer süßer werden, und lachte mich an.

Als Jorgos mich aufs Motorrad hob, rutschte ich auf dem Sitzpolster ganz eng an ihn heran. Die Nässe lief mir die Beine herunter. Unter meinem Kleid war ich nackt, rieb mich an seiner Jeans, umschlang ihn mit meinen Schenkeln.

Eine Stunde fuhren wir an der Küstenstraße entlang. Die Meeresbrise umspielte im Fahrtwind mein Haar. Jedes Schlagloch war mir willkommen und meine Muschel zog sich ein wenig weiter zum Bauchnabel hoch. Kleine Beben durchzogen meinen Unterleib wie hohe Wellen, die an einem Felsen zerspringen. Ich wollte nur noch eins: den ultimativen Raum er-in-mir spüren. Aber eigentlich wollte ich zwei.

Ich ließ meine Hände tiefer gleiten, wanderte vom Bauch zur Gürtelschnalle und über die Wölbungen in seiner Hose. Ich hatte mich nicht getäuscht. Jorgos' Blick begegnete mir im Spiegel. Er bog von der Hauptstraße ab und fuhr zu einem Strand.

Jede Insel hat ihren Tanz, sagte Jorgos. Das Meer spiegelte sich in seinen wassergrünen Augen. Ich will deinen Tanz, riss ihm die Lederjacke vom Körper und warf ihn in den heißen Sand, zog seinen Gürtel aus. Schob seine Hose über die Füße. Jorgos packte mich am Kopf und drückte ihn an seinem warmen Körper entlang. Ich nahm ihn. Saugte mich an ihm fest. Zog ihn ins Meer hinein. Jorgos kämpfte mit mir, aber mein Griff war so fest, dass er mir nachgab. Das Wasser war kühl. Meine Kleider wurden nass. Die Sonne brannte auf meine Haare.

Als ich das Kleid auszog und einen Moment nachgab, befreite sich Jorgos aus meinem Griff und biss mir in die Brustwarze. Ich kippte zur Seite. Verschluckte Wasser. Jorgos hob meine Beine auf seine Hüften. Leicht wie eine Feder glitt er mit mir durchs Wasser, sprang auf dem Sanduntergrund, als laufe er auf dem Mond. Der Auftrieb des Meeres wandelte seine Schritte in Zeitlupe. Gischt spritzte in meine Haare, die Augen brannten vom Salzwasser. Jorgos schaukelte mich, als wäre ich eine der Wogen im Meer, von dieser Kraft da draußen bewegt, immer wieder aufgewühlt. Er zerraufte meine Haare, als wolle er mich einseifen mit Meeresschaum, dann tauchte er mich plötzlich unter. Dabei verpasste ich meinen ersten Orgasmus. Als ich hochkam, rang ich nach Luft.

Das Seegras umschlang meinen Hals wie Lederbänder. Jorgos hielt mir beide Ohren zu. Ich bewegte mein Becken nicht, presste die Beine um seinen Leib, und das An- und Abflauen der Wassermassen schaukelte uns an den Beinen Verkeilten zueinander, auseinander. Jorgos krallte seine Finger in meinen Rücken. Hob und senkte mich mit dem Rhythmus der Wellen. Meine Hüften wurden zu seinen Handgriffen der Lust. Ich spürte nichts mehr. Keine Zeit, keinen Puls, keinen Ton des Wassers, hörte, sah nichts, tauchte unter, es war geräuschlos, nur dieses dumpfe Dröhnen entlegener Schiffe, nur diese Hiebe in meinen Leib hinein. Klangen wie Wassertropfen. Immer wieder kurz Luft holen, dann ließ er mich nach hinten fallen, bis mein Kopf in die Unterwasserwelt ging. Den Wasserspielen meines Poseidons lauschen. Aus allen Poren strömte meine Lust, bis er mich in die letzte Höhe hob und seine Härte in mir versenkte. Mein Orgasmus war wie ein flacher Stein, der über die Wasseroberfläche gleitet, sie ein, zwei, drei, vier, fünf Mal streift, sich nicht entschließt, senkrecht ins Wasser zu fallen, sondern einfach weiter springt, als wäre er freigelassen. Und doch mit jedem Berühren des Wassers kleine Wellenkreise zieht.

Langsam ließ Jorgos mich los. Er legte sich auf das Wasser, die Arme weit von sich gestreckt. Ließ sich von den Wellen tragen. Ich schleppte mich ans Ufer und legte mich in die Brandung, die meine Nässe umspülte, aber sie einfach nicht mit sich fortschwemmte. Der Kies rasselte unter der Welle ins Meer zurück. Es klang wie Regen, der auf ein Dach prasselt.

Das thalassa, das Meer, scheint ruhiger zu werden. Jorgos legte sich zu mir. Sagapó polí, flüsterte er mir ins Ohr. Maxi, denkst du noch an den Satyr? Ich lachte. Ja, an Poseidon und an den Satyr. Wieso? Na, ich meine nur, sagte er, und es war das erste Mal, dass er mich direkt anschaute, wenn er etwas von mir wollte. Die Vorstellung ist schön, sagte ich, mit dir und Fotis. Jorgos rollte sich zu mir, das Wasser zog mir den Sand unter dem Körper weg und ich lag in einer Mulde. Jorgos war schwer. Er packte mich am Hals. Willst du? In den Augen funkelte sein Feuer. Glaubst du, Fotis macht mit?, fragte ich. Das hängt von dir ab, sagte Jorgos und küsste mich zwischen den Brüsten. Für welche soll ich mich entscheiden?, grinste er zu mir hoch. Einmal zwei!, sagten wir gleichzeitig. Gib Fotis Bescheid, dass mein Kleid nass ist, es ist viel zu kalt fürs Motorrad, er soll uns mit dem Auto abholen. Und Whisky mitbringen.

Jorgos sprang zu seiner Jacke, zog sein Handy heraus und telefonierte. Ich zog mich hoch an den Strand, wo der Sand trocken war.

Fotis ist auf dem Weg, er hat uns auf sein Schiff eingeladen, sagte Jorgos und legte sich neben mich. Ich leckte das Salz von seinem Hals. Wie kommst du auf Fotis, fragte er. Weil Janis zu jung ist, Spirosch nicht mitmacht und Tomasch gefällt mir nicht. Also bleibt nur Fotis. Hast du schon mal?, fragte er. Ochi, antwortete ich.

Eromení, sagte Jorgos und blickte ins Weite. Ich schaute ihn fragend an. Seemänner lieben das Meer wie die Frau, erklärte er. Das ist wieder typisch, dachte ich, sie brauchen nur ein Wort, und das Deutsche weiß sich mit vielen Worten immer noch nicht zu helfen.

Ich ließ mich in den Sand zurückfallen und schloss die Augen. Jorgos warf Sand auf mich. Mit dem rauen Sand massierte er mich, bis meine Perle unter dem sanften Druck anschwoll. Dann nahm er ein vom Sand glatt poliertes Steinchen und zog es an der Senke meines Körpers entlang. Ich spürte diese Männer über die Nässe zwischen den Beinen, als würden sie dort sitzen und unentwegt mit mir spielen. Und während mein Poseidon in mich eintaucht, erobert mich der Satyr. Bis sich die Rhythmen auf meinen ganzen Po ausdehnen. Bis sie sich in mir treffen, nur getrennt durch dünne Haut. Wenn der eine mich verlässt, stößt der andere in mir vor. Immer Flut und Ebbe zugleich.

Als Fotis kam, war ich noch nackt und schälte mich aus dem Sand heraus. Hier, sagte er und warf mir einen Pulli zu. Nicht dass du frierst. Fotis' Blick wanderte zu meinen Brüsten. Als ich mich umdrehte, um mein Kleid anzuziehen, spürte ich seinen Blick auf meinem Hintern.

Fotis hatte das, was man einen sportlichen Fahrstil nennt. Seine Hand war locker auf die Kupplung gestützt und in jeder Kurve schaltete er. Fährst du immer so schnell, fragte ich. Er drückte mir die Whiskyflasche in die Hand. Damit dir wärmer wird, sagte er. Die Flasche fiel mir fast aus der Hand, weil meine Hände so nass waren. Im Rückspiegel Jorgos auf seinem Motorrad. Ich folgte meinem Atem. Beim Einatmen den Schnitt im Po weiten. Ich mag Männer mit kräftigen Beinen. Fotis trug seine Spiegelbrille, und als er kurz zu mir herüberschaute, sah ich darin mein gerötetes Gesicht, umrandet von meinen roten Salzsäulenhaaren, die zerzaust über Stirn und Wangen hingen.

Ich erzählte Fotis von dem Satyr aus dem Museum und sagte dann unvermittelt, ob er nicht meinen Satyr spielen möchte. J'ai envie de toi. Das Lenkrad zuckte unter Fotis' Händen und fast hätte er das Auto in den sandigen Straßengraben gelenkt. Aus den Augenwinkeln sah ich, dass er lachte. Bist du immer so schnell? Er hat dir wohl den Kopf verdreht, was?, meinte er. Deine Idee?, fragte er und ich hob eine Augenbraue. Lass uns erst mal Hähnchen essen, wenn wir auf dem Schiff sind, bevor die ganz kalt werden, dann sehen wir weiter, und bog zu einem kleinen Hafen ein.

Die Männer deckten die Plane des Motorboots auf und lösten die Schnüre, die sie an Bord verknoteten. Als ich vom Steg an Deck sprang, griff Jorgos mich fest am Handgelenk, in der anderen Hand ein Tau, das ich schon um mich gewickelt sah. Jorgos warf mir einen fragenden Blick zu. Ich zeigte ihm den Daumen auf Mittelhöhe, zog die von der Sonne geröteten Schultern hoch. Sieht gut aus, aber er braucht noch Zeit, flüsterte ich ihm zu.

Es war so heiß, dass mir der Schweiß zwischen den Brüsten und selbst an den Beinen entlangrann. Das Kleid klebte an meinem Körper. Fotis verschwand in der Kajüte und setzte sich, nur mit einer Badehose bekleidet, ans Steuer. Seine Armmuskeln glänzten in der Sonne, packten das Rad, sein Rücken wie eine Dünenlandschaft, die mit dem Wind wandert. Langsam schiffte er das Boot zwischen den Holzpflöcken, Jachten und Segelschiffen durch die Hafenrinne. Wie ein Kapitän grüßte er die auslaufenden Schiffe. Ich zog mein Kleid aus. Nahm die Tüte mit den Hähnchen. Riss einen Schenkel ab. Ging zu Fotis. Fütterte ihn, während er steuerte. Noch ein Schenkel, den ich von seinem Mund über sein Kinn, den Adamsapfel bis zum Bauchnabel strich. Er übergab das Steuer an Jorgos, der mir zuzwinkerte.

Fotis drückte mich auf die kleine gelbe Matratze. Setzte sich neben mich. Du bist rot, sagte er. Ich creme dich ein, und ich legte mich auf den Bauch. Fotis begann bei den Füßen, massierte meine Schenkel, spreizte sie. Die Sonnenmilch kühlte meine Haut. Die Meeresbrise stellte meine kleinen Härchen auf. Er strich seinen Finger vom Rücken an meinen Rundungen entlang bis zu meiner Feuchte. Wenn er doch nie aufhörte! Wenn er doch bald so weit wäre! Er reibt sich nicht an mir, warum nur reibt er sich nicht an mir?

Jorgos schwang die Schiffsglocke und schaute zu uns herüber. Sein Blick war ohne Miene. Dann drückte er aufs Gas, preschte in einer Schneise durch das blaue Meer und wirbelte

es auf. Das Boot stach aus dem Wasser, um wieder zurückzu-
fallen. Jorgos' ganzer Körper schwang mit. Als wolle er das
Boot mit eigener Kraft aus dem Meer reißen, um wieder darin
zu versinken. Das Boot, mit dem er das Meer bezwang.

Kalte Spritzer legten sich auf meinen Rücken, der von Fotis
mit der Milch geknetet wurde. Er verhakte sich in meinen
Schulterblättern, drückte und zerrte gegen die Rückenstränge
und meine Pobacken, immer fester, als wollte er mich wie ein
Hähnchen auseinanderrupfen, bis ich aufjaulte.

Pass doch auf mit ihr!, rief Jorgos gegen das Raunen des
Schiffsmotors und den Fahrtwind an. Die Wolkendecke über
dem Meer zog sich zu.

Dann drehte Fotis mich um. Setzte mich auf. Drückte mir
die Tüte in die Hand. In seiner Hose war es still, nichts
wölbte, nichts regte sich. Ich schaute ihn verwundert an,
konnte aber seine Augen nicht sehen, weil die Sonne in seiner
Brille unterging und mich blendete.

Hör zu, Maxi, ihr könnt in die Kajüte gehen, ich kann
nicht. Entweder ich allein oder gar nicht. Du gehörst schon
Jorgos.

Ich war noch halb blind und auf seinem Körper tanzten
diese lichtgrünen Flecken, die mit jeder Augenbewegung
wanderten. Ich schmunzelte. Griechische Männlichkeit?,
fragte ich, riss mir ein bisschen Hähnchenfleisch ab und gab
die Tüte Fotis. Ich hatte plötzlich ziemlichen Hunger.

Nenn es, wie du willst, sagte Fotis, nahm das ganze Hähnchen heraus und zerteilte es. Welche Hälfte willst du, fragte er
mich. Ich zuckte die Schultern. Ja, das will ich auch nicht entscheiden, ich brauch eine Frau ganz. Nicht in Teilen. Er
reichte mir eine Hälfte. Hastig verschlangen wir das Fleisch
und nagten die Knochen ab. Na, macht ihr ein Wettessen?,
fragte Jorgos und lachte. Fotis und ich blickten uns kurz an
und dann fielen wir über Jorgos her mit unseren fettigen Fin-

gern, die wir an seinem Körper sauber putzten, verknäulten uns.

Als ich nach der Seefahrt wieder festen Boden unter den Füßen spürte, blieb diese Trunkenheit. Schaukelte und taumelte weiter. Schläfrig lehnte ich mich auf der weiten Rückfahrt an Jorgos' Rücken, gewärmt von Fotis' Pulli und Jorgos' brauner Lederjacke. Spürte zwei Männer wie Götter in mir ab- und anschwellen. Aus den Büschen am Straßenrand blinkten die Glühwürmchen ihren Phosphorschein in die Nacht.

Greta von der Donau

Der Busfahrer

Lentes, hört er den Gehilfen das Fahrtziel durch die geöffnete Tür rufen, und während die Fenster sich mit Gesichtern füllen, trinkt der Busfahrer seinen Kaffee zu Ende und betrachtet das Gedränge der Schulkinder, die sich gegenseitig durch die Vordertür schubsen und nur innehalten, um den beiden schwarz gekleideten Alten Platz zu machen. Sein Blick fällt auf die drei Fremden, die darauf warten, dass ihr Gepäck vom Gehilfen verstaut wird, und verweilt auf ihnen. Ein Sohn des Meeres sei er, seine Augen blau wie Aquamarine, der Himmel dagegen ein blasser Kristall, als umgebe ihn ein Sandstrand, hat eine Touristin ihm mal geschrieben, Mutters Schoß und Atlas kamen auch vor und er weiß nicht mehr was. Es ist eine Dänin gewesen, nicht mehr ganz jung, dafür umso erfahrener, und später hat er sich das Gedicht übersetzen lassen, vom Englischen ins Griechische, nicht weil er sie vermisst hat, sondern ... nun ja, er mag es irgendwie, wenn sie an ihn denken.

Der Busfahrer lächelt und steht auf. Der Schlüsselbund klingelt in seiner Hosentasche, als er in den Bus steigt. Er wirft den Motor an und wartet, bis auch die Touristen einen Platz gefunden haben. Er stellt Seiten- und Rückspiegel ein. Er sieht die blonde Frau an, und dann sieht er sich die anderen an, die beiden Männer: einer gehört zu der Frau, der andere reist allein. Schon an der Art, wie die Männer sich bewegen, erkennt er den Vergleich, den sie anstellen, über den sie vielleicht unglücklich sein werden. Seine Haare sind gewaschen, die Haut frisch rasiert. Er trägt ein kurzärmeliges blaues Hemd und Jeans. Seine Lenden liegen heute gut im Becken, er spürt sich, er muss sich mit niemandem vergleichen. Ein angenehmes Gefühl, es trotzdem zu tun. Er ist zu allen freundlich. Die Leute im Dorf lieben ihn, er ist der, der ihre Eltern und Kinder sicher von einem Dorf zum anderen und in die Kreisstadt bringt. Seit sieben Jahren ist er Busfahrer, Busfahrer wird, wer keine Unfälle baut. Er fährt so sicher wie er durchs Leben geht, nichts kann ihm passieren. Die Schulkinder lieben ihn, er fordert sie nicht auf still zu sitzen, wenn sie nach Schulschluss in seinem Bus herumtoben, immer stellt er das Radio an, immer grüßt er sie mit Namen, und wenn eins neu in der Stadtschule ist, darf es vorne sitzen und mit ihm ein bisschen plaudern.

Und noch ein fremdes Gesicht entdeckt er: eine dunkelhaarige, spitznäsige Frau, die eine Sonnenbrille trägt und einen schattigen Platz direkt vor dem Gehilfen ergattert hat. Ich habe sie gar nicht einsteigen sehen, denkt er. Ein einzelner Mann mit sonnenverbranntem Gesicht setzt sich in seine Nähe, lächelt ihm schüchtern zu und versenkt sich in ein Buch, ein Deutscher, nimmt er an, die lesen die Reiseführer in letzter Minute, und ausführlich, sehr ausführlich. Seltsames Volk. Als alle verstaut sind, alle einen Platz gefunden haben, der Gehilfe seinen Ticketblock und seine Gürtelkasse herauszieht und bei dem hellhäutigem Pärchen beginnt, die Fahrkarten zu verkaufen, fährt er los. Wahrscheinlich Engländer, überlegt er, sie sehen gut erzogen aus. Er steckt sich eine Zigarette an und schaltet das Radio ein. Manchmal singen die Kinder mit, wenn sie sich nach den ersten fünfzehn Minuten Fahrt wieder ein wenig beruhigt haben. Auch die Touristen entspannen sich. Sie legen ihr Buch weg, lauschen der Musik,

starren die karge Landschaft an, und nach einer Weile beginnen sie, ihn zu beobachten. Der schlaksige Engländer streichelt die Haare seiner Freundin. Der Busfahrer achtet im Seitenspiegel auf jede Veränderung des Mannes, seit der ihn
entdeckt hat. Der Seitenspiegel ist auf Fahrgäste gerichtet,
nicht auf die Straße, denn die Straße kennt er wie seine Wes-
tentasche, neue Fahrgäste aber nicht. Er sieht durch die Blicke
des Mannes hindurch in dessen Gedanken. Der Mann macht
eine Denkpause, als fühle er sich ertappt, und wendet sich
wieder der Freundin zu. Erst den Haaren, dann dem Ohr, das
an den Rändern gerötet ist, dann küsst er sie auf die geschlossenen Lider. Sie kichert und schlägt die Augen auf. Sie sind
von satter grüner Farbe, wie sie nur Sommersprossige haben.
Ihre Blicke kreuzen sich kurz, der Busfahrer blinzelt, sie starrt.
Dann antwortet sie dem Freund, doch ihre Augen wandern
zurück in den Spiegel. Der Freund saugt sich an ihrem Hals
fest. Ihre Lippen öffnen sich diskret. Der Busfahrer strahlt zurück; er stellt sie sich vor an Marias Stelle, wie ihr Kopf gleichmäßig auf und ab wippt und die blonde Mähne sich verfilzt
mit dem dunklen Streifen zwischen seinem Bauch und seiner
Scham. Maria hat kurze schwarze Haare, die nicht verzwir-
beln, sie liegen glatt an ihrem Kopf und sehen auch dann noch
gepflegt aus, wenn sie aus der Fassung gerät. Er denkt an letzte
Nacht, an die Angst in ihren Augen und an den Ruck, der
durch sie gegangen ist, als sie über seine Brust und über seinen
Bauch gekrabbelt, seine Haare durchforstet hat: ein wenig zu
hastig, fast übereifrig, als würde sie es sich noch anders über-
legen. Er hat gehofft, sie würde es sich nicht anders überle-
gen.

Er schließt die Augen und versucht, den Gedanken an ihre
Unentschlossenheit zu verscheuchen. Ihre Zunge hat sich
trocken angefühlt. Sie hat noch nicht herausgefunden, wo die
Quelle ist. Sie hat ihren Mund über seine Eichel geschoben,

als würde sie Eis lutschen, nur dass da kein Eis gewesen ist. Da ist wohl nichts gewesen, womit sie etwas anfangen kann. Vorerst. Aber dann. Dann kommt sie doch noch drauf. Und befeuchtet Zunge und Mund und Gaumen mit seinen Sehnsuchtstropfen. Ein schönes Wort, denkt er jetzt. Und dass es danach viel besser gegangen ist. Und ein Tröpfchen dem anderen gefolgt ist. Von wem die gewesen sind, das ist dann einerlei – und dann der Schwall, der ist von ihm. Dass sie jetzt vielleicht den Mund verzieht, hat er gedacht, doch wenn, dann hat sie es ihn nicht merken lassen und noch ein bisschen weitergemacht – sehr sanft und ruhiger, und er hat aufgehört zu denken. Sie hat es für ihn getan, nur für ihn sich überwunden – es hat ihn tief gerührt, noch mehr, als es ihn erregt hat. Sie liebt ihn, nur sie allein liebt ihn. Ein Schauer läuft über seinen Rücken. Sie weiß, dass er sie betrügt, doch verzeiht sie aus großen nassen Augen, und manchmal fragt er sich, ob es ihre Trauer ist, die ihn dazu bringt, sommersprossige Schönheiten im Seitenspiegel einzufangen. Maria keucht in ihm, und er lässt die Schönheit in Ruhe und rückt den Spiegel für das letzte fremde Gesicht zurecht.

Ihre Augen sind noch immer von der Sonnenbrille verdeckt, sie liegt mehr als sie sitzt, mit angezogenen Beinen, die Knie gegen die Vorderlehne gepresst. Ihr Kopf ist zu der vorbeihuschenden Berglandschaft gedreht, er sieht ihr lange zu, doch sie bleibt reglos. Die Straße windet sich einen langgezogenen Berg entlang, Schafe blicken gelangweilt auf, als der Bus an ihnen vorbeifährt, und der Busfahrer hat die einzelne Frau im Visier, die sich einem Blick in seinen Spiegel verweigert. Die Kinder beginnen zu lärmen und auf ihren Polstern herumzuhopsen, das Radio gibt ein Wunschkonzert von sich, dem die beiden schwarz gekleideten Alten gleichmütig lauschen. Zwei Jungs balgen über die Sitzlehne hinweg, einer schlägt mit dem

Kopf laut gegen die Scheibe. Er jault auf, der andere lacht und wartet mit ausgeholtem Arm, bis der Kampf weitergehen kann. Eine Gruppe Mädchen singt schrill einen alten Schlager mit, ständig wirft eine von ihnen das Haar zurück, das dann auf den schmalen Rücken klatscht. Der Tourist, der dem Busfahrer am nächsten sitzt, hat inzwischen das Buch weggelegt und verfolgt amüsiert, was im Bus vorgeht, als habe er die Szenerie soeben erfunden.

Sie sieht mich nicht an, denkt der Busfahrer. Warum sieht sie mich nicht an? Die Blonde betrachtet ihn mittlerweile mit großen Augen, fest an den Oberkörper ihres Freundes gekuschelt, der an ihrer Kopfhaut schnuppert. Die Hitze im Bus nimmt zu. Schweißgeruch mischt sich mit der salzigen Luft, und trotz verzweifelter Versuche des Gehilfen lässt sich das Dachfenster nicht öffnen.

Die Frau am Fenster hat die breiten Lippen lose aufeinander liegen. Er fragt sich, ob sie echt ist. Sie hat noch kein einziges Mal in seine Richtung geblickt. Er kann nur Gesicht und Dekolleté von ihr sehen, der Rest ist verdeckt vom Vordersitz. Ihre Hände liegen auf dem Schoß oder auf dem Sitz. Sie träumt oder denkt nach, er weiß jetzt mit Sicherheit, dass sie ihn hinter der Sonnenbrille nicht heimlich beobachtet. Er weiß es einfach, und er kann es nicht verstehen.

Der Busfahrer fährt heute schneller als gewöhnlich. In einer engen Kurve bringt er einen der Jünglinge zu Fall, der an den Griffen des Dachfensters schaukelt und sich nicht mehr halten kann. Er plumpst auf das schmusende Pärchen. Die Blonde schreit erschrocken auf, der Junge rappelt sich hoch, verschwindet mit rotem Kopf in der Menge seiner Freunde. Der kleine Vorfall spornt die Kinder zu noch wilderen Spielen an. Sie torkeln durch den Gang und bewerfen sich mit Schultaschen und Büchern; Stifte und Hefte fliegen durch die Luft.

Schreie und Pfiffe übertönen das Brummen des Motors, die Sonne reflektiert im Spiegel, der Busfahrer hat die Brauen zusammengezogen, seine Augen und sein Kopf schmerzen. Er wünscht sich, die Kinder wären ein bisschen leiser. Er versucht, an die gestrige Nacht mit Maria zu denken, an ihren Mund, der auf und ab rutschte, an ihren Kopf, der sich immer schneller mit ihm bewegte – doch nichts, nichts zu machen. Das Bild der Frau durchkreuzt jedes Experiment. An was sie nur dauernd denkt, möchte er gerne wissen. Was hinter ihren Lippen vor sich geht. Ihre Nase glänzt nicht vor Schweiß, ihr Haar fällt frisch gewaschen und lockig auf die Stirn, sie hängt bewegungslos am staubigen Fenster. Und ununterbrochen sieht sie sich das immer gleiche Panorama an. Die Serpentinen haben ihren höchsten Punkt erreicht und führen nun ins Tal hinunter. Zum ersten Mal kann man das Meer zwischen schiefen Felsen erkennen. Der Busfahrer startet einen letzten Versuch und schaut in den Seitenspiegel. Die Kurve kommt schneller, als er sie in Erinnerung hat, er bremst scharf ab, der Bus schlittert seitlich auf dem Rollsplitt und kommt über einem Schaf zum Stehen. Die Kinder verstummen. Gesichter glotzen an ihm hoch, nur die Frau presst eine Hand an den Kopf, der von einem Ringbuch getroffen wurde. Die Sonnenbrille hängt auf ihrer Nase. Mit der anderen Hand tastet sie nach dem Bügel und nimmt sie ab. Der Busfahrer fährt zusammen. Ihre Pupillen sind fast vollständig vom Weiß der Augen verdrängt, blaue Halbkugeln hängen verloren unter den Lidern. Der Gehilfe stottert vor sich hin. Die Schafherde sucht blökend das Weite. Der Busfahrer starrt auf die leeren Augen der Frau und beißt sich auf die Lippen. Er wankt ein bisschen, als er auf sie zugeht. Die Kinderaugen verfolgen seine Schritte.

Der Busfahrer beugt sich zu der Frau herab und sagt: «Sit down in the front.» Einen Moment lang scheint sie nachzudenken, dann nickt sie. Er nimmt ihre Tasche und stützt sie am

Ellbogen. Während er sie zu einem leeren Platz in der dritten Reihe führt und vor den Mann mit dem Buch platziert, sieht auch er nichts mehr. Nicht die Kinder, nicht das Pärchen, nicht den Gehilfen, nicht die Alten und auch nicht den Mann mit dem Buch. Sie setzt noch im Stehen ihre Sonnenbrille wieder auf, es sieht komisch aus, der rechte Bügel hängt schlaff an ihrem Ohr. Sie zieht die Nase hoch und lächelt in die Runde. Auch die Kinder lächeln und setzen sich leise auf ihre Plätze. Der Busfahrer steht einen Moment lang herum. Dann setzt er sich wieder hinter das Steuer, um den Bus aus dem toten Schaf zu kutschieren. Seine Oberlippe beginnt zu bluten.

Dorothea Dieckmann

Unter einer Decke

Sie ist von Felix, zu unserem Geburtstag vor einem halben Jahr. Seitdem lag sie auf dem Regal über meinem Bett, und als ich sie runtergeholt habe, war sie ganz verstaubt. Sie ist ungefähr so groß wie meine Faust, aber es ist Reis drin, deshalb ist sie viel schwerer, als man denkt. Das Matchboxauto, das ich ihm geschenkt habe, ist schon lange weg. Jetzt ist die Eidechse auch weg, aber nicht ganz. So wie Felix. Sie liegt unter seinem Kopfkissen, und Felix liegt im Krankenhaus. Sein Bett sieht leer aus.

Ich wollte, dass Boris drin schläft. Das war gestern, aber es kommt mir vor wie lange her. Es ist wie ein Traum von Eidechsen und Schlangen und Schnecken und Käfern, gruselig, aber schön. Jetzt können wir was, was kein anderer kann. Sonst würde ja niemand mehr was anderes machen, höchstens vielleicht arbeiten, weil das sein muss. Mama arbeitet im Supermarkt, weil sie damit Geld verdient, Papa arbeitet, weil er sich sonst langweilt, im Keller an der Werkbank. Aber Erwachsene machen es sowieso nur, bevor sie Kinder kriegen, und sie machen sich damit lächerlich, sagt Boris. Wahrscheinlich weil sie keine sind. An Boris' Playstation ist ein Fernseher, da hat er nachts bei RTL und SAT 1 und Kabel nachgeguckt. Aber er sagt, man sieht zu wenig, sie halten die Kamera immer falsch.

Ich konnte nicht einschlafen, weil es dunkel war, aber doch so hell, dass ich das leere Bett sehen konnte, wenn ich auf der Seite lag. Eigentlich schlafe ich so ein, und wenn ich zwischendurch nochmal die Augen aufmache, sehe ich Felix. Vorher liege ich immer auf dem Bauch, und Felix krault mir den Rücken. Dafür petze ich nicht, wenn er das Licht wieder anmacht und Comics liest. Das ist unsere Abmachung. Sie haben ihn direkt aus der Klasse geholt und operiert. Mama ist hingefahren, und es gab kein richtiges Mittagessen. Papa meinte, Felix kommt nach ein paar Tagen wieder, und Boris hat gesagt, von ihm aus könnte er ruhig länger wegbleiben. Sonst war es ziemlich still. Felix und ich reden mittags meistens durcheinander, aber jetzt, wo er mich nicht störte, fiel mir nichts ein, und ich bin in unser Zimmer gegangen. Die Betten waren nicht gemacht, und ich habe mich in seins gelegt, um so zu tun, als wäre er da. Aber dann musste ich auf mein leeres Bett gucken. Zwei auf einmal spielen, das geht nicht.

Ich bin zu Boris rüber. Der lag auch auf dem Bett und hat wie wild mit seinem Joystick rumgemacht, ein neues Spiel mit Leuten in Kampfuniformen, die auf irgendeinem Planeten gegen riesige Insekten kämpfen. Er hat mir erklärt, dass es da auch einen Film gibt, Starship Troopers, den kennt er. Dann hat er mich nicht mehr beachtet. Aber er hat mich auch nicht rausgeschickt, vielleicht tat es ihm Leid wegen der Ohrfeige am Dienstag. Ich saß auf der Bettkante, es wurde immer spannender, aber in der Höhle haben ihn die Riesenkäfer immer wieder gekriegt. Dann kam Mama zurück. Sie hat mit mir geschimpft und mit Boris auch, weil er mich mit diesem Scheißspiel von den Hausaufgaben abhält. Noch drei Minuten, hat sie gesagt. Bevor ich gegangen bin, hat Boris gesagt, ich könnte ruhig zugucken, solange Felix weg ist.

Beim Abendessen war Mama zurück, aber die Küche sah immer noch anders aus. Felix muss eine Woche im Krankenhaus bleiben. Wenn alles gut geht. Mama glaubt das. Boris wollte nochmal schnell zum Parkplatz an der Tankstelle, er durfte, bei mir war um neun Licht aus und Tür zu. Erst mal

habe ich geweint. Die Lampe habe ich nicht wieder angemacht, obwohl ich so im Dunkeln nicht einschlafen konnte.
Ich wusste nicht, wie ich mich hinlegen sollte. Ich habe mich
auf den Rücken gelegt und bin auf der Matratze hin- und her-
geruckelt. Aber das half nicht. Ich bin wach geblieben und
habe überlegt, ob Felix im Krankenhaus lesen durfte. Es kam
mir ewig vor, aber dann habe ich doch geschlafen, und als ich
aufwachte, saß Boris auf Felix' Bett. Es war komisch hell im
Zimmer, und Boris' Gesicht war ganz weiß.

Mama sagt, Boris ist blass, weil er immer an der Playstation
sitzt. Uns lässt er nicht ran. Felix spielt manchmal heimlich,
ich nicht, trotzdem hab ich mir eine gefangen. Boris hat
dienstags länger Schule, wir waren schon beim Mittagessen,
und er ist auf Felix losgegangen, weil er irgendwas durcheinander gebracht hat. Felix hat geschrien: Boris ist ein Wich-
ser, ich hab's gesehen, er spielt gar nicht, er wichst! Es sieht
komisch aus, wenn Boris rot wird. Deshalb habe ich angefangen zu lachen. Boris hat mir eine runtergehauen und musste
in sein Zimmer. Da dachte ich noch, er mag mich genauso
wenig wie Felix. Die stecken sowieso unter einer Decke, sagt
er immer, und das sagen Mama und Papa auch. Ich würde
gern wissen, was sie damals falsch gemacht haben, dass Zwillinge draus wurden. Irgendwann hieß es mal, wir sollten zum
zehnten Geburtstag jeder ein Zimmer kriegen, weil Junge und
Mädchen dann nicht mehr zusammenwohnen dürfen. Eigentlich wollte ich das nicht, ein Zimmer ganz allein. Aber bis
dahin kriegen wir sowieso keine Vierzimmerwohnung. Zu
Boris kann Felix nicht ziehen, sie würden sich andauernd prü-
geln. Wir sind einfach ein Kind zu viel. Nur welches? Ich
glaube, jetzt weiß ich es.

Ich wollte wissen, wie es an der Tanke war und ob Jessica
auch da war. In Jessica ist er verknallt, dabei ist sie fünfzehn,
zwei Jahre älter als er. Scheiße war's hat er gesagt, und Jessica

ist auch Scheiße. Dann hab ich gefragt, ob er geraucht hat. Klar, und Bier getrunken, wie immer. Wenn du petzen willst, musst du bis morgen warten. Die schlafen schon. Da habe ich gesagt, er soll mir den Rücken kraulen. Ich habe mich auf den Bauch gelegt und das Schlafhemd hochgemacht. Er roch wie Papa, und er machte es ganz anders als Felix. Statt richtig mit den Fingern zu kraulen, ist er mit der ganzen Hand hoch- und runtergefahren. Ich fand das langweilig, aber es war schön, dass er da war, und ich habe ihn gefragt, ob er nicht in Felix' Bett schlafen will.

Erst hat er nichts gesagt und weiter auf meinem Rücken rumgestrichen, dann hat er gesagt: Nur wenn du mir auch den Rücken kraulst, hat sich den Pullover und das T-Shirt ausgezogen und sich auf mein Bett gesetzt, Rücken zu mir. Der Rücken ist viel größer als der von Felix, und außerdem sind Pickel drauf. Ich hab mich angestrengt, es richtig toll zu machen, ganz leicht mit den Fingernägeln, weil ich weiß, dass man dann eine Gänsehaut kriegt und will, dass es immer weitergeht. Tatsächlich hat er: Weiter, weiter! gesagt, und da bin ich aus Spaß ein bisschen an die Seiten gegangen, zu den Rippen. Er ist wie verrückt zusammengezuckt, hat sich umgedreht und mich umgeschmissen: Nicht kitzeln! Dabei fing er selber an, mich mit einer Hand zu kitzeln, mit der anderen hat er mich ganz fest an den Knochen unterm Hals runtergedrückt. Ich hab gestrampelt und Aufhören! gerufen, da hat er mir den Mund zugehalten. Pschscht! Er hat losgelassen, ich lag ganz still, und da fing er wieder mit dem Streichen an, nur halt auf dem Bauch, rauf bis zum Hals und runter bis zum Bauchnabel. Diesmal habe ich Weiter! gesagt, aber leise.

Boris hat sich auf meine Beine draufgesetzt, um Platz für beide Hände zu haben. Das hat mir ziemlich die Knie zusammengequetscht. Aber nicht schlimm. Irgendwie schlimm waren die Hände. Er ist mit ihnen immer wieder auf die kleinen

Knöpfe gekommen, die mal Busen werden, und jedesmal, wenn er drankam, hat er kurz angehalten und ganz leicht hin- und hergerubbelt. Ich habe ganz langsam geatmet, um es auszuhalten. Dabei wusste ich nicht, was schlimmer war, Weitermachen oder Aufhören. Deshalb bin ich zuerst erschrocken, als er ein Stück runtergerutscht ist, auf meine Schienbeine, aber er ist nur woanders hingegangen mit den Händen. Erst hat er die Kuhlen neben den spitzen Knochen an der Hüfte gekrault und dann die Muschi. Diesmal richtig gekrault, vorsichtig, aber nicht mit den Fingernägeln, sondern mit den Spitzen. Es war trotzdem wahnsinnig kitzlig. Ich war froh, dass ich nicht mit den Füßen zappeln konnte, sonst wäre er vielleicht runtergerutscht und hätte aufgehört.

Er hat aber nicht aufgehört, ich fand es komisch, dass er so lange freiwillig krault, und viel besser als auf dem Rücken, mit zwei oder drei Fingern auf jeder Hälfte, immer von oben nach unten. Ich habe gemerkt, dass ich ganz laut atme, weil ich kaum gehört habe, dass er anfing zu reden. Dass ich unten keine Haare hätte und dass sich das gut anfühlt, und ob ich auch finde, dass sich das gut anfühlt, wenn er das macht, und dann wollte er mir seine Haare zeigen. Aber nur, wenn du dann weitermachst, habe ich gesagt, und er ist runtergeklettert und hat den Rest ausgezogen. Felix zeigt mir seinen Pimmel nie, trotzdem hab ich ihn mindestens fünfmal gesehen, außerdem den von Ben und den von Alexander, aber Boris' war ganz anders. Nicht so wie das Teil von Papa, das so krank aussieht wie Papa selber, dunkelrot und schrumplig, sondern viel heller und glatt, aber das Verrückte war, dass er gar nicht runterhing, sondern ganz weit abstand, sodass ich ihn runterdrücken musste, um mir die Haare darüber anzugucken. Der Pimmel hat sich bewegt, als wäre er lebendig, es war unheimlich und lustig, und ich hab gedrückt und losgelassen und gedrückt und losgelassen, bis Boris gesagt hat: Man macht das anders. Er hat ihn in die Hand genommen und geschoben und gezogen, es sah aus, als würde er ihm die Haut abziehen, denn vorne guckte immer wieder eine glänzige rote Nuss mit einem Riss drin heraus, die ich noch nie gesehen hatte und unbedingt mal anfassen wollte. Ich hab kapiert, dass das was mit dem Wichsen zu tun hatte, aber ich habe es Boris nicht gesagt, damit er sich nicht wieder ärgerte. Boris wollte nicht, dass ich da vorne anfasste, aber ich durfte dran lecken. Und weil er das so gut fand, hab ich es dann auch ganz lang gemacht, und zwar so, wie er es mir erklärt hat. Alles Mögliche, so Lutschen wie bei einem Eis und Saugen wie am Strohhalm und Drüberlecken wie bei einer Briefmarke, und er hat ihn dabei festgehalten. Bis ich Pause machen musste, weil ich keine Luft mehr bekommen habe.

Ich hab mir die Decke übergezogen, weil mir ein bisschen kalt war, und Boris saß auf dem Rand und hat seine Unterhose vom Boden aufgehoben und hat sie sich über den Kopf gezogen und mit den Augen aus den Beinlöchern geglotzt und gezischt wie einer von den Riesenkäfern. Wir mussten beide aufpassen, dass wir nicht zu laut lachen, und dann haben wir überlegt, was wir noch alles machen können. Er hat mir von den Sexsendungen erzählt und dass die Leute da voll Scheiße aussehen und die Frauen Riesentitten haben, aber ein paar Sachen könnten wir versuchen, zum Beispiel könnte er mit dem Mund an meine Muschi, aber ich dürfte bloß nicht so laut rumjaulen, wie die das da immer tun. Außerdem müsste er unbedingt seinen Pimmel in meine Muschi reintun, das wusste ich auch, und er wusste, wie man da am besten rankommt. Ich wollte das alles, und außerdem nochmal Kraulen, und Küssen wollte ich auch, und zwar mit Zunge. Bisher hatte ich das noch nicht ausprobiert, weil Alexander ein Feigling ist. Ich hab Boris gefragt, ob er schon zungengeküßt hat, und er hat gesagt, klar, aber das meiste andere hat er noch nicht gemacht, auch mit Jessica nicht, denn die ist eine Zicke. Ich habe ihn gefragt, ob wir jetzt verliebt sind, und er meinte, Geschwister lieben sich sowieso, und zwar richtige Geschwister, nicht Zwillinge. Dann hat er sich mit unter meine Decke gelegt, und wir haben uns ganz doll umarmt, sogar mit den Beinen, und erst mal mit dem Küssen angefangen.

Erst war es mir ein bisschen eklig, so glitschig und schlabberig, und Boris hat im Mund nach Bier und Zigaretten geschmeckt. Aber das Eklige war trotzdem schön, so wie Tierfilme mit Insekten oder Wasserviechern oder Horrorfilme, wo man immer hinguckt, obwohl man eigentlich lieber wegucken würde, und so spannend, dass man nicht will, dass das Ende kommt. Also haben wir ewig lange geküsst, das ganze Kissen war voll Spucke. Aber weil wir noch so viel anderes wollten, wurden wir ganz zappelig. Überall hat es gedrückt und gekrabbelt und war nass von Spucke und weil Boris geschwitzt hat. Ich weiß nicht mehr genau, wer was gemacht hat und was der Reihe nach kam. Es war wie Schaukeln oder Kopfspringen, oder Starship Troopers, oder Kino und Loopingbahn auf einmal, mir war schwindlig, und wenn ich dran denke, wird mir nochmal schwindlig. Ich konnte nicht mehr unterscheiden, ob ich die Augen auf oder zu hatte, weil sich immer irgendwas bewegt hat, und ich wusste nicht, wo ich Boris gekitzelt und zungengeküsst habe und wo er mich, zwischendurch hatte ich Angst, wir wären auseinander genommen, weil überall was von uns rumlag und weil ich nicht mehr wusste, was zu wem gehörte, ab und zu hab ich sogar aus Versehen an mir selber geleckt und gekrault. Alles habe ich in die Hand und in den Mund genommen und festgehalten und gedrückt und er auch, manchmal so doll, dass es weh tat, wie Kämpfen, dann wurde ich wütend und wollte ihm auch weh tun und er hat sich gewehrt und war stärker und ich habe mich gewehrt und wurde immer böser, und plötzlich war es wieder vorsichtig und ruhig, wie wenn man ins Wasser springt und denkt, man ist ganz leicht, und man schwimmt und alles wird langsam.

Manchmal kam eine Pause, wenn es einfach zu sehr durcheinander ging, und wir mussten lachen. Ein paar Mal lag ich plötzlich andersrum, als ich gedacht hatte, einmal bin ich fast aus dem Bett gefallen, oder die Decke ist runtergerutscht, oder ich hatte Boris' Knie im Gesicht oder seinen Fuß am Kopf. Das war, als er mir gezeigt hat, wie das auf RTL geht, und mit der Nase und dem Mund an meiner Muschi war, wie ein Waschlappen, und mit der Zunge in der Ritze, da wo ich rauspinkle, und dabei geschnauft hat, dass es ganz kalt wurde, es hat wahnsinnig gekitzelt, aber ich hab aufgepasst, dass ich nicht kichere oder jaule, bloß mit den Füßen hab ich schnell auf der Matratze hin- und hergerieben und dabei genauso schnell Boris' Rücken gekrault. Dabei habe ich einen Unterwasserfilm gesehen mit schwarzem Wasser und lauter kleinen Blitzen drin, das waren Fische, und als ich die Augen aufgemacht hab, da hatte ich Boris' Po direkt vor der Nase und hab sie zwischen seine Pobacken gesteckt und mit dem Mund auf das Loch geprustet. Da hat Boris gestrampelt und mit den Füßen an meinen Kopf getrommelt und etwas gesagt, das war wie ein Fischmaul an meiner Muschi und hieß: Weiter, weiter, weiter! Da hab ich immer doller geprustet und musste furchtbar lachen, weil das so war, als würde Boris ganz laut pupsen, und dann haben wir beide zugleich einen Schreck gekriegt. Wir durften ja Mama und Papa nicht wecken, und als uns das einfiel, war das Schaukeln und Schwindeln vorbei, und wir wussten nicht mehr weiter.

Boris fand, wenn wir richtig Sex haben wollten, müssten wir noch das mit dem Reinstecken probieren. Wir haben es mit dem Finger versucht, erst ich, dann er. Dann hat er mir erklärt, wie das die im Tittenfernsehen machen, obwohl er auch nicht genau wusste, wie es funktioniert. Ich sollte ein Tier auf vier Beinen spielen, und er hat sich hinter mich gekniet, damit er alles gut sehen konnte und sein Pimmel genau drankam und zwischen die zwei Hälften ging. Das war gut ausgedacht, bloß ist er immer wieder weggeflutscht, vielleicht, weil meine Muschi ganz rutschig von der Spucke war. Ich hab nachgeguckt und gesehen, dass der Pimmel jetzt mehr so runterhing wie der von Felix oder Alexander, über die Bommel, die zwei Hälften hat wie die Muschi oder der Po, das sind die Eier, was sonst, hat Boris gesagt und dran geschaukelt, und dann habe ich dran geschaukelt, es hat sich angefühlt wie die Eidechse mit Reis drin, die mir Felix geschenkt hat, als wir acht wurden.

Da war es so, dass ich fast nochmal weinen musste. Ich hab mich wieder unter die Decke gelegt und Boris auch, und er hat es gemerkt und gesagt, wir könnten das mit dem richtigen Sex morgen machen oder übermorgen. Wir haben uns wieder mit den Armen und den Beinen umarmt und waren ganz müde. Im Zimmer war es immer noch ein bisschen hell, ich konnte das leere Bett sehen. Ich habe Boris gefragt, ob er meint, dass alles gut geht mit Felix. Boris meinte, dass Felix vielleicht auch stirbt. Dann hat er noch gesagt: Ich meine das ernst. Aber du darfst es niemand sagen. Nur wenn du mich noch ein bisschen am Rücken kraulst, habe ich gesagt. Aber mit den Fingernägeln, so ganz leicht. Dann bin ich eingeschlafen. Als Mama mich geweckt hat, war Boris weg, und ich habe die Eidechse vom Regal geholt und unter Felix' Kopfkissen gesteckt.

Werner Pilarczyk

Ria

Ich habe Ria nicht getötet, aber alles, was ich mit ihr tat, hat sie dem Tod näher gebracht. Vor zwei Monaten habe ich mit ihr geschlafen, und das ist ein großer Fehler gewesen. Ein Fehler, wie ich ihn früher nicht für möglich gehalten hätte, auch was sein Ausmaß und seine Wirkung auf mich betrifft.

Dabei war mein Besuch bei ihr einer von vielen Besuchen gewesen, und er hätte es bleiben können und sollen. Ich schaute oft vorbei, wenn ich mich in der Stadt, in der Nähe ihrer Straße aufhielt. So auch an jenem Abend, der dann mit unserem üblichen launigen Gespräch begann: mal fast zärtlich, mal übertrieben ruppig, meist eingebettet in den Geist der Ironie. Diesmal befeuert durch Rias frische Urlaubserinnerungen und den reichlich getrunkenen Pastis.

Wenn ich jetzt an den bald nach meiner Ankunft einsetzenden Regen denke, traue ich selber der Erinnerung kaum: Zu gut passte der Regen zu dem Abend und zu allem, was folgte. Und doch: Es regnete. Ja, und der Regen perlte auf malerische Weise die von letzten staubigen Sommerschichten befleckten Fensterscheiben hinunter. Zwischen Ria und mir baute sich eine genau solche Stimmung auf: Tropfen von Wasser, die über Staub perlten. Unsere Blicke hatten etwas Ungefähres und Scheues, und als ich ihre Hand berührte, dachte keiner von uns an Sex. Ich muss wohl eher wie ein Wahrsager ausgesehen haben, der ihre Hand zum Lesen der Zukunft brauchte.

Heute denke ich, ich hätte genau das versuchen sollen, in die Zukunft sehen, und auch, dass das nicht unmöglich gewesen wäre: Bedenke stets die möglichen Folgen deines Handelns. Ria war zerbrechlich, das wusste ich. Es umgab sie eine ständige Schwermut, und ich übertreibe nicht, wenn ich sage, dass sie am Leben litt.

War es der Pastis, der meine Aufmerksamkeit auf die Schönheit der dunkelroten Locken lenkte, wie ich mir nun gern einredete? Fielen mir ihre Brüste heute zum ersten Mal auf? Wir kamen einander langsam näher, in einer wortlosen Sprache, wie es sie zwischen uns bis dahin nicht gegeben hatte. War es denn so, dass uns der Alkohol enthemmte und geradlinig zu dem führte, was ein Ziel zu sein vorgab zwischen Männern und Frauen? Sind es Spielregeln zwischen den Geschlechtern, Regeln, die wir halb kennen, halb ahnen, die uns, gekleidet in Natürlichkeit, aufeinander zutreiben, fast zwangsläufig? Und wenn es diese Spielregeln gibt: Spielen wir denn, ist es ein Spiel? Ich wusste es damals nicht, und ich weiß es heute genauso wenig.

Bis zu diesem Abend hatte ich mich Frauen immer behutsam genähert, gehemmt zuweilen, und ich hatte es mir erklärt mit der Angst vor Zurückweisung. Heute war es nicht so. Wir stürzten zwar nicht aufeinander los, wir verfielen keinem Taumel, doch hatte unser Handeln eine nüchterne Form der Unausweichlichkeit angenommen. Rias Aufforderung, über Nacht zu bleiben, kam vor der ersten Berührung. Sie war sachlich, fand zudem in dem immer stärker werdenden Regen eine Begründung. Und ich musste nicht überredet werden, ich fühlte mich zu Hause in ihrem Zimmer, es roch so gut, und es war warm. Und alles schien einfach.

Der Inhalt unseres Gesprächs war inzwischen von einer Allge-
meinheit, die nichts Erinnerbares zurücklassen würde. Unser
Reden war wie ein leichter Flug über alles und nichts. Es war
ein zufälliges Assoziieren, wir tauschten angenehme Worte
aus, das war es, von Belang war einzig die Belanglosigkeit. Alkohol, Müdigkeit und Gedanken, die auch ganz andere hätten
sein können, wiegten mich in Behagen und machten mich
schläfrig.

Dann lagen wir in ihrem Bett. Ria löschte das Licht, und ich
hatte kaum Gelegenheit, mich an die fremde Wäsche zu ge-
wöhnen, denn wie auf eine Abmachung hin, die sie allerdings
ohne mich getroffen hatte, gingen Rias Hände auf mich los.
Dabei turnte ihre Zunge in meinem Mund, und ich wehrte
mich nicht und antwortete ihr. Sie wollte den schnellen Fick
und erledigte ihre Lust leise. Mein Körper war wie ein Echo
ihres Körpers, ohne eigenen Willen, wie gegenstandslos. Es
störte mich, dass meine Physis Paarungsbereitschaft signali-
sierte, denn es gab keine Lust, keine Freude, keine Geilheit.
Als ich versuchte in sie einzudringen, war sie trocken wie ein
vernachlässigter Garten. Wir zwangen ihrer Mose und meinem Schwanz ein unmögliches Zusammenspiel auf. Es war
wie das Klopfen an das Tor einer Stadt; jede Belagerung
musste am entschlossenen Widerstand der Bewohner schei-
tern. Was wir taten, war nicht gut und verursachte uns beiden
Schmerzen. Doch wir besannen uns nicht eines Besseren. Wir
machten weiter mit der skurrilen Vögelei wie trotzige Kinder
oder wie Schauspieler, die einen Job zu erledigen haben. Es
kam zu keinem Orgasmus, jedenfalls hatte ich keinen, und
wenn Ria einen hatte, so bemerkte ich ihn nicht. Wir ließen
schließlich stumm und erschöpft voneinander ab und schliefen
rasch ein.

Ein paar Tage später rief Ria mich an. Nie hatte ich sie so traurig erlebt wie bei diesem Telefongespräch. Sie gab mir zu verstehen, dass ihre Lebenslust dahin sei. Sie erwähnte unsere Nacht nicht, und doch bauten sich in meinem Hirn schrecklichste Zusammenhänge auf, nach denen ich nicht zu fragen wagte. Sie sprach nicht von Selbstmord, aber ich sah sie sogleich auf einer Brücke, ihre roten Locken im Wind, sah sie in ihrem wohlriechenden Bett, langsam eindämmernd, sah den Brief auf ihrem Tisch. Ich spürte ihre tiefe Verlassenheit. Ich sagte nichts.

Als ich bald darauf an ihren Haus vorbeikam, wohnte sie nicht mehr dort.

Dirk Schulte

Die Lesung

Der bestuhlte Saal ist zur Hälfte gefüllt. Vorne steht ein Holz-pult, darauf ein Glas Wasser und ein Mikrophon. Ich sitze in der fünften Reihe, dem Wasserglas gegenüber und warte ge-nau wie die anderen auf die Lesung.

Gegen acht Uhr sollte sie beginnen, die Zeiger ticken in Richtung der akademischen Viertelstunde, als die Autorin ganz in Schwarz die karg ausgeleuchtete Bühne betritt. Sie nickt stumm ins Publikum, nimmt auf dem Designerstuhl Platz, hustet, zündet sich eine filterlose Zigarette an, nippt am Wasser und schlägt ihr Buch auf. Wieder hustet sie, schlägt eine bestimmte Seite auf, reibt mehrmals über den Falz und nippt nochmals am Wasserglas.

Ich weiß nicht genau, warum ich mich hier befinde. Seit Jahren war ich keiner Leseeinladung mehr gefolgt, zu sehr hatte ich mich zumeist gelangweilt. Doch heute, in der Lokalzeitung, las ich vom Auftritt einer jungen, aufstrebenden Autorin, das Foto sprach mich an, und so nahm ich die Straßenbahn zum Lesecafé.

Und hier sitze ich nun, keinen blassen Schimmer vom Buch der Autorin, aber mit einem Bild in meinem Kopf. Das wird nun übertroffen von der Wirklichkeit, sie ist jung und schön. Kleine feste Brüste heben sich unter dem Schwarz ab, die Nase etwas zu groß für das Gesicht, buschige Augenbrauen. Sie nimmt ihr Haarband vom Handgelenk, bindet sich die Haare zurück und formt einen Pferdeschwanz. Dann beginnt sie zu lesen.

Mit leicht verrauchter Stimme wirft sie ihre Sätze der Zuhörerschaft zum Fraße vor. Doch mir erscheint es nach wenigen Minuten so, als sei ihr das restliche Publikum egal geworden, nur allein mich schaut sie an, wenn sie aus ihrem Buch hochblickt. Dann treffen sich unsere Blicke, ein Mundwinkel zuckt unwillkürlich nach oben, so als müsse sie schmunzeln, dass sie nur für mich allein liest.

Die Lesung neigt sich dem Ende zu, vier Zigaretten hat sie geraucht oder besser in ihrer Hand qualmen lassen, hat die Aschewürmer auf den Boden geschnippt und vom stillen Wasser getrunken, bis das Glas leer war, und zwischen zwei Kapiteln nach Rotwein gerufen.

Und mit diesem Kelch steht sie nun am Büchertisch einer örtlichen Buchhandlung, beantwortet mit einer weiteren Filterlosen in der Hand die Fragen der Umstehenden und signiert ihre Bücher. Ich kaufe mir eins, stelle mich in die kurze Schlange. Sie schaut mich an, als ich noch längst nicht an der Reihe bin und lächelt. Ich lächele zurück.

Als ich endlich vor ihr stehe und mein Buch, vom Zellophan befreit vor sie auf den Tapeziertisch lege, bläst sie mir den Rauch ins Gesicht, blättert die leere Seite auf und fragt, was sie schreiben solle.

Für mich, sage ich.

Für mich, sagt sie, und wer ist mich?

Für Rainer.

Sie schreibt unter meinen Namen den Ort und das Datum, dann geschwungener: viel Spaß beim Lesen. Dann eine leserliche Unterschrift.

Ich bedanke mich, will gerade gehen, als sie mich zurückhält und fragt, wo man in dieser Stadt um diese Zeit noch etwas trinken kann.

Ich zähle ihr einige Kneipen auf, und sie schüttelt nur den Kopf.

Sie sei doch nicht von hier.

Ich kann sie Ihnen zeigen, wenn Sie wollen.

Wenn Sie etwas Geduld haben.

Ich bestelle mir ein Glas Rotwein, setze mich auf einen Sessel im Vorraum und schaue auf die signierende Jungautorin. Sie beugt sich vor, ich sehe ihren Brustansatz. Die helle Haut, einen einzelnen Leberfleck.

Endlich ist sie fertig. Sie stülpt ihrem Füller die Kappe auf, trinkt den Wein aus und steht auf. Sie geht zurück in den Leseraum und bleibt erst einmal verschwunden. Ich beobachte, wie die beiden pastellfarben gekleideten Frauen die restlichen Bücher zusammenräumen, in eine Kiste legen und den Klapptisch zusammenlegen. Auch an der kleinen Theke wird aufgeräumt, über den Holztresen gewischt und die gespülten Gläser in das verspiegelte Regal gestellt. Man bedeutet mir auszutrinken, man wolle gleich schließen.

Ich folge der Aufforderung, reiche das leere Glas der jungen Frau und nehme wieder auf dem Sessel Platz. Doch auch als man mich zum Gehen drängt, es gebe ja doch nichts mehr zu trinken, bleibe ich sitzen. Schließlich erscheint die Jungautorin bemantelt und mit Umhängetasche im Vorraum, streicht mir über den Unterarm. Das Zeichen zum Gehen.

Draußen regnet es leicht, ein Herbstregen sprüht auf unsere Gesichter, durchnässt noch vor Eintreffen der Straßenbahn unsere Kleider. Wir reden nicht viel, sie gähnt zwischendurch und raucht eine Zigarette, bietet mir auch eine an, doch zur Hälfte aufgeraucht müssen wir sie auf das glänzende Pflaster werfen. Die Straßenbahn ist zeitig.

In der Bahn, nebeneinander sitzend, spüre ich ihre Hüfte an

meiner, drei Stationen weiter steigen wir wieder aus, sie schaut mich fragend an. Ich deute in eine Richtung, aus der uns eine Gruppe junger Studenten entgegenkommt, laut lachend und beschwipst. Sie schaut mich an und lächelt. Ich tue es ihr gleich.

Die Tür schwingt auf, ein roter Vorhang will zur Seite geschoben werden, ich lasse ihr den Vortritt. Sie nickt dankend, und ich lasse sie den Platz wählen. Also sitze ich jetzt mit der Jungautorin an einem verschrammten Holztisch, ein Weinglas in der Hand, und frage sie nach ihrer Textintention.

Sie habe keine, sagt sie.

Aha, sage ich.

Das dritte Glas wird durch ein neues ersetzt, ich spüre einen leichten Nebel in meinem Kopf aufsteigen, doch sie sitzt kerzengerade auf dem Stuhl, die Beine übereinander geschlagen, und knabbert Erdnüsse.

Wo ich wohnen würde, fragt sie mich.

Hier gleich um die Ecke, sage ich. Aber sie habe doch sicher ein Hotelzimmer.

Das sei richtig, sagt sie und bläst mir ihren Rauch ins Gesicht, aber sie wisse im Moment gar nicht, wo sie da hin müsse.

Ich zeige es dir, sage ich.

Wir trinken aus, ich zahle und halte wieder den Vorhang auf.

Der Regen hat aufgehört. Einzelne Wolkenfetzen wehen vorbei, der Mond wird sichtbar, Sterne. Schweigend gehen wir durch die regennassen Straßen der Stadt. Bis der rot leuchtende Hotelname vor uns auftaucht.

Sind wir hier richtig, frage ich sie.

Ich schätze ja, sagt sie.

Ich reiche ihr die Hand, will mich verabschieden, doch sie hält mich zurück.

Warum willst du schon gehen?

Ich hebe die Schultern.

An der Rezeption nimmt sie ihren Schlüssel entgegen, ordert Wein und Sekt, nimmt mich am Arm und geht auf den Fahrstuhl zu. Als sich dessen Türen schließen, küsst sie mich auf den Mund, ihre Zunge trifft auf meine.

Im Zimmer wirft sie sich auf das Doppelbett, streift ihre Schuhe ab und schleudert sie gegen den Kleiderschrank. Ein offener Koffer liegt davor. Sie klopft neben sich auf das Oberbett, lächelt mich an, ich folge ihrer Aufforderung, nein, mehr noch, ich knete jetzt ihre Brüste, löse die Knöpfe der Bluse. Sie streift meine Hose ab, fasst mir hart in den Schritt, dass mir fast die Luft wegbleibt. Ich stoße sie sanft, aber bestimmt von mir.

Was hast du, fragt sie, tue ich dir weh?

Ich … weiß nicht. Vielleicht bedeutest du mir mehr … vielleicht ist es das.

Sag nicht so was, sagt sie, sag nicht so was.

Sie dreht sich zur Seite, sodass ich nur noch ihren nackten Rücken sehen kann, ich höre ein Schluchzen, ein leises Wimmern. Ich streiche über die Hüfte, über den Rücken, nehme sie in den Arm und küsse ihren Nacken, bis sie sich zu mir umdreht. Tränen rollen über ihre Wange, ich nehme sie mit der Zunge auf und küsse sie auf den Mund.

Sag nicht so was, nicht zu mir, niemals, sagt sie, jetzt gefasster.

Versprochen, sage ich, ich verspreche es.

Ich liebe dich, denke ich, während ich in sie eindringe, ich liebe dich, denke ich, als wir schweigend nebeneinander liegen, einfach so, Haut an Haut.

Als ich die Tür öffne und den langen Flur entlangblicke, entdecke ich vor mir das Tablett mit den Flaschen und Gläsern. Ich nehme es auf und schlage mit dem Fuß die Tür wieder zu. Sie hat die Bettdecke um sich geschlagen, raucht eine Filterlose und ascht auf den Teppich, lächelt, als ich ihr ein Glas Sekt reiche.

Mir ist flau, als ich nach dem Anstoßen einen großen Schluck trinke, mein Magen scheint sich aufzubäumen, und ich schaffe es gerade noch ins Bad, erwische das Waschbecken. blass schaue ich aus dem Spiegel zurück, rote Bröckchen am Kinn, die ich mit hinabspüle. Sie steht im Türrahmen, die Decke um sich gewickelt, Zigarette und Glas in der Hand, und schaut mir amüsiert zu, wie ich versuche, den Rest in den Ausguss zu reiben.

Schlecht geworden?

Scheint so.

Du bist komisch.

Ich ziehe mich an, finde einen Socken nicht. Sie beobachtet mich, auf dem Bett liegend.

Na dann, sage ich, mit der Jacke auf dem Arm, die Hand am Türknauf.

Na dann, sagt sie. Ich schreibe ihr meine Telefonnummer auf, meine Adresse und E-Mail, reiche ihr den Zettel, den sie wortlos in die Hand nimmt. Und verlasse das Hotel.

Als ich nach der Fahrt mit einer der ersten Straßenbahnen die Tür zu meiner Wohnung aufschließe, fällt mir auf, dass das Buch nicht mehr da ist. Egal, denke ich und lege mich zu einem unruhigen Schlaf in die Federn.

Tage später. Ein Paket. Das Buch liegt darin, die Socke und ein Päckchen filterlose Zigaretten. Kein Absender. Die Socke riecht frisch gewaschen. Ich schlage die Widmung auf. Für Rainer, steht da, Ort und Datum, die gut leserliche Unterschrift. Und mit anderer Feder geschrieben: Danke Leipzig.

Isabella Hemmann
Durchs Fenster

Während jener Sommerferien gab es einen Tag, an dem die Geschwister Andres, Birgit und Melanie ihre Eltern durch die geschlossenen Fensterläden beobachteten. Sechs Augen, 4, 7 und 10 Jahre alt, über Astlöcher, Holzrisse und Spalten gepresst, starrten, was das Zeug hielt. Auf ihre Mutter, die wie ein glänzendes Nilpferd auf dem zerwühlten weißen Ehebett thronte und den schmächtigen, blassen Vater, den sie fast unter sich begrub. Im hellen Sonnenlicht sahen sie, wie ihre Mutter sich beständig hin und her wiegte, vor und zurück beugte wie eine nackte Turnerin auf einem schmalen Turnbarren. Andres, Birgit und Melanie, Letztere wegen ihrer Größe auf einer Kiste balancierend, blinzelten, einander wegdrängend, mit gespannten Gesichtern und gekreuzten Beinen durch die Fensterläden. Das Stöhnen der Eltern und das rhythmische Gequietsche der Bettfedern erfüllte die sommerliche Luft und vertonte das Geschehen, das die drei Zuschauer unterschiedlich ergriff. Melanies vierjährige Füße erstarrten auf der wackligen Kiste, ihre Hände pressten sich an Mauerkalk, ihre Augen klebten wie Saugnäpfe über erreichbaren Löchern und Spalten im Holz. Sie konnte nicht aufhören zu schauen, riss die Augen noch weiter auf, hatte Angst und spürte gleichzeitig ein schönes warmes Kribbeln im Bauch. Birgit war hochgradig verwirrt und fragte sich, wie es wäre, wenn sie dort säße, wenn die anderen sie sehen könnten? Sie warf ihre langen Zöpfe mit Schwung hinter die Schulter und spitzte die Lippen. Im Mund ihres Bruders Andres sammelte sich in kurzer Zeit so viel Speichel an, als müsse er einen Weitspuckwettbewerb im hohen Bogen gewinnen. Sein Vater schrie und stöhnte wie er selbst manchmal stöhnte, wenn die Hand seiner Mutter oder der Kochlöffel auf seinen nackten Po heruntersauste.

Im Elternschlafzimmer fiel Licht durch die Risse in den Fensterläden auf Lydia, als sie sich auf ihrem Mann hin- und herbewegte. Ihre wuchtigen Schenkel umflossen das schmale Becken ihres Mannes wie zähflüssiger Karamellpudding einen Löffelbiskuit. Ihre Brüste pressten sich fest auf den Oberkörper von Joseph. Er hatte lange erkannt: Lydia konnte seine Mutter nicht ersetzen. Niemand konnte das. Sie war ihr aber manchmal so ähnlich: in ihrer Kraft, ihrer Bestimmtheit und ihrem eisernen Willen. Er war zufrieden. Und auch, wenn er es jemals anders gewollt hätte, sein schmächtiger Körper schien nichtssagend neben ihrer Fülle, sie überragte ihn um einen halben Kopf und war nicht immer so entspannt wie jetzt, da sie ihrem Sonntagsritual nachkam. Ein weiterer feucht klatschender Aufprall ihres Beckens presste ihn so tief in die Matratze, dass er stöhnend seinen Kopf wegdrehte und dabei den Himmel blau durch die grünen Läden blitzen sah.

Bongos nasse Schnauze drückte sich in ganzer Breite auf Andres' rechte Kniekehle. Kurze Zeit später kicherte Melanie, stieß ihn Birgit weg, wurde geflüstert, immer lauter, bis sie erschraken und, von Bongo begeistert verfolgt, in den Geräteschuppen am Ende des Gartens rannten. Mit langen Schritten lief Andres vor seinen Schwestern. Das Wort Sex hatte eine vage Bedeutung für ihn, er war allerdings nicht sicher, was er jetzt davon halten sollte. Mit Sicherheit konnte er nur sagen, dass er die Schläge seiner Mutter schon kannte, seit er denken konnte. Er hatte Angst gehabt am Anfang, hatte geschrien und

geweint, obwohl es nie genutzt hatte. Als er gerade sieben
war, sperrte sie ihn in sein Zimmer und ignorierte seine
Schreie so lange, bis er schließlich einschlief. Als sie ihn am
nächsten Morgen für den Lärm strafte, wehrte er sich nicht
mehr. Und doch waren es die Augenblicke, in denen er seine
Mutter ganz für sich hatte und sie sich, wenn auch ärgerlich,
ausschließlich um ihn kümmerte. Andres wusste, wer die stärks-
te Kraft in der Familie war, und liebte sie für das, was sie gab.
Als er sich im Gartenhäuschen auf einen alten Stuhl fallen ließ,
lag Bongos Schnauze wenige Augenblicke später sabbernd auf
seinem linken Bein, und reflexartig fuhr seine Hand immer
wieder über den schweren Hundekopf. Ärger mit seiner Mutter bekam er sehr schnell, ein vergessenes Versprechen oder ein
nicht nach Vorschrift aufgeräumtes Zimmer reichten aus, um
die Luft mit jenem sirrendem Geräusch zu erfüllen. Dass er
sein Zimmer absichtlich nicht aufräumte und sich auf die
Hand seiner Mutter freute, sagte er niemanden.

Seine Mutter wäre erstaunt gewesen, hätte sie geahnt, was im
Kopf ihres Sohnes vorging. Sie war sicher, dass er wusste,
warum sie ihm regelmäßig so den Hintern versohlte, dass er
auf den roten Striemen nicht sitzen konnte. Sein Vater würde
ihm alles durchgehen lassen, wenn sie nicht hin und wieder
für Disziplin und Ordnung sorgte. Ihr eigener Vater hatte sie
zu diesen Tugenden erzogen. Sie hätte ein Junge werden sollen, das wusste sie. Wo immer es sie in den vergangenen Jahren
hingeführt hatte, die familiären Rituale des Erwartens und
Enttäuschens und der dazugehörige Schmerz waren immer
schon da, waren ihre Heimat, ihre Vertrauten und das, was sie
weitergab. Lydia war aber auch behütend, fürsorglich und eine
leidenschaftliche Köchin. An guten Tagen verbreitete sie Aro-
men und Düfte aus ihrer großen Küche, die ihre Kinder wie
benommen werden ließen vor Versprechen und Wonne. In

der Schulzeit kam Andres einmal stolz mit einer Eins in Mathematik nach Hause. Es war ein Fest für den Tag, sie kochte sein Lieblingsessen, Spinat, panierten Fisch und einen Berg frisch gestampftes Kartoffelpüree, in dem ein fettiger See aus gebratenen Zwiebeln schwappte. Er saß neben ihr, glücklich, hing auf seinem Stuhl wie ein nasser Sack Mehl, den Rücken rund, den Kopf hochgeschoben, und aß. Seine Arme und Beine waren gleichermaßen dünn und hingen am Körper wie vier schlackernde Tentakel. Sonst saß er in gleicher Haltung stundenlang vor dem Computer und spielte, jagte und sammelte, Leben, Punkte und Scores. Seit diesem Sommer ging er ganz allein auf das Gymnasium, keiner seiner Familie war mehr da, ihm im Fall der Fälle Rückhalt zu geben. Er war scheu, spielte nicht gern Fußball, und wenn, dann erbarmungswürdig schlecht, war nicht mal gern Schiedsrichter oder Platzwart und nervte die anderen mit seiner Ballangst beim Völkerballspiel. Abgesehen davon fiel Andres im Schulbetrieb nicht besonders auf, er war nicht mal unbeliebt. Nach zwei Monaten hatte er unter den Übriggebliebenen des neuen Jahrgangs Freunde gefunden und fuhr nachmittags oft mit dem Fahrrad zu Jörn oder Stefan, eine Plastiktüte voller Kartoffelchips, klackernder Limoflaschen und Videospiele am Lenker.

Birgit fand ihren Bruder sensationell fad. Mit sieben Jahren spielte sie am liebsten vor dem Fernseher, von Kopf bis Fuß in Rosa gekleidet, mit einem silbernen Stab in der Hand, an dem ein großer Pappstern klebte, kämpfte, zauberte und spielte sich in Comic-Heldinnen hinein, deren Sprache sie nicht verstand, deren Bilder, Bewegungen und Figuren sie aber so in Bann hielten, dass sie Welten, Ozeane und Lüfte bereiste und sich von Abenteuer zu Abenteuer neu erfand. Mit ihrem Bruder spielte sie fast nie. Er wollte sie nie lange in seinem Zimmer haben und verscheuchte sie spätestens, wenn sie anfing, ihre Sachen auf seinem Tisch auszubreiten. Andres war komisch, fand Birgit. Einmal hatte sie sich heimlich mit dem Schmuck ihrer Mutter behangen, hockte mit dunkelroten Lippen und hellblauen Augen vor dem großen Spiegel und übte Prinzessinnen-Winken, als die Zimmertür aufgerissen wurde und sie sich wie ein Igel zusammenrollte und hinter dem Standspiegel versteckte, bevor ihre Mutter oder Andres sie sehen konnten. Sie hatte Angst, entdeckt zu werden, presste die Lippen aufeinander und hoffte, dass beide schnell wieder gehen würden. Als sie hörte, wie ihre Mutter sagte, Andres solle sich die Hose ausziehen, dachte sie sich nichts dabei. Dann hörte sie, wie etwas auf etwas anderes knallte. Wie eine Peitsche hörte sich das an. Sonst hörte sie nichts. Warum schrie Andres nicht? Und es dauerte so lang. Dann hörte sie ihre Mutter schnaufen und ihren Bruder nur ganz leise murmeln. Warum wehrte er sich nicht? Sie hätte geschrien. Danach beschloss Birgit, niemals so zu werden wie er. Oder ihre Mutter.

Für Melanie, mit vier Jahren die Jüngste, bestand die Welt zu diesem Zeitpunkt daraus, spannende Dinge zu entdecken. Sie war ein stiller Zwerg von neunzig Zentimetern, der plötzlich irgendwo stand und einen anlächelte, als hätte er ein tolles Geheimnis gesehen. Seitdem Melanie die Eltern beobachtet hatte, trat in ihre Augen manchmal ein verträumter Blick, als wäre da etwas, von dem nur sie wusste. Sie saß oft bei ihrer Mutter in der Küche, sah ihr zu, wie sie Gemüse schnitt und Kräuter hackte, wie ihr beim Zwiebelschneiden die Tränen kamen und sie trotzdem lachte. Ihre Mutter war groß und stark, roch gut und war da, wenn sie sie brauchte. Meistens jedenfalls. Melanies Geschwister schienen eine Art natürliche Allianz gegen sie gebildet zu haben, keiner der beiden wollte gerne viel mit der Jüngsten zu tun haben, die noch nicht mal in die Schule ging. Melanie fügte sich in ihr Schicksal, saß oft einfach nur stumm auf dem Badewannenrand, wenn Birgit sich am Spiegel vor dem Waschbecken Lydias Make-up in braunen Streifen ins Gesicht schmierte, oder schaukelte auf einem niedrigen Hocker neben dem Computertisch ihres Bruders mit kurzen braun gebrannten Beinen, die Waden voller Kratzer von den Streifzügen durch Brombeergebüsch und Distelhecken. Sie mochte ihren großen Bruder sehr, an manchen Tagen hing sie an ihm wie eine freundlich lächelnde Klette und folgte ihm durchs ganze Haus. Andres konnte ihrem hartnäckigen Charme und ihrer Zärtlichkeit manchmal nicht widerstehen und ließ sie dann an seine Computerecke, wo sie stolz auf seinem Stuhl saß und Hühner erschoss, die über den Monitor flatterten. Wenn sie ganz allein waren, lachten sie über die gleichen Dinge, ein dumm guckendes Huhn oder einen tollpatschigen Alien.

Birgit betrat Andres' Zimmer nie. Seit sie auf die gleiche Schule ging, machte sie auch zu Hause einen großen Bogen um ihn. Er war nicht wie die Jungens, die sie gut fand, er war wie einer von denen, über die sie mit ihren Freundinnen lästerte. Sie fand ihren Bruder so peinlich, dass sie ihn hinter vorgehaltener Hand als Halbbruder bezeichnete. Die Lehrer fürchteten ihr loses Mundwerk und die Rücksichtslosigkeit, mit der sie sich verteidigte, wenn sie angegriffen wurde. Und das tat ihrer Meinung nach fast jeder Lehrer, außer Mr. Finch, der Englischlehrer, der sie auf magische Art dazu brachte, regelmäßig Hausaufgaben zu machen. Birgit blieb trotzdem sitzen und hasste ihre neue Klasse. Ihre alten Freundinnen hielten zu ihr, in den Pausen und nach der Schule waren sie unzertrennlich. Auch der Kontakt zu einigen alten Klassenkameraden riss nicht ab. Zwei oder drei waren es immer, die begierig auf nachkommende SMS-Botschaften warteten, in

denen Birgit ihnen schrieb, wie und was sie sich gerade auszog. Sie nahm eine Mark pro Kleidungsstück, machte im Monat meist über zweihundert Mark, und kaufte davon Röcke
und Blusen, die ihre Lehrer rot werden ließen.

Lydia konnte es nicht ertragen, wenn ihre Tochter sich wieder in den Mittelpunkt schob, herausgeputzt wie ein Pfingst-
ochse in Sachen, die ihr angeblich Freundinnen geschenkt
hatten. Sie fand ihre Tochter schwach und albern in ihrer
schlangenhaften Schmiegsamkeit, der Art, sich zu schmücken
und affektiert herumzuschreiten. Sie verbot ihr das Tragen
aufreizender Kleidung und das Telefonieren im Haus, was dazu führte, dass Birgit auf einer Sporttasche voller Klamotten
hinter dem Gartenhäuschen hockte und ihre Post dort erledigte. Lydia wollte, dass ihre Kinder es einmal besser als sie
hatten. Das galt ganz besonders für Andres. Ihr einziger Sohn,
der sich fügte und schlagen ließ, dass es sie schüttelte vor Ab-
scheu, den sie liebte wie niemanden sonst. Sie verachtete sich
selbst und konnte nicht anders. Nur wenn sie ihn schlug,
gleichmäßig immer wieder schlug, geriet sie in eine Art
Trance, die ein natürliches Gleichgewicht wieder herzustellen
schien. Alles war dann an seinem Platz, gut und böse klar zu
unterscheiden und doch eins. Sie schlug ihn, immer wieder,
bis Andres eines Tages, kurz nach seinem dreizehnten Geburtstag, laut stöhnend auf ihren Schoss ejakulierte. Die besondere Vertrautheit zwischen Mutter und Sohn fand in diesem Augenblick ein jähes Ende. Lydia fasste Andres nie wieder
an.

Für Andres begann eine Zeit der Verwirrung und Neuorien-
tierung. Ihm wuchs ein schiefer Flaum über der Lippe, er litt
unter schubartigen Wachstumsphasen, die sich immer nur auf
wenige Körperteile zu konzentrieren schienen, und hatte den

sehnlichen Wunsch, alles möge wie früher sein. Er wollte keine Freundin, weil er doch keine bekam, wollte wieder spüren, wie sie ihn schlug, spüren, wie sich sein Innerstes zusammenzog, wollte sein wie alle und konnte nicht. Andres zog sich von der Familie zurück und verschwand nach der Schule mit einem Tablett voller Kekse, Gummibärchen und Eistee in sein stickiges Mansardenzimmer. Vom Garten konnte man ihn durchs offene Fenster gerade noch sehen. Andres verbrachte Stunden vor dem Computer und sah und las, wie die Welt da draußen wirklich war, dass er nicht allein und gerade erst am Anfang war.

Achim Wagner
Blumen für Carola

Wie jedes Jahr war ich aus Dortmund in den Norden, nach Flensburg gefahren, um das Weihnachtsfest mit meinen Eltern zu feiern.

«Max, wir müssen dir etwas sagen», begann meine Mutter nach dem Essen. Sie rang nach Worten.

«Du, du hast eine Halbschwester!»

Ich zog die Stirn in Falten, dachte zunächst an einen Scherz.

«Sie heißt Ines und wohnt ganz in deiner Nähe, in Mülheim an der Ruhr.»

Meine Mutter brach fast in Tränen aus.

«Ich weiß es auch erst seit kurzem, dein Vater hat es mir gebeichtet. Um reinen Tisch zu machen», imitierte sie den Tonfall meines Vaters.

«Vater?»

«Es ist 25 Jahre her. Ich hatte ein Verhältnis mit einer Kollegin. So weit kannte deine Mutter die Geschichte. Wir hätten uns um ein Haar getrennt, damals. Aber es gab dich, gerade zwei Jahre alt. Wir blieben zusammen. Und das war auch richtig so. Ich verschwieg die Schwangerschaft.»

«Was macht meine Halbschwester?»

«Sie ist verheiratet und hat einen Blumenladen.»

Meine Verlobte Carola war entsetzt, als ich ihr von Ines erzählte.

«Ich finde das gar nicht so schlimm», meinte ich.

«Und deine Mutter? Denkst du gar nicht an sie?»

«Doch, natürlich. Aber es ist nun mal geschehen.»

«Manchmal verstehe ich dich nicht!»

Carola erhob sich von der Wohnzimmercouch, rauschte ins Bad.

«Ich werde versuchen, Ines zu treffen, wenn sie das auch möchte», rief ich ihr nach.

«Wenn du je so etwas anstellen solltest, ob mit oder ohne Kind, dann verlasse ich dich. Da kannst du dir sicher sein!» sagte Carola, als sie zurückkam.

Sie nahm sich eine Zigarette. Ich gab ihr Feuer.

Ich wählte die Nummer von Ines' Blumenladen, die ich mir von meinem Vater hatte geben lassen.

«Ja?», meldete sich eine weibliche Stimme.

«Ines?»

«Am Apparat. Mit wem spreche ich?»

«Ines, hier ist Max, Maximilian.»

«Max und weiter? Ich kenne keinen Max.»

«Dein Halbbruder.»

Schweigen.

«Oha, damit habe ich nicht gerechnet», nahm sie das Gespräch wieder auf.

«Ich würde dich gerne mal treffen, wenn du Lust dazu hast.»

«Gerne. Wann und wo?»

«Na ja, vielleicht in Bochum, im Café Tucholsky. Kennst du das?»

«Ja, einverstanden.»

«Am Mittwoch, 20 Uhr?»

«Ja, gut, dann bis Mittwoch.»

«Ah. Stopp. Wie erkenne ich dich?»

Ein Lachen klang durch den Hörer.

«Das ist kein Problem. Ich werde die schönste Frau im ganzen Café sein.»

Ich musste ebenfalls lachen.

«Nein, im Ernst, Vater hat mir Fotos von dir gezeigt, ich werde dich erkennen. Ciao.»

Carola und ich lagen nebeneinander im Bett.

«Ich verstehe, dass du sie treffen willst. Trotzdem verachte ich deinen Vater für das, was er getan hat. Aber es tut mir Leid, dass ich letzthin so heftig reagiert habe.»

«Es ist ein eigenartiges Gefühl, plötzlich zu erfahren, dass man eine Schwester hat. Es kommt mir noch so unwirklich vor.»

Carola streichelte meinen Bauch.

«Max, ich liebe dich.»

Ich schaltete das Licht aus.

Meine Zungespitze tastete nach Carolas Lippen. Ihre Finger spielten mit meinen Brustwarzen. Ich küsste die Stellen hinter den Ohren, die Brüste; ließ meine Hände zu ihrem Becken gleiten. Knetete den Hintern. Carola stöhnte.

Langsam spreizte sie die Schenkel.

Ines steuerte auf den Tisch im Café zu, an dem ich bereits seit mehreren Minuten wartete.

«Schön, dich endlich kennenzulernen», begrüßte sie mich, streckte mir ihre Hand entgegen.

Sie setzte sich, schlug die Beine übereinander. Neugierig musterten wir uns. Ich betrachtete ihr Gesicht, die grünen Augen. Ihr Lächeln erinnerte an das unseres Vaters. Ansonsten konnte ich keine familiären Ähnlichkeiten feststellen.

«Schade, dass ich erst jetzt erfahren habe, dass es dich gibt.»

Ines nickte.

«Ich habe Vater schon lange gedrängt, es dir und auch deiner Mutter zu erzählen.»

«Für meine Mutter war es ein Schock.»

«Kann ich mir denken.»

«Was hat dich in den Pott verschlagen?»

«Mein Wunsch, Floristin zu werden. Nach der mittleren Reife habe ich mich in der gesamten Republik beworben. Aus Essen erhielt ich ein Ausbildungsangebot, das ich sofort annahm. Seitdem lebe ich in dieser Gegend.»

«Du musst mir alles über dein bisheriges Leben erzählen!» Sie schmunzelte, Grübchen bildeten sich um ihre Mundwinkel.

«Dafür braucht es mehr als nur ein paar Stunden. Aber ich fange mal an.»

Sie erzählte Geschichten aus ihrer Jugend, sprach über Rüdiger, ihren Mann.

Immer wieder fiel mein Blick auf die kleinen Erhebungen ihrer Brüste unter der Bluse.

Ines' Zunge glitt über die Lippen:

«Ich habe Lust auf Rotwein.»

Wir bestellten, stießen auf unser erstes Treffen an, sahen uns lange in die Augen. Meine Hände schwitzten an den Innenflächen. Ines schüttelte unvermittelt den Kopf. «Was ist?» fragte ich.

Ihr Mund öffnete sich. Schloss sich wieder. Erneut die Grübchen an den Mundenden. Ein Funkeln in ihren Augen.

«Es ist … nichts.»

Ich lächelte.

Carola saß vor dem Fernseher.

«Und?»

«Ines ist prima. Du wirst sie bestimmt bald kennen lernen. Caro, ich bin müde.»

Ich küsste sie auf die Stirn, verschwand rasch im Schlafzimmer.

Du hast mit deiner Schwester geflirtet!, warf ich mir wiederholt vor, kämpfte gegen die Bilder an, die sich mir aufdrängten.

Vergeblich. Ich sah Ines vor mir, wie sie duschte, in Dessous ins Bett kroch.

«Du hast unruhig geschlafen», erwähnte Carola beim Frühstück. «Dich beschäftigt die Begegnung mit deiner Schwester, oder?»

«Ja.»

Ich griff nach der Kaffeetasse, erzählte Carola in wenigen Sätzen vom vorangegangenen Abend.

Ines lud mich zu einem Spaziergang an der Ruhr ein.

Ich holte sie bei ihrer Wohnung ab. Die Uferwege waren vereist. Vorsichtig setzten wir unsere Schritte, bis wir nach wenigen Metern stehen blieben. Mein Herz schlug schnell. Unsere Lippen fanden sich für einen kleinen Kuss.

Ich nahm Ines in die Arme:

«Ich muss ständig an dich denken.»

«Ja, mir geht es genauso.»

Sie zitterte.

«Max, was passiert mit uns?»

«Ich habe keine Ahnung.»

Ich zuckte hilflos mit den Achseln. Ines' Fingernägel gruben sich in meine Handgelenke.

«Du bist mein Bruder. Halbbruder!»

«Soll ich dich heimbringen?»

«Nein», hauchte sie, umfasste meine Schultern, zog mich an sich.

Ich strich ihr über die Haare, streichelte ihr Gesicht.

Unsere Lippen wölbten sich aufeinander.

Durch die Ritze zwischen Schlafzimmertür und Boden drang Licht.

Plötzlich stand Carola im Raum. Ich musste mir eine Zigarette nehmen.

«Schwester hin oder her. Mich gibt es auch noch, verdammt nochmal! Du hättest wenigstens zwischendurch Bescheid sagen können, dass du so spät zurückkommst.» Ich ging auf Carola zu, versuchte sie zu umarmen. Sie entzog sich. Ihr Blick fiel auf meine Zigarette.

«Du rauchst wieder?»

Bevor ich etwas entgegnen konnte, drehte sie mir den Rücken zu, ging zurück ins Schlafzimmer. Ich setzte mich auf die Couch. Vergrub meinen Kopf in den Händen. *Es muss aufhören. Es muss schnell aufhören.*

Ich schlug Carola einen Wochenendausflug in die Niederlande vor, an die Nordsee. Wir fuhren nach Vlissingen, suchten uns ein kleines Hotel, schlenderten den Strand entlang, lasen; verbrachten viel Zeit im Zimmer, nackt, mit einer Lust, die an die ersten Monate unseres Zusammenseins erinnerte.

Carolas Kopf lag auf meinem Bauch, ich massierte ihren Nacken.

«Über alles geliebte Caro», flüsterte ich, «willst du meine Frau werden?»

Ruckartig setzte sie sich auf.

«Jaaaaaaa», schallte es durch den Raum.

«Ich dachte schon, du fragst mich nie.»

Sie weinte. Erstaunt blickte ich sie an.

«Weißt du nicht, was Glückstränen sind, Max?»

Carola zog mich aus dem Bett.

«Lass uns feiern gehen!»

In einer kleinen Bar tranken wir so lange Sekt, bis der Laden schloss und wir umschlungen zurück ins Hotel wankten.

Wieder in Dortmund bestellten wir das Aufgebot.

Ich schrieb meiner Halbschwester eine SMS.

«Carola und ich heiraten bald. Ich sehe keinen anderen Weg. Dein Max.»

Ihre Antwort folgte wenige Minuten später:

«Sei behütet.»

Ich glaubte, die richtige Entscheidung getroffen zu haben. Zwar dachte ich immer noch sehr oft an Ines, aber ich wusste, dass es für uns keine Zukunft geben konnte.

Carola stürzte sich in die Hochzeitsvorbereitungen. Wir besprachen die Gästeliste.

«Du könntest deine Schwester bitten, mir einen originellen Brautstrauß zu binden.»

Ich ging in mein Arbeitszimmer, um Ines wegen der Blumen anzurufen, griff zum Telefonhörer, legte ihn wieder weg, trommelte mit den Fingern auf die Schreibtischplatte. Ich beschloss, zu meiner Schwester zu fahren.

Als Carola unterwegs war, um mit ihrer Mutter ein Hochzeitskleid zu kaufen, fuhr ich nach Mülheim.

Ich betrat das Geschäft. Ines schaute mich überrascht an, zögerte kurz, fiel mir dann um den Hals. Ich löste mich aus ihrer Umarmung, gab Carolas Wunsch weiter.

«Ich werde mir etwas einfallen lassen. Was sind ihre Lieblingsblumen?»

«Lilien.»

«Lilien mag ich auch sehr.»

Mein Blick wanderte über die Decke, zu den Wänden, zum Boden, auf Ines' Gesicht.

«Kannst du deinen Laden schließen? Sofort?»

Sie band ihre Schürze ab.

Wir fuhren kreuz und quer durch den Pott, hörten Musik, blieben stumm.

Ich steuerte einen abgelegenen Parkplatz in Bottrop an,

stellte den Motor ab. Versuchte die Worte wiederzufinden. Ines legte ihren Kopf an meine Schulter.

«Max, quäl dich nicht. Ich weiß, was in dir vorgeht.»

«Ich bin so froh, dass es dich jetzt gibt in meinem Leben. Wärst du nicht meine Schwester, würde ich sofort mit dir durchbrennen.»

Ines lächelte.

«Das ist aber ein schönes Kompliment. Weißt du, ein Teil von mir wünscht dir alles Gute dieser Welt für deine Ehe. Der andere aber möchte, dass du vollständig mir gehörst. Ich bin verrückt, nicht wahr?»

Ich küsste sie.

«Ines, ich möchte mit dir schlafen, jetzt, hier.»

Sie zog die Stiefel aus, öffnete ihre Hose, schob sie nach unten. Ich entkleidete mich ebenfalls auf meinem Sitz, kniete mich vor sie.

«Wie zwei Teenager», meinte Ines.

Sie schob mir ihr Becken entgegen.

Umgeben von den zahlreichen Mitgliedern beider Familien und einer Handvoll Freunde feierten wir nach der kirchlichen Trauung in einem Gasthof.

Zwar ignorierte Mutter meine Halbschwester, wechselte Vater nur wenige Worte mit seiner Tochter, aber Carola und Ines verstanden sich auf Anhieb.

Den Mann meiner Halbschwester musterte ich nur kurz. Rüdiger wirkte selbstsicher, bestimmt im Auftreten. Ich fand ihn unsympathisch.

Immer wieder wurden Toasts «auf das Brautpaar» ausgerufen; bis die Musik einsetzte. Carola wirbelte auf der Tanzfläche. Sie zog alle Blicke auf sich.

Am frühen Morgen brachen wir in die Flitterwochen auf.

Nele Grün
Eine andere Liebesgeschichte

Der Tisch barst beinahe unter der Last von Ciantiflaschen und knusprigem Ciabatta, von Pastapfannen und Salatschüsseln, von Gemüsesoufflées, Käseplatten und opulenten Schalen mit Tiramisu und Früchten.

Lena griff nach der Grappaflasche und lächelte einem Dänen zu, gegen den sie heute morgen bei ‹Spielregeln für Alphatiere› einen Seilwettbewerb gewonnen hatte. Sie verstand nicht viel von den italienischen Wortschwällen, die von rechts und links auf sie zuwogten, aber sie gehörte dazu. Diese Gewissheit beglückte sie so, dass sie sich für einige Sekunden zurücklehnen und die Augen schließen musste.

«Schläfst du schon?», fragte ihr Tischnachbar, Tintus, der Salsalehrer, der außerdem den Segelkurs leitete und auch sonst viel im Team von *ANDERS REISEN* zu sagen hatte.

Sie wedelte verneinend mit den Händen und rückte etwas näher an ihn heran. «Ich verstehe nur gerade nichts mehr.»

Umgehend goss er ihr vom Grappa nach. «Je mehr du säufst, umso mehr checkst du, und je mehr die saufen, umso schneller quasseln sie dich voll.» Mitleidig verzog er das Gesicht. «Und desto mehr reden sie über Sex», fügte er hinzu, während er eine herabgefallene Kirschblüte aus seinem Glas fischte.

In der Tat, er war nicht wie die anderen. Was für einen exotischen Klang das Wort Sex aus seinem Mund hatte.

«Reden sie jetzt auch darüber?», fragte Lena.

«Sie erzählen Witze, das heißt, gleich werden sie zum Thema kommen.» Er nahm einen Schluck Rotwein und leckte sich die Lippen. «Wenn sie's wenigstens machen würden, aber sie quatschen nur.»

Lena schluckte. Sie betrachtete seine Arme, die in der Dämmerung wie Gold schimmerten. Sie dachte auch an Sex. Wie er sie wohl anfassen würde? Vielleicht war er einer von denen, die es einem mit dem großen Zeh oder mit der Nase ...

«Ich dagegen bin eher ein Schweiger», nahm Tintus das Gespräch wieder auf.

Ob er das nicht mit Konfliktunfähigkeit verwechsle, murmelte sie und spürte an der Art der Reaktion, dass sie an die Grenzen seiner Deutschkenntnisse gelangt waren. Sein tiefschwarzer Blick ruhte auf ihr und schien ihr nur das eine zu sagen: Dass er ein Mann war, der seine Augen sprechen ließ. Frauen lieben Männer, die das Maul halten, las sie darin. Und: Ich lasse die Frauen kommen.

Wie von einer magischen Kraft getrieben, hob sich plötzlich ihre Hand und berührte seinen Arm. Er lächelte. Er schien nichts anderes erwartet zu haben.

Sie hörte sich etwas über die Schönheit seines Bizeps sagen und dass sie dessen Stärke bewundere. Ein Windhauch ließ die Zweige über ihnen schaukeln und trug das Aroma von warmem Gras und Pinienharz heran.

Kaum hatte sie ihre Gedanken ausgesprochen, zog Tintus sie vom Stuhl. Er schob sie durch einen schmalen Weg, der den Schlossgarten mit dem Parkplatz verband. Nur eine altmodische Laterne über dem Eingangsportal erhellte den Hof und hüllte ihn in ein milchiges Licht, in dem die Konturen der Autos anthrazitfarben abzutauchen schienen. Tintus knöpfte ihr die Jeans auf. Vor lauter Überraschung war sie ihm dabei behilflich. Er drehte sie um und drückte sie über die Motorhaube eines roten Renaults mit der Aufschrift *ANDERS REISEN* in fünf verschiedenen Sprachen. Seine Hände kneteten ihren Hintern, sie fragte sich, ob das wirklich sie sei, die hier halb entkleidet über einer Karosserie hing, während Tintus' heißes Schwert sich von hinten in sie hineingrub, ja, genau diese Worte gingen ihr durch den Kopf: Tintus heißes Schwert. Die Nacht war wie ein Traum, ihr Gesicht lag auf dem immer noch sonnenerwärmten Metall, sie starrte auf eine schwarze, mit jedem Stoß wankende Mauer aus Zypressen, und ganz allmählich, ganz von hinten, kroch die glühende Flut in ihr hoch und riss sie mit.

Im selben Moment explodierte Tintus. Halt suchend fuhren ihre Hände über den glatten Lack, während ihr Kopf in seinem Rhythmus auf- und niederflog. Sie vergaß, den Parkplatz im Auge zu halten. Nichts zählte mehr als sein Griff um ihre Hüften und die atemberaubende Dichte dieses Augenblicks.

Wie ein nasser Sack ließ er sich über sie fallen. Sein keuchender Atem streifte ihr Ohr, sein Gewicht presste sie gegen den Wagen.

«Tintus …»

«Halt jetzt bloß keine Reden», murmelte er.

Was? Sie öffnete mühsam die Augen. *Erleben für Individualisten* stand unter ihr auf der Motorhaube, ebenfalls in fünf Sprachen.

Sie richteten sich auf, beide mit ihren Kleidern beschäftigt. Tintus fuhr ihr durchs Haar, das sich aus der Spange gelöst hatte.

«Schön», lächelte er.

Ihr Herz machte einen Hüpfer. Tintus fand sie schön. Und jetzt? Er zündete sich eine Zigarette an, wie ein Mann sich danach eine Zigarette anzündet. Vor einem fast perfekten Vollmond mit messerscharfem Rand stieg eine Rauchsäule auf und verwehte zeichenhaft in der Brise.

Als sie wenig später zu den anderen an den Tisch zurückkehrten, hatte die Diskussion an Heftigkeit verloren, der Rotwein die unterschiedlichen Meinungen harmonisiert. An der

Kopfseite saß der pensionierte Sprachprofessor von ‹Italienisch lernen in Italien› und war damit beschäftigt, eine letzte Gabel aufgerollter Spaghetti in den Mund zu hieven. Der Mond leuchtete den Park aus und warf sein Licht über die abgegessene Tafel und ein paar leere Stühle. In einem Winkel zwischen Buchsbäumen entdeckte Lena eine Frau, die sie von ‹Kräuterhexen unterwegs› kannte, eng umschlungen mit dem Dänen. Er hielt ihr Gesicht in den Händen und beugte sich wie ein Fragezeichen über sie.

Ansonsten war alles wie zuvor. Nichts hatte sich geändert. Ein leises Wispern zog durch den Garten, als machte dort ein Geheimnis die Runde. Vom nahe gelegenen Dorfteich schallte das Quaken der balzenden Frösche herüber.

Sie drehte sich um. Tintus war verschwunden.

Amos Hard

Katzennacht

Wenn andere Menschen zu Bett gehen, erwache ich. Ich erwache von einem Grollen, das aus meinem Inneren kommt. Ich schlüpfe in die kleinen Stoffpantoffeln; sie tragen mich in die Küche, vorbei am Bad mit dem kalt gewordenen Badewasser, das noch duftet. Ich hatte vergessen, den Stöpsel zu ziehen. In der Küche finde ich nichts zu essen, die Schränke sind leer. Nur Schokoladeneier im feinmaschigen roten Netz liegen in einer Schale, vom letzten Ostern, das genauso lange vorbei ist wie Weihnachten nah. Ich wickle eins aus, die Folie ist hauchdünn, reißt, ich muss Ei für Ei mühsam auspacken. Das bringt wenig. Am liebsten würde ich mir eine ganze Hand voll in den Mund stopfen. Es grollt wieder. Ich halte es nicht aus. Ich nehme dies und jenes Kleidungsstück zur Hand, aber ich bin zittrig, muss los, ziehe nur einen schwarzen Stoffmantel über das Nachthemd, schlüpfe in meine Pumps, die Zehen entspannen sich, weil ich sie in den Stoffpantoffeln immer einkrallen muss, um nicht zu schlurfen. Ich erinnere mich an die Katze, die mir einmal zugelaufen war. Sie suchte sich zum Schlafen immer die kleinste Kiste. In der Enge hielten die Tatzen am Körper, nichts konnte wegrutschen, und wenn ich das Tier schlafend herausnahm, hing es so schlaff in meinen Händen wie ein leeres Stück Fell. Aber das Fell atmete und ein Ohr zuckte von der Fliege, die es im Traum streifte. Die zehn winzigen quirligen Katzen an meinen Füßen tragen mich die Steinstufen herunter lautlos durchs Haus. Trotzdem weiß ich, dass die Leute wissen, dass ich wieder auf Tour gehe. Frau

Wächner schüttelt hinter der Gardine den Kopf und sagt ihrem Mann, so etwas müsse man verbieten. Sie wird lange keinen Schlaf finden, sie wird eine Schlaftablette nehmen müssen und ihr Mann wird, wenn sie endlich schläft, in den Schlitz seiner Pyjamahose greifen und seinen Atem so gleichmäßig halten, als würde er ganz tief schlafen.

Der Imbissstand hat schon geschlossen. Die Nacht ist weder warm noch kalt. Die Weiden blühen. Ich spüre den Windhauch auf meiner Haut, an meinem Hals, an den Beinen. Eine Ratte verschwindet in einem halb offenen Müllcontainer. Ich wusste nicht, das Ratten so gut klettern können. Was mache ich gegen meinen Hunger? In der Bar «Zur Mäusefalle» brennt Licht. Zu essen gibt es nur Pommes frites. Ich habe kein Geld bei mir. Nicht vergessen, ich habe keines. Ich soll für sie tanzen, sie drehen die Musik auf. Vielleicht habe ich das schon mal getan. Ich steige auf den Tisch. Ich klatsche in die Hände und schlüpfe in die Haut einer Flamencotänzerin. Ich weiß, dass sie denken, dass ich nicht weiß, was ich tue. Ihre Blicke treffen meine Scham. Sie pulsiert, ich pulsiere, schwelle an. Sie strecken mir ihre Finger entgegen. Ich könnte mich über einen stülpen oder meinen Rock, besser gesagt mein Nachthemd, über einen dieser Köpfe ziehen, über das Weiß der glotzenden Augen, über den triefenden Mund und aufstachelnden Bart.

Einer, der abseits sitzt und seinen Augen nicht zu trauen scheint, interessiert mich. Ich tanze ihm hingewendet, obwohl er zu jung ist, schüchtern, Pickel im Gesicht, noch nie eine Frau gehabt, denke ich. Seine Augen stehen ein wenig schräg. Das gefällt mir.

Der Wirt hält mir die Pommes auf einem Teller hin, ich steige herab, eine Hand landet auf meinem Hintern. Ich sehe ein fettes, rotes Gesicht und schiebe mich durch zu einem freien Platz. Sie starren mich noch eine Weile an, weil ich die

Pommes einzeln durch den Ketchup ziehe, an zwei Fingern hochhebe und wie zappelnde Sprotten in meinem Mund verschwinden lasse. Ich höre nicht, was sie reden, nur für die Musik hatte ich meine Ohren angestellt. Wahrscheinlich bin ich taub für Gerede. Ich weiß auch nicht, ob der Junge etwas zu mir gesagt hat, oder ob er mir stillschweigend folgt. Vor dem Container liegt eine zernagte Pappe. Hinter mir spüre ich den Jungen an einer unsichtbaren Leine.

Bei Wächners brennt das Wohnzimmerlicht. Sie können nicht auf die Straße sehn. Die Wirkung der Schlaftablette hat nicht lange angehalten. In Erwartung der regelmäßigen empörungswürdigen Geräusche stopft sich Frau Wächner die Ohren zu, setzt ihre Gummibadekappe auf, damit die Stöpsel nicht herausfallen, und unter ihrem Kopfkissen betet sie zum Herrgott, dass das da oben endlich aufhört, also ich, dass ich endlich abtransportiert werde, weil so etwas verboten gehört.

Im Treppenhaus lasse ich das Licht aus, damit das Ticken des Zeitschalters nicht stört, nichts Hektisches aufkommt. Der Junge hat seine Hose geöffnet, nimmt seine Hand und führt sie zu sich hin. Er umschließt sie mit seiner Hand. Dämpfe steigen auf, nach Wald riecht es, Laub, Morcheln, Bovisten. Nebenan höre ich Wächner in die Kloschüssel spritzen, die Klospülung geht. Ich führe die Hand des Jungen unter mich, wo es warm ist. Wächner hustet sich stückweise die Lunge aus, er keucht, als würde er es nicht mehr lange machen.

Warte hier, sage ich und schließe meine Tür auf. Ich breite die bestickte ägyptische Decke über mein Bett, zerrupfe eine Rose und verteile die Blätter darauf. Ich träufle einen Tropfen Jasminöl, das vorher auf der warmen Heizung gestanden hatte, auf den Zeigefinger, betupfe meinen kleinen Knorpel damit. Augenblicklich schwillt er an, tritt aus seiner Hautwulst hervor, das Gewebe füllt sich mit Blut, richtet sich auf, ein Kitzeln, nahe am Schmerz. Ich will nach meinem Handspiegel greifen, um mich noch einmal zu betrachten, mein Geheimnis, meine Doppelbeschaffenheit. Der Junge steht in der Tür, hat dort lautlos gestanden und mir zugesehen. Sein prächtiges Glied steht durch den Hosenspalt in den Raum. Der kleine Spiegel beschlägt.

Komm her, sage ich.

Der Junge lehnt sich halb stehend an das Frisiertischchen. Ich stehe auf einem Hocker vor ihm und sehe in dem dreiteiligen Spiegel seinen Kopf, der sich rhythmisch unter mir bewegt. Seine Nase reibt an meinem Lustzipfel und seine Zunge ist in mir, hart gleitet sie hinein, hinaus. Mein Fuß mit den winzigen Katzen streichelt sein Glied. Seine Haut rollt wie geölt über die Erhebung der Eichel.

Ich schreie immer, sage ich.

Das ist gut, sagt er.

Wie viele Frauen hast du schon gehabt, frage ich.

Tausend, sagt er, ich nehme sie immer von hinten. Aber du bist eine Ausnahme. Du bist real.

Die Leute meinen, ich gehörte ins Irrenhaus.

Ich rücke den Stuhl näher heran und setzte mich auf ihn. Seine Zunge ist weich und überall. Seine Hände haben meine Brüste gefunden, auch solche wunderlichen Schwellkörper. Die Spitzen ziehen sich zusammen auf die Größe von Stecknadelköpfen und die Brüste werden binnen weniger Sekunden doppelt so groß. Er kann die Dinger nicht mehr mit seinen Händen umfassen. Er reißt mir die Träger herunter und sieht sie fassungslos an.

Ich weiß, sage ich und dass ich gern in ihn eindringen würde.

Das verwirrt ihn nicht. Er umgreift meinen Hintern, ist stärker, als ich dachte, das Streulicht der Kerze verbirgt die Unreinheiten auf seinem Gesicht. Er trägt mich zum Bett und zieht seine Hose aus. Ich drehe mich unter ihm herum, spüre

an meiner Nase die zarte Haut hinter seinen Hoden, sie baumeln vor mir, zucken unter der Berührung meiner Zunge.

Ehe ich ihn mir einverleibe, sage ich, dass er verschwinden
müsse, bevor es hell wird. Das ist das Letzte, was ich noch reden kann, gleich werde ich anfangen zu schreien, aus meiner
Haut treten, auf und nieder gehen wie der Kolben einer
Dampfmaschine.

Der Junge zieht seine Zunge zwischen meinen Schenkeln
heraus, sagt: Geht klar. Dann greift er mit seiner derben
Rechten tief in mein Wunderwerk ein.

Josef sagt:

Lieber Herr Doktor, ich onaniere jetzt seit 14 Tagen täglich/ 5–6 mahl/ bei Tag und bei Nacht/ und ich kann Ihnen nicht sagen warum.» Draußen scheint die Sonne, die Autos rauschen irgendwo hinter dem nächsten Häuserblock, das Wort «Straßenverkehr» schickt Josef umgehend aufs Klo, Hose runter, verstohlener Blick auf Nylonbeine, die gar nicht da sind, Klatsch, Fall erledigt.

Nachher setzt das Gewissen ein und nagt. Josef sitzt auf einem harten Stuhl, stiert in die Ferne, die kein Gesicht hat, seine Hände baumeln vor seinem Schoß und machen sich selbständig. Erneut eilt er ins Bad, Bilder stürmen auf ihn ein, sein Glied schmerzt, ist heftig entzündet, Tränen rollen aus seinen Augen, als es ihm kommt, ist es Scham, ist es Schmerz, allein steht er in seiner leeren Wohnung und betastet verzweifelt die Wände, die auf ihn eindrängen. Hinaus.

Gehetzt streift er durch die Gassen, die Kirchen läuten zum Mittag und zum Gedenken an seine Sünde. Er sagt: «Lieber Herr Doktor, ich onaniere jetzt seit 14 Tagen täglich/ 5–6 mahl/ bei Tag und bei Nacht/ und ich kann Ihnen nicht sagen warum.» Die Frauen tragen die Röcke kurz und zeigen ihr Fleisch. Verstört presst Josef sich in Höfe und Ecken, damit er ihnen nicht zu nahe kommt.

Der öffentliche Park, Josef steht im Busch, die Sonne sieht alles. Das Lachen der Mädchen, Josefs Wangen glänzen feucht, der Tag ist eine Glocke aus Glas, er schwingt und dröhnt und dräut. Josef sagt wieder, und diesmal sagt er es laut: «Lieber

Josef sagt:

Herr Doktor, ich onaniere jetzt seit 14 Tagen täglich/ 5–6 mahl/ bei Tag und bei Nacht/ und ich kann Ihnen nicht sagen warum.»

Er kauert zwischen den Sträuchern, wimmernd, wartet, ob der Abend ihm Absolution erteilt. Doch weiter hockt Hitze in den Betonschluchten, und gemischte Gruppen bevölkern die Boulevards und Plätze, die Biergärten quellen über von Vergnügungssüchtigen. Josef mit fiebrigem Blick dazwischen, es saugt und pulst und jagt ihn, Brüste, Schenkel, Hintern. Josef hinter dem Stromkasten, über ihm orgelt hoch der Sternenhimmel, es ist ein Sausen in der Luft, ein Sausen, Josef schreit heraus, schreit, die Leute gucken, grinsen, Josef schreit, möchte nie mehr aufhören, aber der, den er ruft, stellt sich taub. Es ist der siebte Juni und die Meteorologen prophezeien einen Jahrhundertsommer.

Norbert Stöbe

Poolspiele

Houellebecq treibt es im Swingerclub», sagte Vera.

«Was?»

«Hier steht, Houellebecq treibt es im Swingerclub.»

Die ‹Elementarteilchen› lagen ganz unten in Hans' Koffer, ein Last-Minute-Geschenk seiner kulturbewegten Schwester, doch im Urlaub bevorzugte er Krimis.

Sie räkelten sich auf ihren Liegen am Rande des Pools, mit Blick aufs weißlichblaue Mittelmeer. Vera hatte das Hamburger Wochenmagazin auf dem Bauch geparkt, auf dem Boden lag das Zeitgeistopus ‹Ruf! Mich! An!›. Hans tarnte sich hinter Mankells ‹Die fünfte Frau›, doch anstatt zu lesen, beobachtete er das Geschehen am Pool, das ihm in seinem Zustand der Ermattung mindestens ebenso spannend wie der Krimi vorkam. Sie hatten den Pooldienst um halb neun angetreten, denn wer später kam, kriegte weder Liege noch Sonnenschirm ab. Jetzt war es elf, und die kretische Sonne hatte die Luft bereits auf 35 Grad im Schatten aufgeheizt.

«Für mich wär das nichts», sagte Hans. Die mollige allein reisende Griechin machte sich gerade fertig für den Gang zum Meer, wie immer mit dunkelrotem Badeanzug, blauem Hut und gelbem Schwimmreifen ausgerüstet. Schwimmen konnte sie anscheinend nicht, sondern hüpfte, den Schwimmreifen mit beiden Händen umklammernd und ein seliges Lächeln im Gesicht, bloß in den schlappen Wellen auf und ab. Hans nickte ihr freundlich zu, und sie lächelte zurück.

«Stimmt», neckte ihn Vera. «Du schlaffst ja schon ab, wenn im Nachbarzimmer gehustet wird.»

«Ich bin eben sensibel. Und Swingerclubs gibt's hier nicht.»

«Bist du sicher?» Etwas in ihrer Stimme ließ ihn aufhorchen. Er wandte den Kopf. Veras Augen verbarg die Sonnenbrille. Sie sah gut aus in dem knappen Bikini. Unwillkürlich wanderte sein Blick zu ihrem Schoß. Seitdem sie rasiert war, zeichnete sich ihre Spalte mit beinahe obszöner Deutlichkeit unter dem weißen Gewebe ab.

Mit der Rasur hatte das Spiel angefangen.

Es war am fünften Abend, als die anfängliche Begeisterung über das ruhige, hübsche Hotel einer gewissen Routine Platz machte. Sie hatten im mondscheinglitzernden Meer gebadet und waren anschließend bei einem Gläschen Ouzo auf der Terrasse ihres Zimmers philosophisch geworden. Vera ließ sich über eine Masturbationsszene mit Vibrator in ihrem Frauenknüller aus, dann kamen sie auf die Schamlosigkeit der Menschen zu sprechen, die in den Talkshows der Privatsender mit ihrem Seelenmüll die Werbepausen füllen. Hans erinnerte sich an eine Sendung, in der eine Frau ihrem Mann vor laufender Kamera gestand, sie habe noch nie einen Orgasmus mit ihm gehabt, sondern ihm jahrelang etwas vorgespielt. Der Mann hatte erschüttert reagiert, und das war nicht gespielt gewesen. Da es sich um eine zufällige Stichprobe handelte, nahm Hans an, dass sich ähnliche Szenen Tag für Tag abspielten, und das fand er skandalös.

«Die Leute wissen nicht mehr, was sich gehört und was nicht», pflichtete Vera ihm bei. «Und da wird dauernd von Grenzen dahergeschwätzt, die man den Kindern setzen müsse. Wie sollen sie denn, wenn sie glauben, alles wär erlaubt? Früher hieß es, du bist okay, ich bin okay – da haben sie wohl was zu wörtlich genommen.»

«Stimmt», sagte Hans. «Auch Erwachsene brauchen Grenzen, genau wie Kinder.»

«Unter anderem deshalb, damit man sie überschreiten kann.»

«Das ist wie mit der Sünde – als er verboten war, hat auch der Sex mehr Spaß gemacht. Noch mehr Spaß, meine ich.»

«Aber es gibt keine Sünde mehr – wie schade.» Plötzlich hatte die Unterhaltung eine Wendung ins Frivole genommen. Vera nippte am Ouzo, dann beugte sie sich vor und ließ ihn ihre Zungenspitze kosten. Ihre Augen funkelten. «Doch», flüsterte sie. «Es gibt die Sünde, und es gibt Grenzen. Lass uns ein wenig sündigen. Lass uns Grenzen überschreiten.» Sie schlug ein Spiel vor, nämlich abwechselnd den erotischen Ausklang des Abends zu gestalten, anders ausgedrückt: Sie sollten Phantasien ausleben, die sie nie verwirklicht hatten.

Hans zögerte. Er konnte sich über ihr Sexleben nicht beklagen. Auf Anhieb fiel ihm nichts ein, was in ihrem Liebesrepertoire nicht zumindest einen kleinen Platz am Rande eingenommen hätte. Und dennoch – sie waren jetzt seit vier Jahren ein Paar. Ein gewisses Moment der Gewöhnung war nicht abzustreiten …

«Lass dich gehen», wisperte sie ihm ins Ohr. «Horch in dich hinein. Du darfst auch anfangen …»

Sie waren beim dritten Glas Ouzo angelangt.

«Also gut», sagte Hans. «Ich würd dich gern rasieren.»

Vera hatte sich wieder in ihre Lektüre vertieft. Die Wellenhüpferin hatte ihr Bad beendet und stand gerade unter der Süßwasserdusche. Im Pool machte der Melancholiker mit den Schwimmlektionen für sein Söhnchen dort weiter, wo er gestern aufgehört hatte. Auf den ersten Blick eine glückliche Familie: die propere Mittvierzigerin mit dem tiefschwarzen Pferdeschwanz, das emsig bemühte Söhnchen und der muskulöse, braun gebrannte Papa, Typ Manager. Und doch schlich er umher wie ein geprügelter Hund, niedergedrückt von einer seelischen Bürde, die ihm das Flair eines weltmüden Weisen verlieh. Hans überlegte, ob er Vera eine Wette auf den Erfolg der Schwimmlektionen vorschlagen sollte, dann ließ er es sein. Er hielt es für geraten, noch ein wenig Gras über Houellebecq wachsen zu lassen.

Am Abend nach der Rasur war Vera zum ersten Mal dran gewesen. Sie war animiert beim Abendessen, streifte die Sandale ab und steckte ihm den Fuß unters Hosenbein. Allmählich machte sich eine Erwartungsspannung breit, wie zu Weihnachten vor der Bescherung. Als sie beim Ouzo auf der kleinen Terrasse saßen, über sich an der Wand den Gecko, der ihnen regelmäßig Gesellschaft leistete, sagte sie: «Ich möchte, dass du mich fickst.»

«Einverstanden», sagte Hans schnell; auf einmal wurde ihm bewusst, dass er beinahe erleichtert war.

«Gleich hier. Auf der Terrasse.»

Er blickte die knapp bauchhohe Brüstung an. «Dann hole ich mal eine Matratze raus.»

«Im Stehen», sagte Vera.

Die Terrasse grenzte an einen schmalen, mit Palmen bestandenen Grasstreifen. Dann kam der Fußweg, der vom Parkplatz zur Rezeption des Akti Corali führte, und dahinter lag das etwa hundert Meter entfernte Nachbarhotel mit seinen fünf Stockwerken. Die Fassade erinnerte an eine Mietskaserne, deren Bewohner allesamt mit Ferngläsern bewaffnet waren.

«Das ist doch nicht dein Ernst.»

«Doch, ist es.» Sie trat vor ihn hin, zog ihn auf die Beine, drehte sich um und drückte ihren Po an seinen Unterleib. Sie bewegte sich in den Hüften, rieb sich an ihm. «Ich spüre was», flüsterte sie. «Oder sollte ich mich täuschen?» Sie wandte den Kopf, und er küsste sie.

«Mein Gott», brummte er. «Wer behauptet, die Männer seien das starke Geschlecht, muss ein Eunuch sein. In Wahrheit sind wir Wachs in euren Händen.» Langsam schob er sie an die Brüstung. Bevor er sie kennen lernte, hatte er sich immer gewundert, weshalb das, was im Film so mühelos klappte, in der Wirklichkeit die Verwendung von Obstkisten, prekären Kissenarrangements oder Trittleitern nötig machte. Vera war die erste Frau, die er problemlos im Stehen ficken konnte; sie hatte einfach die richtige Größe. Sie trug einen kurzen Rock. Er schob ihn hoch, streifte den Slip herunter. Kein Mensch war auf dem Weg unterwegs. Von der Veranda nebenan drang ausgelassenes Gelächter herüber. «Mach langsam, ja?», sagte sie.

Auf dem Parkplatz schlug eine Autotür. Er konnte unmöglich schnell genug kommen, deshalb blieb ihm gar nichts anderes übrig, als Veras Bitte zu entsprechen. Mit der einen Hand auf der Brüstung abgestützt, in der anderen das Glas, erwiderte sie seine gemessenen Stöße. Irgendwo woppte ein Rasensprenger. Über den Weg näherten sich knirschende Schritte und halblautes Gemurmel. Drei Gestalten tauchten im Lichtkegel der Lampe auf, zwei Männer und eine Frau. Hans nahm Vera das Glas aus der Hand und leerte es in einem Zug. Der Alkohol schoss geradewegs in seine Lenden. Es gelang ihm nicht, reglos zu verharren. Als einer der Männer herüberschaute, prostete er ihm wortlos zu. Einen Moment lang trafen sich ihre Blicke, dann waren sie vorbei. In Sekundenschnelle passte sich sein Rhythmus dem des Rasensprengers an. Als sie sich voneinander lösten, war der Gecko verschwunden.

Zwanzig nach elf, Auftritt Miss Akti Corali. Erst seit zwei Tagen war sie im Hotel, doch Hans und Vera waren sich von Anfang an einig gewesen, dass der inoffizielle Titel ihr zustand. Inmitten dieser braun gebrannten, leger gekleideten Urlauber war sie eine solitäre Erscheinung; ein bleiches Nachtgewächs, das schwarze Haar streng im Nacken geknotet, die Augen tief und dunkel, der Mund stets ernst und doch entspannt. Sie trug eine Jeans, für die sie wohl einen Schuhanzieher benötigte, und eine Art schwarzes Schnürkorsett, das einen unwillkürlich nach dem Jugendschutz Ausschau hielten ließ. Sie war höchstens sechzehn, reiste in Begleitung einer dicken Dame, die wohl ihre Tante oder Mutter war, und schmollte, wie nur ein Teenager schmollen kann, denn das Arrangement war offenbar nicht nach ihrem Geschmack. Mit niemandem sprach sie ein Wort, und dass sie sämtlichen Männern den Kopf verdrehte, nahm sie entweder nicht wahr, oder es trug auf unerklärliche Weise zu ihrem Missmut bei. Sie setzte sich an den Rand des Pools, tauchte lasziv eine Hand hinein, zog sie heraus und saugte gelangweilt an einem Finger.

«Die macht dich scharf», sagte Vera plötzlich. «Stimmt's?»

«Nein», log Hans.

«Du stehst auf Korsetts, ja?»

«Kein bisschen.»

«Du würdest sie gern ficken. Das seh ich dir doch an.»

«Überhaupt nicht. Die wär mir zu jung.»

«Du bist nicht ehrlich. So kann unser Spiel nicht funktionieren.»

«Wir sollten Schluss machen mit dem Spiel. Es ist zu heiß dafür.»

«Wenn du kneifen willst, meinetwegen», sagte Vera. «Aber erst morgen, denn heute bin ich dran.» Hans schwieg. Nach der Vorstellung auf der Veranda hatte er sich Nacktbaden im Meer gewünscht, mit anschließendem 69er. Das war nicht gerade eine unausgelebte Phantasie, aber es machte Spaß und war dem Ambiente angemessen. Er hatte keine rechte Lust mehr am Spiel, denn es begann anstrengend zu werden. Dem Abend sah er mit einer gewissen Bangigkeit entgegen. Er fragte sich, wozu Vera wohl noch fähig war, und blickte sehnsüchtig Miss Akti Corali nach, die soeben in der Kühle des Hotels entschwand.

«Der ewige Sirtaki würde selbst Alexis Sorbas auf die Nerven gehen», knurrte Hans, als er sich aus der langen Hose schälte, die im Hotelrestaurant für Männer Pflicht war. Es war Abend, sie hatten gespeist, und von der Poolbar wehte das Gedudel herüber, das die Griechen offenbar für unverzichtbare Folklore hielten. Es drohte sogar noch Schlimmeres, denn für heute war Poolfete mit Live-Band angesagt.

«Alexis würde sich die Ärmel aufkrempeln und tanzen», sagte Vera. Sie trug ein zitronengelbes Strandkleid, das ihre Bräune vorteilhaft betonte, und zog gerade mit Hilfe des Taschenspiegels den Lippenstift nach. «Übrigens kannst du die Hose gleich wieder anziehen. Wir gehen heute aus.»

«Ohne mich. Zehn Stunden Pooldienst reichen, finde ich.»

«Ich habe auch nicht von der Hotelfete gesprochen.» Sie kramte in ihrer Handtasche, holte einen Zettel heraus und reichte ihn Hans. Es war eine Annonce, aus einer Zeitung ausgerissen.

Club Tropicana
Telephone 47893

Er lag rücklings auf dem Bett, keine günstige Position. Langsam richtete er sich auf, stopfte sich das Kissen in den Rücken.

«Ist das ein Swingerclub?»

«Sag ich nicht. Überraschung!»

«Du willst es tatsächlich auf die Spitze treiben.»

«Vielleicht.»

«Vera, setz dich mal zu mir. Wir müssen reden.»

«Das geht jetzt nicht. Ich hab eine Reservierung gemacht.»

Ihr Gesicht hatte jene marmorne Konsistenz angenommen, die alle Argumente, Einwände, ja selbst Fragen an sich abprallen ließ. Trotzdem musste er es versuchen.

«Eine Reservierung wofür?», fragte er.

Als sie hartnäckig schwieg, schwang er die Beine vom Bett und trat vor sie hin. «Vera», sagte er. «Bist du dir bewusst, dass du unsere Beziehung aufs Spiel setzt?»

«Red keinen Blödsinn. Es ist doch bloß ein Spiel.»

«Wir sollten damit aufhören, ehe es zu spät ist.»

«Ich finde, wir sollten allmählich aufbrechen.»

«Ich komme nicht mit.»

«Ist das dein letztes Wort?»

«Ja.»

Sie drehte sich um und rannte hinaus.

Hans wälzte sich benommen auf die Seite. Er hatte vergessen, die Klimaanlage einzuschalten. Es war dunkel im Zimmer, auf dem Leuchtzifferblatt des Weckers war es Viertel nach zehn. Sogleich traten ihm Bilder vor die Augen: Vera trieb es auf einer Bühne mit einem Schwarzen, nein, mit *zwei* Schwarzen gleichzeitig. In einem Separée ein Gewühl nackter Leiber und mittendrin: Vera. In einem anderen Raum eine Bukkake-Session, die Zielscheibe: wiederum Vera.

Stöhnend stand er auf, zog sich an und torkelte auf den Gang hinaus, ohne hinter sich abzuschließen.

Die Poolfete war in vollem Gange. Die Band spielte keinen Sirtaki, sondern Anglo-Pop. Auf der betonierten Tanzfläche arbeiteten sich Tänzer ab, gelb und rot angestrahlt von Scheinwerfern, die im Rhythmus der Musik pulsierten. Hans setzte sich an einen freien Tisch am Rand und bestellte Gin Tonic. Nach dem ersten Schluck bekam er allmählich wieder Luft. Er hatte es vermasselt. Er hätte es besser wissen müssen: Vera war der größte Dickkopf, den er kannte. Wenn sie sich etwas in den Kopf gesetzt hatte, dann zog sie es durch. Er hätte sich auf das Abenteuer einlassen sollen, schließlich waren sie ein gutes Paar, alles in allem. Ein Urlaubsausreißer war es nicht wert, die Beziehung infrage zu stellen. Doch jetzt war es zu spät.

Sein Blick wurde vom Pool angezogen, der in einem ätherischen Blau wie ein magischer Jungbrunnen leuchtete. Vier, fünf deutsche Abiturienten tummelten sich darin, kostbare Luxusgeschöpfe in dem unwirklichen Licht, makellos in ihrer Jugend. Er trank noch einen Schluck. Dann bemerkte er Miss Akti Corali am Nebentisch.

Sie war allein, und sie sah ihn an.

«Where's your governess?», fragte er.

«Sorry, my what?»

«The woman who watches over you.»

Miss Akti Corali lachte. «She's my aunt and she's at the beach, gone for a walk.» Sie schwenkte ihre Cola. «And where's your wife?»

«She's not my wife, just my girlfriend.» Es war ganz leicht. Sie hieß Lemona, war siebzehn Jahre alt, ging aufs Gymnasium und wollte später einmal Betriebswirtschaft studieren. Ihre allein erziehende Mutter war sehr streng und duldete nicht, dass sie mit Freunden verreiste, deshalb war sie mit der Tante weggefahren, die ein anspruchsvolles Kulturprogramm organisiert hatte. Morgen stand Knossos auf dem Programm, übermorgen ein Streichquartett mit Werken von Brahms. Heute war ihr freier Tag. Hans genoss ihr munteres Geplauder, und da Lemona immer wieder auf die Tanzfläche schaute, forderte er sie schließlich auf.

Die Band spielte eine flotte Version von ‹First we take Manhattan›, und die Paare tanzten offen, das hieß, sie hopsten discomäßig herum. Dann kam ein langsames Stück, und Hans schloss Miss Akti Corali behutsam in die Arme. Sie fühlte sich an wie ein Kind, mager, energiegeladen, fremd. Nicht sehr erotisch, was vielleicht auch daran lag, dass sie nicht ihr mega-scharfes Top, sondern eine langärmlige züchtige Bluse trug.

Dann sah er Vera. Sie saß in der zweiten Reihe, im Schatten, nur momentweise beleuchtet von der plötzlich auflo-dernden Holzkohleglut des Grills. Ihr gegenüber ein bärtiger Grieche, ein Einheimischer offenbar, mit undurchdringlicher Sonnenbrille und dichter Brustbehaarung, die aus den Ma-schen seines Netzhemds quoll. Er hatte sich weit vorgebeugt und Vera die Hand auf den Arm gelegt. Sie blickte zur Tanz-fläche herüber, und als sie sich vergewissert hatte, dass Hans sie beobachtete, beugte sie sich ebenfalls vor und küsste ihr Ge-genüber.

Hans zog Lemona unwillkürlich enger an sich. «What are German universities like?», fragte sie. Er versuchte, es ihr zu erklären, und als sie sich gedreht hatten und er wieder den Grill anpeilte, waren Vera und der Grieche verschwunden.

Der Rest des Abends war ein Albtraum aus dröhnender Musik, radebrechender Konversation mit Lemona und Tante Ethalia, aus Gin Tonic und Ouzo und Blicken ins Leere.

Sie räkelten sich auf ihren Stammliegen, in ihre Urlaubslek-türe vertieft. Den Pooldienst hatten sie pünktlich um halb neun angetreten, wie immer. Die Wellenhüpferin winkte ih-nen zu auf ihrem Weg zum Strand. Der Melancholiker war da, die Abiturienten, alle, bis auf Miss Akti Corali und Tante Ethalia und den bärtigen Griechen.

Seit dem Aufstehen hatten sie kein einziges Wort gewech-selt. Hans hatte geschlafen, als Vera spätnachts ins Zimmer gekommen war. Er hatte einen Kater, die Buchstaben ver-schwammen ihm vor den Augen, und das große Thermome-ter an der Wand kletterte neuen Hitzerekorden entgegen. Vera brach das Schweigen als Erste.

«Kommst du mit ins Meer?» Sie hatte das Buch auf den Boden gelegt und musterte ihn mit undeutbarem Blick.

«Wolltest du gestern wirklich in einen Swingerclub?», krächzte er.

Ihre Augen weiteten sich ein wenig, das war alles.

«Und, habt ihr's miteinander getrieben, du und dein Griechenhengst?»

«Hast du dich gut mit Miss Akti Corali amüsiert?», entgegnete sie.

Als er schwieg, sprang sie auf. «Wer sündigt, dem wird vergeben», sagte sie ernst. «Das hab ich als Kind im Religionsunterricht gelernt. Und du?»

«Ich weiß nicht», brummte er. «Kann mich nicht mehr erinnern.»

Sie schaute auf ihn herunter, dann beugte sie sich vor und zog ihn auf die Beine. «Komm», sagte sie. «Etwas Schwimmen wird dir gut tun.»

Hand in Hand rannten sie über den glühheißen Sand.

Winni Heil

Saltowende

Hecht stieß sich ab. Sein Körper schnellte vor, Kopf und Hirn zuerst, und in Erwartung der eiskalten Oberfläche, in die er demnächst eintauchen würde, zog er seinen Bauch – er wollte ja bei ihr einen guten Eindruck hinterlassen – ein, mit etwas wehmütiger Erinnerung an Zeiten, in denen er wegen seines Waschbrettbauchs von halbstarken Kameraden aufgezogen wurde. Aber, tröstete er sich, als die Wellen über ihm zusammenschlugen, welche Frau braucht heutzutage noch ein Waschbrett.

Er zog die Arme durch, grätschte einen Beinschlag – ein Zug unter der Oberfläche ist laut Reglement erlaubt –, schnaubte ins Wasser und dachte an sie. An sie, die er nicht kannte, nie gesehen hatte und deren Blicke – so hoffte er inständig – jetzt auf ihm lagen. Sie, so stand es jedenfalls in ihrem Brief, die gleich mit ihm Kontakt aufnehmen würde. Dazu hatte sie die paar Minuten Zeit, in denen er verabredungsgemäß in einer blauweiß getreiften Badehose das Schwimmbecken durchpflügen sollte. Würde er bei ihr ankommen, fragte er sich. Er tauchte auf und entschloss sich, als ehemaliger Lagenspezialist, die erste Bahn zu schmettern. Zum einen schien es ihm sportlich – auch er unterlag gelegentlich dem unbegründeten Vorurteil, dass der athletische Typ bei Frauen besonders gut ankäme –, zum anderen glaubte er, dass die ausgeprägten körperlichen Wellenbewegungen einer erotischen Ouvertüre angemessen wären. Und drittens ist ein Delphin zusammen mit dem Teddybär ein rundum sympathisches Tier. Doch da hakte es bereits. Das wenige, das er von der Dame zu wissen glaubte, war, dass sie mit Sicherheit keinen Teddy suchte. Entweder hatte sie schon ein Exemplar zu Hause und war ihn überdrüssig, oder sie hatte ihn schon als Kleinkind entsorgt. Dies schien ihm wahrscheinlicher, da ihre Briefe zu souverän waren, um heimlich vor oder hinter dem Rücken pensionierter Kuscheltiere zu entstehen. Die Briefe waren klar und hart und trafen ihn tief ins Herz, meistens sogar noch tiefer.

Er genoss inzwischen den gleichmäßigen Rhythmus seiner Schwimmzüge. Die Arme aus dem Wasser und durch die Luft nach vorn gerissen, ist, wie einer Frau um den Hals fallen zu wollen, die sich immer schon entzogen hat, lächelte er bei sich, Madame Butterfly, frustrierend zwar, aber es treibt den Mann voran. Genauso war es ihm die letzten Monate ergangen, seit diesem nasskalten Novembertag, an dem er, weil ihm mal wieder die Ideen ausgegangen waren, von seinem Schreibtisch in ein nahe gelegenes Kaffeehaus wechselte. Er setzte sich auf seinen Stammplatz – in letzter Zeit gingen ihm die Ideen regelmäßig aus – und blätterte etwas verlegen und ziellos in diesem Stadtmagazin herum, das auf seinem Tisch liegen geblieben war. Man blättert eigentlich immer etwas verlegen und ziellos in Stadtmagazinen, dachte er und blieb folgerichtig bei der Kleinanzeigenrubrik «Kontakte» hängen. Seine Aufmerksamkeit richtete sich auf eine Anzeige, die gar nicht da war; genauer glotzte er auf ein Loch im oberen Drittel des Papiers, auf welchem irgendjemand eine Annonce so lange mit einem Kuli umrundet hatte, bis das gewünschte Objekt der Begierde als Zettel herausfiel.

Der Beckenrand flog heran, Hecht drückte Kopf und Körper unter Wasser – Beine anhocken und über die Oberfläche werfen – Drehung um die Nabelachse – Wand berühren – abstoßen und strecken – Beinschlag. Saltowende, tausendfach geübt.

Er drehte sich lässig in die Rückenlage, spuckte aus, ließ die Arme kraftvoll rotieren und erinnerte sich an Schwimmvater Rahn, den ehemaligen Trainer seines Vereins, der ledergegerbt, noch rüstig, aber völlig verholzt ihnen vom Beckenrand aus zuschrie: «Jungs, der Impuls muss aus der Hüfte kommen, wie oft soll ich es euch noch sagen.» Wohl wahr, dachte Hecht jetzt und erinnerte sich an das Gefühl unbestimmter Neugier, das ihn damals auf dem Heimweg vom Café beschlich, als ihm das gleiche Titelbild von einem Kiosk aus erneut entgegensprang. Er erstand es, schlug die entsprechende Rubrik bereits beim Gehen auf, überflog das obere Drittel der Seite und las: *Dame sucht Mann für einen unsymmetrischen erotischen Briefwechsel.* «Was zum Teufel ist ein unsymmetrischer erotischer Briefwechsel», fragte er sich und stellte die Frage auch ziemlich unverblümt in seinem ersten Brief, den er nach zwei schlaflosen Nächten an die angegebene Chiffre schickte. Ihre Antwort kam prompt und klar: *«Ganz einfach»*, schrieb sie, *«ich schreibe dir und du an meine Friseuse.»* «Hä», dachte er, «was soll der Quatsch?», und als er in einem späteren Brief einmal nachfragte, ob sie denn seine Briefe ungeöffnet weitergeleitet bekam oder sie mit der Friseuse oder gar mit dem ganzen Damensalon diskutiere, war ihre Antwort ebenso klar: *«Das geht dich nichts an!»*

Hecht musste erneut wenden, diesmal in der Rückenlage. Kopf runter – Beine anhocken – Berührung des Beckenrandes – Drehung – Beinabstoß – und Körper strecken.

«Ich will deinen Kopf», hatte sie ihm geschrieben, *«ich will, dass du ihn verlierst. Kein gönnerhaftes Schenken für gewisse Stunden, sondern dauerhaft. Vielleicht meine ich es metaphorisch»*, ergänzte sie später, *«vielleicht werde ich dir aber auch die Augen verbinden und dich knebeln. Vielleicht zwänge ich deinen Kopf in eine geschlossene Maske, die dir die Luft zum Atmen nimmt.»* Hechts Kopf schoss aus dem Wasser – beim Brustschwimmen ist das

Einatmen möglichst schnell zu vollziehen – und damit fielen ihm wieder Schwimmszenen von früher ein. Jedes Mal wenn Vater Rahn zu Beginn der Stunde fragte: «Jungs, was wollt ihr heute trainieren?», rief ihm die grinsende Meute ein einstimmiges «Damenbrustkraulen» entgegen. Hecht musste lachen und schluckte etwas Wasser. Damals schien ihm Sex einfach zu sein. Nicht leicht zu kriegen zwar, aber das Programm war wenigstens klar. *«Kuschelsex»*, stand in einem ihrer Briefe, *«ist wie Demokratie, an sich gute Ideen werden kollektiv verwässert. Mir geht es um Unbedingtheit, um Kontrolle oder Unterwerfung. Männer sind zu beliebig. Sie wollen beides. Vom Kopf her geplant, ein bisschen Vorspiel, kurz in einen orgastischen Dämmerzustand eintauchen, um möglichst schnell wieder sich selbst zu vergewissern, dass sie der Größte sind oder zumindest es waren. Außerdem muss sich die Zärtlichkeit steigern, sonst stirbt sie ab, wird wie Händeschütteln. Wenn sie aber über sich hinauswächst, wird sie zum Schmerz. Er wird dich in Besitz nehmen, ich werde dich in Besitz nehmen.»*

Kopf runter – anhocken – Drehung – und Strecken. Freistil – schneller asymmetrischer Beinschlag – Kopf pendeln – schnelles Einatmen im Wellental.

Hechts Gedanken hingen zu sehr in den Fetzen ihres Briefwechsels fest, um Rahns Standardtipp zum Kraulschwimmen – seit damals eine feste Lachnummer – ausgiebig genießen zu können. «Jungs», brüllte er durchs Schwimmbad, «ihr seid um so schneller, je weniger ihr spritzt.» *«Es kommt der Zeitpunkt»*, bemerkte sie einmal eher beiläufig, *«an dem ich nicht mehr dir schreibe, sondern deinem Körper, ihm direkt, oder direkt auf ihm. Meine Handschrift wird auf ihm brennen und du wirst sie spüren, ohne lesen zu müssen.»* Hecht bat um etwas mehr Klarheit. *«Du weißt es genau, mein Lieber, aber du willst es von mir wissen. Gut, Stigma oder Strieme oder beides, Tätowierung oder Brandmal oder beides, Peitsche oder Stock oder beides, oder auch alles zusammen und noch einiges mehr. Auf jeden Fall werde ich dich zeichnen, aber nicht auf Papier.»* Hecht fand, dass sein Nachfragen eine zu anregende Wirkung auf ihre Phantasie ausübte, und unterließ es zukünftig.

Kopf-unter-Berührung-abstoßen – ausschwimmen.

«Ich schätze deinen Humor und ich schätze, dass er zerbricht, unter den Qualen, die ich dir zugedacht habe. In diesen Augenblicken werde ich nur dich lieben und nicht mehr deinen Esprit – Kopf runter – abstoßen *– Dir wird es nicht viel besser ergehen. Noch bevor du mich das erste Mal siehst, bist du mir völlig verfallen. Meine Haare, lang oder kurz oder blond oder nicht, meine Lippen, voll oder schmal, wie die Hüften, wie die Brüste, wie die Beine, kurz oder lang, genau bis zum Boden. Du wirst sie zur Kenntnis nehmen als Geschenk. Ich werde schon immer deine Albtraumfrau gewesen sein.»* – Anschlag –

Hecht stieg aus dem Becken, schüttelte das Wasser ab und sah zu seinen Sachen hinüber. Nichts hatte sich verändert. Sie lagen immer noch alleine auf der Wiese zwischen Schwimmbecken und verwaistem Volleyballfeld. Auch die Nachbarschaft war unverändert; keine pralle Blondine hatte sich in Rufweite niedergelassen. Als er zu seinem Platz hinüberging, versuchte er seine Enttäuschung mit Fassung zu tragen. Es hätte ja noch schlimmer kommen können. In einem Albtraum neulich war ihm das Szenario durch den Kopf geschossen, von einem gesamten Friseursalon wiehernd begrüßt zu werden, der seinen jährlichen Betriebsausflug mit Schamesröte allein stehender Herren zu würzen pflegte. Er ließ sich auf sein Handtuch fallen und atmete schwer vor Anstrengung und Enttäuschung und überlegte, wie es nun weitergehen könnte. Da funkte Beethovens Neunte eine Handbreit neben seinem Kopf.

«Mein Gott, was zum Teufel ist das!» Er schlug das Laken zurück und starrte auf ein läutendes Handy und eine Sonnenbrille.

«Alle Menschen werden prüder», intonierte das Gerät und hatte wahrscheinlich Recht. Er hantierte an den Knöpfen, brachte das Ding zum Schweigen und hielt es sich ans Ohr.

«Im Ostereiersuchen bist du ja keine große Nummer», sagte eine ungemein freche Stimme, und bevor er ein «Hallo» murmeln konnte, nahm die Stimme einen schärferen Klang an, *«und von dir keinen Ton, hörst du, keinen einzigen Ton.»*

«Mmpf», entfuhr es Hecht, was seine Telefonpartnerin wohl als Zustimmung deutete. *«Und jetzt setz die Brille auf und dich in Bewegung.»* «Was für ein hässliches Mackermodell», schoss es Hecht durch den Kopf, aber als er dieses verspiegelte Teil auf seinem Gesicht platziert hatte, machte dieser Stilbruch Sinn, die Gläser waren von innen präpariert und er stand fast völlig im Dunkeln.

«Jetzt brauchst du einen guten Führer, der dir zeigt, wo es lang-geht», spottete sie, *«geh zurück zum Becken.»* Unsicher und et-was tastend setzte er sich in Bewegung, versuchte sich an den Geräuschen zu orientieren; dort das Schreien von der Rutsch-bahn, da die tobende Schulklasse.

«Gut so», vernahm er aus dem Telefon, *«aber noch etwas wei-ter nach rechts.»*

Obwohl Hecht den Weg eben noch zurückgelegt hatte und deshalb wusste, dass er frei von Hindernissen war, be-wegte er sich unsicher und in völliger Abhängigkeit von der Stimme, die ihn dirigierte. *«Vorsicht, Stufe»*, unterbrach sie seinen Gedankengang. Er machte einen großen Schritt und trat in das Fußwatbecken. *«Setz die Brille ab und dusch dich, die Hülle vom Handy ist wasserdicht.»* Als Hecht den Hahn aufdrehte, schoss ihm ein eiskalter Schwall über Kopf und Körper. «Weiß dieses Biest eigentlich, wie kalt es ist», oppo-nierte es in Hecht, als eine kaffeebraune Schönheit im Bikini an ihm lächelnd vorbeirauschte. «Sie vielleicht», durchfuhr es ihn. *«Mach dich nicht lächerlich»*, tönte es prompt aus dem

Hörer, «*du siehst aus, als wärst du gerade deiner Wichsvorlage be-gegnet.*»

‹Sie muss ganz in der Nähe sein›, und Hecht hielt vorsichtig nach telefonierenden Damen Ausschau. «*Hör auf zu suchen*», kam sie ihm zuvor, «*du hast sowieso keine Chance. Setz die Brille wieder auf und geh in Richtung Ausgang. Jetzt vier Schritte gerade-aus − Drehung nach rechts − Vorsicht, langsamer − weiter*», diri-gierte sie ihn durch die sich füllende Badeanstalt.

Als er die Nähe eines Körpers zu spüren glaubte, hörte er ein schneidendes «*Stopp, Brille ab*».

Hecht stierte ziemlich verdutzt auf den Rückenausschnitt eines großblumigen Badeanzuges, deren Trägerin in den sieb-ziger Jahren Wettkampfschwimmerin im Ostblock gewesen sein könnte, Ausmaß des Kreuzes und Alter stimmten jeden-falls exakt. Er lugte an ihr vorbei und sah sich am Ende einer Warteschlange, die zu dem Kiosk der Badeanstalt führte. Während er weiter aufrückte, spekulierte er, ob er hier nur weitere Nachrichten von ihr erhalten würde oder ob womög-lich die Kioskbesitzerin ihn erwartete. Als die Reihe an ihm war, starrte er etwas verwirrt und ratlos in den gelangweilten Blick einer Verkäuferin.

«*Honig, Schatz, bring bitte etwas Honig mit.*» «Honig», wie-derholte Hecht mechanisch. «Wir haben leider nur Döschen», quäkte die Frau hinter der Theke. «*Dann nimm zwei*», tönte es aus dem Hörer, «*das Geld steckt hinten im Etui.*» Die denkt auch an alles, wollte Hecht bemerken, als er den Kiosk verließ, doch ihre Stimme, die einen spöttischen Ton angenommen hatte, war schneller. «*Du hast dir eine Pause verdient, Schatz, setz dich auf die Bank und iss erst mal etwas.*» Ihm entfuhr ein ungläu-biges «Aber». «*Du hast richtig vermutet*», fiel sie ihm ins Wort, «*Honig pur, und zwar mit den Fingern.*» Hecht setzte sich auf die Bank, riss die Folie des Töpfchens auf und zögerte, den Finger in die zähe Flüssigkeit zu tauchen. Er überwand sich und schmeckte die pappige Süße auf seiner Zunge. Zwei Gören im Backfischalter beobachteten ihn unverhohlen. «Guck mal», prustete die eine, «was für ein süßer Onkel.» Hecht aß tapfer weiter. Sein Mund war verklebt und er konnte nur noch mit Mühe schlucken. Als er sich zu der zweiten Portion durchgekämpft hatte – ihn umschwirrten bereits einige Wespen –, meldete sie sich wieder. *«Leck die Finger gründlich ab, wenn die Tastatur auch nur ein bisschen klebt, setzt es was.»* Hecht bemühte sich vergeblich, das zähe Zeug von seinen Fingern zu bekommen. Die beiden Mädels kringelten sich vor Lachen.

«Auf geht's, gleich hast du es geschafft», ermunterte sie ihn, und er folgte wieder ihren knappen Anweisungen, die ihn wie eine Marionette weiter in den Eingangsbereich des Bades lotsten. Plötzlich wurde sie ernst: *«Erinnere dich an meine Briefe. Du stehst vor der Tür. Überlege dir gut, ob du sie aufstoßen willst, und wenn du dich traust, gehe hinein, setze die Brille ab und schalte das Telefon aus.»* Hecht ertastete auf der glatten Fläche vor sich eine Klinke. Er drückte sie hinunter und trat in ein Halbdunkel. Der Lärm draußen war gedämpft entrückt, es roch nach Chlor und Schweiß. Die Umkleidekabine wirkte wie eine Zelle. Auf der Holzbank lagen auf einem Blatt Papier zwei Lederarmbänder. *«Zieh dich aus und lege die Bänder an»*, las er, *«dann knie dich auf den Boden mit dem Gesicht zur Wand, senke den Kopf, schließe die Augen und kreuze die Handgelenke hinter deinem Rücken.»* Während er kniete, schienen ihm Zeit und Raum ausgehängt. Die Tür wurde hinter ihm geöffnet, jemand trat ein und schloss ab. Hecht konnte die unmittelbare Nähe ihres Körpers spüren, den leichten Geruch eines Parfüms, das er nie vergessen würde, und als sie die Gelenke zusammenklickte und seine Augen verband, wusste er, dass er angekommen war.

Leander Scholz

Insekten

Als er auch am dritten Abend nicht nach Hause kam, begann ich mir Sorgen zu machen. Ich wusste, dass er dabei war, sich in einen Zustand der Überschreitung zu versetzen. Wenige Tage vor seinem Verschwinden hatten wir einen Ausflug in die Wüste Nevadas gemacht und in der Nähe einer stark zerklüfteten Felsformation eine heiße Quelle entdeckt.

Der Sand um das fast schwarze Wasser war vollkommen eben. Dunkelgrüne, hoch aufragende Pflanzen, die uns an wuchernde Disteln erinnerten, wuchsen mitten aus dem tümpelgroßen Loch heraus, über dem die Luft heftig flimmerte. Obwohl die Quelle in der eintönigen Sandwüste eine kleine Keimzelle des Lebens zu sein schien, war es um sie herum merkwürdig still. Wir hatten uns nicht getraut auszuprobieren, wie heiß das brodelnde und kurzzeitig auch heftiger sprudelnde Wasser wohl sein mochte. Kein Wasserbewohner war in dem einigermaßen kreisförmigen Becken zu entdecken. Lediglich gehäufte Strünke der uns unbekannten Pflanzen schwammen verloren auf der undurchsichtigen Oberfläche, als müssten diese Gewächse ihre verwegene Nahrungsaufnahme an der heißen Quelle mit einem dauernden Substanzverlust büßen. Sie waren es, die dem Wasser aus der Tiefe seine dunkle Farbe gaben. Überall in der Wüste bedeutete Wasser einfach nur Leben, hier aber mischte sich in das unterirdische Sprudeln etwas leicht Unheimliches.

Wir schlichen um die Quelle herum wie um eine Platzwunde in der Erde, an der man nicht rühren mag aus Angst, es könnte noch mehr hervorbrechen, aus dem unbekannten Inneren sich umstülpen, an die Oberfläche drängen und die Ordnung der Schichten durcheinander bringen. Vorsichtig, mit tastenden Schritten, als müssten wir diese tektonische Wunde erst vermessen, umkreisten wir neugierig und mehrfach den Rand der Sandböschung, bis ich plötzlich an meinen nackten Beinen ein Insekt spürte, nicht viel kleiner etwa als eine Wespe, dessen Herkunft ich mir nicht erklären konnte. Über dem Wasser waren keine gewesen. Mit ein paar Schritten wechselte ich schnell zur gegenüberliegenden Seite des Tümpels, um das Insekt beobachten zu können. Es flog stets sehr niedrig über dem heißen Sand und machte einen eindringlichen surrenden Ton, den ich noch auf der anderen Seite der Quelle trotz der Wassergeräusche vernehmen konnte. Noch während ich mich darüber wunderte, musste ich feststellen, dass auf meiner Seite ebenfalls einige Insekten nahe am Boden umherschwirrten. Wieder machte ich einige unwillkürliche Schritte, diesmal weg von der Quelle. Und wieder tummelten sich sofort einige Insekten mit ihren unverkennbar typischen Lauten zu meinen Füßen. Bald schien es mir, dass die Anzahl der kleinen Insekten, die meine Schritte begleiteten, umso größer wurde, desto heftiger ich mich auf dem Sand bewegte. Gleich spürte ich einen ersten Stich oder eher ein Beißen, nur wenig schmerzhaft, ungefähr so unangenehm wie die Berührung einer Brennnessel. Genauso wie man Brennnesseln deshalb zu identifizieren sucht, um einen anderen Weg zu gehen, tastete ich den Sandboden sorgfältig mit meinen Augen ab, um herauszufinden, wo die kleinen Insekten wohl herkommen mochten.

Mit einem Mal kam es mir so vor, als wäre der ganze Boden bedeckt mit schwarzen, krabbelnden, auffliegenden Tierchen, die scheinbar direkt aus der Erde krochen. Und tatsächlich, bei genauerem Hinsehen konnten wir erkennen, dass rund um das heiße Wasser fast unsichtbare Löcher auf dem planen Sand angeordnet waren, deren Ränder nun von schwarzen kleinen Körpern gesäumt wurden, die gerade einen womöglich riesigen und unterirdischen Höhlenbau verließen. In mir stieg Panik auf. Aber mit jedem weiteren hektischen Schritt, den ich auf dem Sand machte, presste mein menschliches Gewicht nur weitere hundert kleine Stecher aus dem Inneren der Wüste hervor. In diesem Moment schrie M. mir zu, ich solle mich auf keinen Fall bewegen. Er hatte die Arme erhoben, beinahe gestreckt gegen den Himmel, als wollte er dem Flug der Tierchen eine Richtung geben und ihnen auf keinen Fall ein Widerstand sein.

Als sich die ersten den Weg unter mein T-Shirt gebahnt hatten, ich sie auf meiner Haut spürte, wie sie mit ihren dünnen Beinen über meinen Bauch, den Rücken und die Brüste krabbelten, konnte ich nicht mehr an mich halten. Ich schlug auf meinen eigenen Körper ein, traf mich hart, wo sich etwas regte, schloss die Augen und meinen Mund fest zu und rannte. Keine Ahnung wie lange. Ab und zu musste ich mir ein Nasenloch zuhalten, um das andere mit einem kräftigen Luftstoß frei zu machen. Dann schüttelte ich wieder den Kopf, damit sie keine Möglichkeit hatten, sich in meinen langen Haaren festzusetzen. Sogar die Ohren musste ich mir mit den Fingern verstopfen vor den leichten und fiesen Berührungen an der Muschel und den eindringlichen Geräuschen ihrer harten Flügel.

Über hundert Meter weit entfernt, jeden der kleinen Stecher endgültig abgeschüttelt, sah ich, wie sich eine schwarze Wolke aus Insekten in der Nähe des Wasserlochs langsam auszudünnen begann. Ich konnte erkennen, dass M. immer noch an der gleichen Stelle stand, von der ich so panisch weggerannt war. Die aufrechte und starre Haltung der gestreckten Arme, in der er wohl die ganze Zeit ausgeharrt hatte, wirkte

auf mich wie die Ansicht eines abgefressenen und ausgedorr-
ten Baumes, von dem nur noch der tragende Stamm und zwei
kümmerliche Äste übrig geblieben waren. Dann brach er zusammen.

Fast genauso schnell wie ich mich von dem Insektenherd
entfernt hatte, rannte ich nun zurück. Mehr Stellen an meinem Körper, als ich zählen konnten, zeigten mir durch ihren
brennenden und stärker werdenden Schmerz, dass ich völlig
zerstochen war. Allein auf meinen Brüsten, hatte ich das Gefühl, musste sich eine dichte Fläche von kleinen harten Wölbungen gebildet haben. Eine erneute Panik ergriff mich bei
dem Gedanken daran, dass die Stiche in dieser Menge giftig, ja
vielleicht sogar lebensgefährlich sein könnten. Schon hatte ich
das Gefühl, nicht mehr richtig atmen zu können, hörte beim
Laufen ein leichtes Röcheln, hielt an, um mich zu vergewissern, hustete, hielt meine Brüste fest, damit sich die entzündeten Stellen nicht aneinander reiben konnten, und fuhr mir in
regelmäßigen Abständen durch die Haare, um den Stichen auf
meiner Kopfhaut Kühlung zu verschaffen. Wiederholt schaute
ich in die Richtung der Stelle, wo M. reglos auf dem Boden
lag, bis ich auf einmal feststellen musste, dass sich der Abstand
zwischen uns nicht verringert hatte. In meiner Hast musste ich
an ihm vorbeigelaufen sein. Kurzatmig stützte ich die Arme
auf meine Schenkel, um meinen gequälten Körper auszuru-
hen. Ich schrie seinen Namen, schrie, ob alles in Ordnung sei.
Ich erhielt keine Antwort, sah aber, dass er sich auf den Rücken gewälzt hatte. Als ich mich aus meiner gebückten Haltung aufrichten wollte, paralysierte mich das Gefühl, meine
Glieder seien schwerer geworden, vielleicht inzwischen vom
Gift durchdrungen und schon leicht gelähmt. Voller Angst
rannte ich erneut los, immer wieder nach meinen Muskeln
fassend, meine Waden befühlend und mich vergewissernd,
dass ich nicht schon wieder die Richtung verloren hatte.

Als ich auf etwa fünfzig Meter an den Tümpel herange-
kommen war, versagten plötzlich meine Beine. Mein Körper
fühlte sich weich und wehrlos an. Die vor mir liegende
Strecke kam mir völlig unüberwindbar vor. Mir schien es, als
würden meine Beine mit jedem Schritt so tief in den Sand
einsinken, dass das Gehen nicht nur immer beschwerlicher
wurde, sondern dass die kleinen Sandkörner in mich eindrangen und mich verletzten. Mein gesamter Körper schmerzte.
Ich konnte keinen weiteren Schritt mehr tun. Im Fallen
glaubte ich, nahe an einem Delirium zu sein, denn dort, wo
ich bisher M. vermutet hatte, war nur noch eine plane und
wieder völlig unberührte Sandfläche zu sehen.

Ob ich aufstehen könne, fragte dann eine Stimme über mir,
von der ich zunächst nicht glauben konnte, dass sie zu M. gehörte. Sein Gesicht wirkte rein, kein Stich oder irgendeine
Verletzung waren zu erkennen. Wie ein kleines Mädchen
musste ich nicken, brach in Tränen aus und ließ mich von ihm
zum Wagen führen. Er nahm einen Wasserkanister von der Ladefläche, hieß mich den Kopf vornüber zu beugen und goss
mit langsamen Bewegungen den noch immer einigermaßen
kühlen Inhalt über meine Haare. Mit geschlossenen Augen so
unter seiner Fürsorge musste ich seufzen. Ohne eine Frage
oder Aufforderung an mich zu richten, schob M. mir das
T-Shirt hoch und ließ nun auch über meinen zerstochenen
Rücken das angenehm kalte Wasser laufen. Ich fühlte mich
dermaßen erleichtert, dass ich fast angefangen hätte zu lachen
über meine übertriebene Panik vorhin. Meine Angst wich einem Gefühl von vergessen machender Albernheit.

Obwohl ich mich sehr schämte, dass er mich in diesem Zustand zum ersten Mal nackt sehen sollte, half ich ihm, mir das
T-Shirt über den Kopf zu ziehen. Er faltete und legte es in aller Ruhe auf die Motorhaube unseres Leihwagens. Dann hielt
er die Öffnung des zweiten Kanisters oberhalb meiner Schul-

tern in die Luft und kippte den Behälter so sachte, dass ein gleichmäßiger dünner Wasserstrahl erst von den Armen herab bis zu meinen Händen floss und schließlich über meinen gesamten Oberkörper. Ich legte meinen Kopf in den Nacken. Das Wasser tränkte meine kurze Stoffhose und fand auch die entzündeten Stellen an meinen Beinen. Einen Augenblick lang überlegte ich, ob es nicht falsch sein könnte, unseren Vorrat an Trinkwasser auf diese Weise zu verschwenden, denn immerhin hatten wir noch einige Stunden Fahrt vor uns, bevor wir wieder neues kaufen konnten. Aber es war mir unmöglich, mich den sicheren Bewegungen von M. zu entziehen und irgendetwas in die Stille zwischen uns beiden hinein zu sagen. Keinen Moment hatte ich den Eindruck, dass M. auf meine Brüste starrte, weder aus Neugierde noch um die Vielzahl der Stiche besorgt. Ich lächelte ihn an, aber er lächelte nicht zurück. Trotzdem schien mir sein Tun von einer starken Zärtlichkeit durchdrungen. Auch wenn ich nicht das Gefühl hatte, dass er mich anfassen oder küssen wollte. Er bedeutete mir, mich auf die Ladefläche zu setzen, zog mir die Turnschuhe aus und wusch mir mit dem Rest des Wassers mit sicheren Handgriffen die Füße. Fast wünschte ich mir, seine Hände an vielen Stellen meines Körpers zu spüren, und freute mich auf dieses Gefühl, wenn in ein paar Tagen die Stiche verheilt sein würden.

Inzwischen kam ich mir ziemlich merkwürdig vor, so fast nackt vor ihm zu sitzen, inmitten einer bildhaften Landschaft aus Sand und seinen eindringlichen Farben. Schließlich kannten wir uns erst seit wenigen Wochen. Trotzdem empfand ich unsere Intimität stärker, als wenn wir gleich nach unserem Kennenlernen miteinander geschlafen hätten. Nachdem er die beiden Kanister wieder verstaut hatte, zog er sein Hemd aus und spannte es über den Beifahrersitz, damit sich meine Haut an dem aufgeheizten Plastik nicht reiben konnte. Er meinte,

der Fahrtwind würde mir gut tun. Ohne darüber nachzudenken, was für einen Anblick ich abgab, zog ich mich nicht wieder an. Erst jetzt, als wir in schneller Fahrt über die breiten Pis-
ten rasten und ich mir in meiner Nacktheit neben M. sitzend
seltsam angefasst vorkam, mich wie dauerhaft und auf eine mir
bis dahin unbekannte Weise lustvoll berührt fühlte, hatte ich
die Gelegenheit, ihn zu beobachten, während er sich auf das
Steuern des Fahrzeugs konzentrieren musste. Verwundert
merkte ich nun erst, dass sein Oberkörper vollkommen rot
und gespannt war. Nicht etwa als Folge der gleichen Insekten-
stiche, die ich erlitten hatte, sondern wie verbrüht. Seine Haut
wirkte extrem gereizt und geschwollen, sodass mir schon ihr
Anblick Schmerzen bereitete. Ich stellte mir vor, wie die Ver-
brennung in kürzester Zeit ziemlich unangenehme Blasen
hervorbringen würde. Und da erst dämmerte mir, wie er sich
vor den Insekten geschützt hatte. Auf irgendeine Weise musste
er das heiße Wasser oder die Pflanzenstrünke dazu genutzt haben oder war vielleicht sogar selbst in den Tümpel gestiegen.
Ich traute mich nicht, ihn während unserer Heimfahrt darauf
anzusprechen, und allein die Vorstellung, was er getan haben
könnte, hinderte mich daran, ernsthaft weiter darüber nachzudenken.

Bis zu seinem Verschwinden wenige Tage danach sprach er
kein Wort mehr mit mir. Er ging mir, wann immer es möglich
war, aus dem Weg. Wenn wir uns zufällig auf der Veranda sahen, tat er so, als hätte er mich nicht erkannt und müsse drin-
gend irgendwohin. Ich wollte ihm Zeit lassen. Denn ich hatte
das Gefühl, wir hätten Zeit. Ich selbst musste erst einmal versuchen zu verstehen, was ich empfunden hatte, als er mich
nach meinem Fall so selbstverständlich in seine Obhut genommen hatte. Nachts lag ich lange wach, um in der Erinnerung das Gefühl auszukosten, als ich fast nackt neben M. im
Wagen saß und mich trotzdem vollständig geborgen fühlte.

Nicht auf eine irgendwie emotionale Weise. Sondern auf eine sehr sexuelle. Es fühlte sich an, als hätte sich M. von einem bestimmten Moment an um mich gelegt. Und gleichzeitig erinnerte ich mich an seinen dermaßen verletzten Oberkörper, dass es mich schauderte. Ich hätte mich niemals gewagt, ihn so einfach und prompt auf das Erlebnis in der Wüste anzusprechen.

Als er auch am dritten Abend nicht nach Hause kam, wusste ich, dass er verschwunden war. Und ich wusste auch, dass mir nichts anderes übrig bleiben würde, als nach ihm zu suchen. Mir kam in den Sinn, dass er darauf bestanden hatte, als erste gemeinsame Unternehmung einen Ausflug in die Wüste Nevadas zu machen, damit ich verstehen könne, wie er meinte, was es hieß, sich jemandem zu überlassen. Mir war damals nicht klar gewesen, auf wen sich das bezogen hatte.

Cornelia Becker
Wer ist Saida?

Die Bilder. Sie wechselten, überlagerten einander. Eine Flut, die mich überschwemmte. Und immer war da dieses Blau, in Flächen angeordnet. Heraus traten andere farbige Felder, gelb, ocker, purpur, sie brachten das Blau zum Vibrieren. Die heitere, wassergelöste Farbe bekam dramatische Akzente durch einen Strich, eine Linie am Horizont. Und hielt die einander durchdringenden Rechtecke, gab ihnen Form, Spannung: Fels, Baum, Mensch.

Ich verlor mich in den Bildern.

Immer wenn ich in dieses Land kam, wurde ich überwältigt von seinem blauen Strahlen. Dieses Mal musste ich vorsichtig sein, denn jede Linie verwandelte sich in einen männlichen Körper, scharf gezeichnet die starken und feinen Konturen – schattige Olivenhaut …

Konzentrier dich! Auf den Vortrag «Macke und seine Orientrezeption». Ja, Macke hatte die Fähigkeit zu sehen und zu gestalten. Ein «gemaltes fettes Haremsweib oder so was», nahm seine Phantasie vorweg, schon vor der Ankunft in Tunis.

Ich sehe die Männer, ocker, olive. Sie sind hier mit mir im Vortragssaal, vor dem Blau des Fensters. Bei aller Wissenschaft wissen sie, wie man eine Frau ansehen, wie man mit ihr sprechen muss, damit sie … Wer *sie*? Ich! Damit ich heimkehre in meinen weiblichen Körper. Angespannt, mit leicht geöffneten Beinen sitze ich da, und die Stimme des Redners bekommt Hände, die mich berühren.

Blödsinn, ich muss aufhören, dieses blaue Sehnen macht

mich noch ganz wirr. Katharina, du bist hier, um zu arbeiten. Du wirst dir so ein billiges Abenteuer nicht erlauben!

Trotzdem habe ich gestern gern die Einladung von Hassan Benoudy angenommen. Das verspricht eine Abwechslung. Hassan führt eine Galerie in Tunis, auf internationalem Niveau, wie er sagt. Er wird mich heute nach der Veranstaltung mitnehmen. Wir werden einen Tee trinken in der Villa am Meer. Werden über die Wirkung der Bilder, ihre Schwächen, reden, denn dort, an ihrer empfindlichsten Stelle, zeigen sie ihre Substanz, sagt Hassan. Sein charmanter französischer Akzent wird mich hervorkitzeln, witzig, scharfsinnig werde ich antworten, und das blaue Band wird sich um uns schließen …

Als Hassan mich vom Hotel abholt, bin ich kühl, geduscht und halte meinen klaren Kopf oben, wo er hingehört. Auch er spürt, dass mir die Hitze weder zu Kopf gestiegen noch in den Bauch gesprungen ist, und wahrt die kollegiale Distanz. Das merke ich an seiner Stimme, die glatt und ohne Schmelz über seine dünnen Lippen kommt.

Der graue Peugeot ist mit Ledersitzen ausgestattet, an denen ich festklebe. Über der Ablage vom Armaturenbrett eine Fellimitation, rosa! Die Straße ist im schlechten Zustand, wir schlingern und holpern darüber, während Hassan erzählt. Seine Familie pflegt die Tradition, verbringt die Sommer in der Villa am Meer. Während des Jahres sieht man sich selten, Brüder und Schwestern leben mit ihren Familien in Sousse oder Tunis. Der Vater ist tot. Die Mutter hält den Clan zusammen. – Eine große Familie. Ich warne dich. Ein Club der Exzentriker …

Ich unterdrücke ein Lächeln und sehe auf das rosafarbene Fell vor mir.

Die üblichen Begrüßungsformeln. Wir sprechen Französisch. Madame Benoudy entschuldigt sich für das Chaos, man sei auf Besuch nicht vorbereitet. Sie führt mich in den Salon, der trotz der halb geschlossenen Jalousien lichtdurchflutet ist. Blaue Transparenz. Kanapees mit tiefen Sitzflächen, Intarsien verzieren zwei alte Schränke, ein großer Esstisch vor den Fenstern, bucklige, gekalkte Mauern, Fliesen um Tür und Fensterrahmen. Zwei Töchter werden mir vorgestellt. Die Frauen erzählen, dass sie für den Aid Es Seghir vorbereiten, die Männer, die Kinder zum Strand geschickt hätten. Eine dritte Frau steht an einem Schrank gelehnt, eine Tasse in der Hand, und beteiligt sich nicht am Gespräch. – Saida, sagt die Mutter. Saida reicht mir die Hand, nickt. Sie ist schlank und schmal, eine Latzhose voller Farbflecke schlottert ihr um den Körper. Das lange dunkle Haar streng nach hinten gebunden. Sie steht einfach nur da, starrt mich an aus grünen Augen. Grün wie ein Moosteppich, der zur Pupille hin auszackt und gelb wird. Ihr frecher Blick stößt mich ab. Als sie den Kopf wendet, sehe ich die Narbe, die exakt die Linie des rechten Jochbogens nachzeichnet.

Die Frauen fordern mich auf, Platz zu nehmen, bringen Thé à la mente, Baclawa. Fragen nach meiner Arbeit, meiner Familie. Nein, ich bin nicht verheiratet, lebe allein. Habe nicht vor, das zu ändern. Den letzten Satz spreche ich nicht aus. Die Frauen hören mir zu, aber wie immer in solchen Runden habe ich das Gefühl, dass sie nicht mit meinen Ansichten übereinstimmen und aus Höflichkeit schweigen.

Die Hennapaste ist fertig. Sie möchten, dass auch ich mir Füße und Hände mit Henna bemalen lasse. Saida soll diese Aufgabe übernehmen. – Sie braucht keine Schablone. Sie ist eine Künstlerin, sagt Madame Benoudy. Sie weisen mir einen Platz auf dem Kanapee, rücken mir Kissen zurecht. Hassan lacht, klopft seiner Schwester ermutigend auf die Schulter.

– Dann bin ich ja überflüssig und gehe auch zum Strand. Saida zuckt die Schultern und setzt sich zu meinen Füßen.

Sie hat sehr feine lange Hände und Finger, geschickt führt sie den Pinsel, trägt die Paste in filigranen Ornamenten auf. Ihr dunkler Schopf über meine Füße gebeugt. Als sie mit der rechten Ferse fertig ist, will ich ihr den Fuß entziehen, doch sie greift fest zu, sieht aus ihren herrlichen grünen Augen zu mir auf, lächelt spöttisch.

In ihrer Ruhe spüre ich meine Anspannung, versuche einen leichten, scherzenden Ton anzuschlagen, der mir nur zu Worthülsen gerät, über das Wetter, die bevorstehenden Feiertage. Saida nickt.

Finger und Pinsel streifen über meine Fußkanten. Ich weiß nicht, ob es ihre Sicherheit und Bestimmtheit, mit der sie die präzisen Striche setzt, ist, aber ich werde ruhig. Mein Fuß in ihrem Schoß, ihrer Hand. Matt von der Hitze gebe ich mich ganz in ihre Hände. Zwei Körper, eine Verbindung. Ihre Bewegung dringt mir unter die Haut, wandert über meine Schenkel, den Schoß, hinauf zum Bauch, jedes Körperteil fühle ich wie unter einer langen quälenden Bewegung, als würde sie mit dem rauen Pinsel die Konturen herausarbeiten. Meine Haut eine Membran, die von den Füßen bis zur Kopfhaut vibriert, und sie, die versucht, darunter zu gelangen. Wäre es die Berührung eines Mannes, würde ich sie genießen? Oder würde ich aufspringen, schreien? So sitze ich, ihrem Willen unterworfen, fühle, wie sie einen Bann um mich legt, eine dunkelblaue Blase, die uns von den anderen Frauen trennt, bis ich kaum noch atmen kann, zittere, trotz der großen Hitze, und mir übel wird …

Als sie fertig ist, fragt sie: – Die Hände auch? und greift schon zu. Nein, ich verstecke meine Hände. Die Blase zerplatzt.

– Ça va, Catherine?

Sie spricht meinen Namen, als lutsche sie ein Bonbon.

Sieht mich lange an und lacht plötzlich laut, den Kopf in den Nacken gelegt. Die Hände, hennarot, hängen in ihrem Schoß.

Ihre Mutter fährt herum: – Was ist mit Ihnen?

– Ich fühle mich nicht gut, hauche ich. Die Hitze …

– Saida, est-ce tu es folle? Geh und hole ihr einen Tee. Saidas Lachen verstummt, aber sie bleibt einfach vor mir sitzen, stützt ihren Kopf in die saubere Handfläche, die roten Fingerspitzen weisen auf mich, und sieht mich an. Eine der Schwestern steht schließlich auf, bringt mir den Tee.

– Saida, was tust du, fragt ihre Mutter nun wieder.

– Sie ist so schön. Ich sollte sie malen.

Alles in mir lehnt sich auf gegen sie, ich will weg, aber ich kann nicht, die Farbe an meinen Füßen braucht eine Stunde, um zu trocknen.

Hassan kommt vom Meer zurück und mit ihm ein großer Teil der Familie. Zwei Brüder, ihre Frauen, eine Horde Kinder, die hinaus- und hineinflattern. Das Haus summt von der Energie, der Sommerwärme, die sie mit sich bringen. Und der Geruch von Meer und Salz verbreitet sich überall. Ich weiß nicht, wie viele Hände ich drücke, sie sind ein einziger lebendiger, fließender Körper. Nochmals muss ich eine halbe Stunde aushalten.

Saida hat die Aufgabe, mich zur Tür zu begleiten, während Hassan schon zum Wagen vorausgegangen ist. Unter dem Eingangsbogen flüstert sie mir zu: – Komm morgen Nacht um ein Uhr zum Strand, am Hohlweg. Überrascht drehe ich mich zu ihr herum, aber ich stehe vor dem verschlossenen blauen Portal mit schwarzen Nieten.

Ein stickiger, schwüler Abend. Bei geöffnetem Fenster liege ich auf dem Hotelbett, höre die Wellen ein- und ausfluten. Dämmerung. Der Himmel legt sich wie violettes Papier über den Ort. Ich stelle mir vor, wie die Häuser perlmuttern schimmern.

Knisternde, aufgeladene Stimmung, bevor sich der Himmel weitet und alles nur noch blau in blau ist. Die Ruhe, die Gewissheit, die davon ausgeht. Könnte ich malen. Wie Macke. Mir fehlt das Talent. Die Kunstgeschichte ist nur ein Ersatz. Aber ich habe mir einen Namen gemacht. Arbeite für verschiedene Zeitschriften, gediegene Reisemagazine, mein Spezialgebiet ist der Maghreb, schöngeistige Betrachtungen, sprachliche Bilder. Durchziehe die Reiseberichte mit fein ziselierten, eleganten Analysen. Gebe ihnen eine andere Textur, durch das das Land, seine Einwohner und ihre Gebräuche neu aufscheinen.

Ich werde nicht gehen!

Die Wellen strömen ein und aus. Ein Muezzin ruft zum Abendgebet. Und plötzlich bin ich Monate, Jahre von meinem Kontinent entfernt, bin nur ein Wurfgeschoss in fremden Händen. Das Katapult senkt, dehnt sich und schleudert mich in ihre Arme.

Ich falle in einen unruhigen Schlaf, erwache, die Hand zwischen meine Schenkel gepresst, mit dem sicheren Gefühl, durch das Fenster beobachtet worden zu sein. Im Fensterviereck hängt die Nacht, schwerer, schwarzer Samt. Sterne steigen auf und verglühen. Eine orientalische Nacht, denke ich nicht ohne Ironie.

Ich gehe unterhalb der Hotelanlagen. Ein schwarzer Wächter steht plötzlich vor mir, ein Targi, schwarzer Schatten in schwarzer Nacht. Hoch aufgerichtet. Er durchschaut mich! Wie viele weiße Frauen hat er schon so durch die Nacht huschen sehen? Eine Europäerin auf ihrem Weg zu einem schlüpfrigen Abenteuer. Schatten, wie er. Ich gehe in einer langen Reihe von Schatten, gehe, das Bild zu erneuern. Oder sind es meine eigenen Bilder, denen ich aufsitze?

Ich stolper weiter am Strand entlang, das Gefühl, aus hundert Augen beobachtet zu werden, verlässt mich nicht mehr.

Oberhalb im Garten einer Villa schlägt ein Hund an und verfolgt mich bis jenseits der Gartenmauer. Der Hohlweg liegt dunkel zwischen dichten Kakteenwänden.

Saida ist nicht da.

Ich warte, eine halbe Stunde vergeht. Mit eingezogenen Schultern, die Hände in den Hosentaschen, stapfe ich im Sand herum. Eine Frau wie du hüpft von einem Bein auf das andere wie ein Schulmädchen, das am kalten Wintermorgen auf den Bus wartet. Und nun musst du auf zwei Beinen an dem Targi vorbei ...

Da höre ich hinter mir das Knirschen von Kies. Ein Wagen rollt heran. Kein Licht. Kein Motorengeräusch.

Ich schmolle, warum kommt sie so spät? Und überhaupt, warum dieses Geheimnis? Aber das Herz klopft mir im Hals. Saida ist brüsk, ungehalten. Niemand habe mich gezwungen zu kommen.

Sie redet sich heraus. Verpflichtungen. Die Familie. – Ich bin eine verheiratete Frau. Habe eine Tochter.

Wer glaubt sie denn zu sein, dass sie mich so behandeln kann?

Wir gehen am Wasser entlang. Die Abstände zwischen den Häusern werden immer größer, vereinzelte Dattelpalmen stehen reglos.

Saida stößt mich an, wir rennen an der Wasserlinie entlang, bis sie stolpert und mich mit hinunterzieht. Und plötzlich liegen wir übereinander im feuchten Sand, und sie küsst mich auf den Mund. Die alte Haut platzt und ich schäle mich heraus, nackt, schutzlos liege ich, die Augen geschlossen. Das Wasser umspült meine Füße, wie vormals ihre Finger, und ich warte ergeben auf einen weiteren Kuss. Über mir höre ich Saidas schweren Atem, lasse geschehen, dass sie meinen Kopf vorsichtig anhebt, ihn in ihrem Schoß vergräbt. Ich rieche das Terpentin, die Farben in ihrer Kleidung und darunter, ganz tief verborgen, etwas vom Muschelfleisch ihrer Glieder.

Meinen Kopf zwischen ihren Oberschenkeln, hält sie meine Schultern, meinen Hals, und ihre geöffneten Lippen fahren über meine Augen, die Wangenknochen. Sie legt ihren Mund auf meinen, ihr Atem strömt ein und aus. Und als es nicht mehr zu ertragen ist, saugt Saida an meinen Lippen, knetet sie mit den Zähnen. Ist gebündelte Konzentration. Ich spüre ihre Hingabe in jeder Berührung, sie erlaubt sich nicht, sich von der Erregung wegtragen zu lassen. Und hält mich mit sanfter, eiserner Hand. Ich bin ein Klumpen Ton darin und biege und strecke mich nach ihren Wünschen. Manchmal lässt sie von mir ab, schweigend sehen wir in den blinkenden Himmel über uns, in dem es rast und pulsiert. Manchmal tastet ihre freie Hand meinen Rücken, die Arme entlang, auch ich suche nach einem Stück nackter Haut, finde das raue Narbengewebe ihrer Wange. Sie schreckt zurück.

Was denn passiert sei, will ich wissen.

– Du fragst zu viel!

Sie lässt meinen Kopf in ihren Schoß zurückgleiten. Ich höre ihr wummerndes Herz, ihren tiefen, tiefen Atem. Sie schläft? Als ich mich aufrichte, ist sie sofort wieder über mir. Ihre Lippen liegen auf meinen. So vergehen Stunden, in denen wir uns erschöpfen an unseren Küssen, in Dämmerschlaf fallen, bis eine von uns wieder die Lippen der anderen sucht … Nur einmal legt sie ihre Hand auf meine Brust, leicht, zufällig, und ich glaube zu vergehen, so wie über mir die Sterne verglühen.

In der nächsten Nacht warte ich vergeblich auf sie. Zwei Stunden streiche ich am Strand entlang, wütend auf mich, auf Saida. Doch ich kann nicht weggehen, erregt durch den Zorn, pulsiert mein Körper wieder unter ihren Berührungen. Ich stelle mir vor, wie ich sie zur Rede stellen werde, und mein Schoß pocht nur durch die Erinnerung an ihre Stimme, ihre

Blicke. Zum Schluss wälze ich mich im körnigen Sand, um die feine Membran, das Netz, das sie um meine Haut geschlungen, abzustreifen.

Geduckt schleiche ich mich an dem Wächter zurück in die Hotelanlage. Und diesmal glaube ich seine weißen Zähne zu sehen, als er breit auf mich herablächelt.

Zwei Tage sehe ich sie nicht, versuche den Artikel über Macke und seine Tunisreise zu schreiben, gehe zu den Vorträgen. Sosehr ich mich auch bemühe, ich kann mich nur schwer konzentrieren.

Am dritten Morgen verlasse ich das Hotel ohne Pläne. Die Sonne steht hoch, vor das Aquarellblau des Himmels hat sich eine weiße flirrende Schicht gelegt. Es weht ein trockener, heißer Wind. Schirokko. Ich trage einen langen Rock und ein langärmeliges Hemd – meine Tunisuniform. Spüre, wie die seidigen Stoffe meinen Körper umfließen. Die schmalen schwarzen Riemchen meiner Sandalen umfassen das Hennamuster der Füße wie ein erotisches Dessous. An den Blicken der Männer spüre ich, dass sie Ähnliches sehen. Meine Hüften rollen.

Es ist Markttag. Zwischen weißen und blauen Häusern die traditionell rosa getünchte Wand eines Metzgerladens. Ein Lammkörper hängt draußen an eisernen Haken. Ich bleibe stehen, bin Mittelpunkt, bündel die Blicke aller Männer und führe sie mit mir herum. Der Metzger, rothaarig, reibt seine weißen Hände, sagt: – Ein gutes Lamm, Madame. Und fährt mit seinem Handrücken über den ausgeschlachteten Körper, das Sonnenlicht lässt die roten Haare auf seinen weißen Armen funkeln und sein Blick gleitet über meinen Rock, meinen Bauch.

Plötzlich weiß ich, dass sie da ist, spüre ihre Gegenwart wie einen Magneten, wende mich um und sehe über viele Köpfe hinweg in ihr lächelndes Gesicht. Ich rufe sie beim Namen.

Saida nickt freundlich, schließt sich einer Gruppe von Frauen an und ist im nächsten Moment mit ihnen um eine Häuserecke verschwunden.

Ich flüchte zurück ins Hotel, für heute ist an Arbeit nicht mehr zu denken. Dabei geht schon in zwei Tagen meine Maschine zurück nach Deutschland, und ich habe erst die Hälfte von dem erledigt, was ich mir vorgenommen habe. Ein Grund zurückzukommen!

Zurückkehren willst du? Dich in dem langen Band dieser Frau weiter verwickeln? Verhältst dich wie diese blöden Touristinnen, die hierher kommen, um sich ein Abenteuer mit einem exotischen Mann zu erlauben. Verachtest sie dafür! Und nun bist du selbst verstrickt.

Ich, die ich mich nie von einem Mann abhängig gemacht habe. Ich, für die Leidenschaft nichts als ein dunkles Wort war. Und nun bin ich mittendrin in ihrem dunklen Land. Wie soll es nun weitergehen, frage ich mich und gehe zum Fenster. Ein ausgefranster Himmel liegt über dem Berg, an dessen Ausläufern sich ein Feigenbaum duckt, seine ledrigen Blätter ragen starr in den staubigen Horizont.

Ich begegne ihr erst in der Familie wieder. Am Abend vor dem Aid Es Seghir. Saida öffnet mir die Tür, sie trägt ein eng anliegendes langes Kleid, hat die Haare im Nacken hochgesteckt, einzelne Strähnen haben sich gelöst, ringeln sich unbeabsichtigt um das erhitzte Gesicht. Sie führt mich in den Salon, stellt mich den Gästen vor, einige davon kenne ich vom Symposium. Saida nimmt mir gegenüber Platz, spricht unverfänglich, in ihren dunkelgrünen Augen haben sich die gelben Flecken ausgebreitet.

Es ist schon spät, nach Sonnenuntergang, wie es die Regel des Ramadan verlangt. Das Essen ist üppig, ein Menü, bestehend aus mehreren Gängen. Vor allem die tunesischen Gäste essen ausgiebig, schweigsam, loben die Speisen, dass man ja in Tunis unter dem Ramadan kaum noch eine solche Mahlzeit bekommt.

Ich probiere aus Höflichkeit etwas von dem Couscous. Auch Saida isst wenig, füllt ihr Weinglas mehrere Male nach. Hassan fragt, ob ich keinen Appetit habe, dass sie alle verhungert seien, den ganzen Tag ohne Essen und Trinken! Setzt ironisch hinzu: Eine gute Sitte, die die Figur erhalte. In Tunis sei jeder nach den eigenen Spielregeln enthaltsam. Rauchen, trinken, vögeln, essen, jeder nach seiner Façon. Und am Abend gäbe es Ramadan – Take-away-Pakete in den Imbissstuben, für die, die aus den Büros strömen und die niemand zu Hause erwartet.

Ich bin froh, als das Essen vorbei ist. Als der Tisch abgedeckt wird, folge ich den Frauen in die Küche, sie sprechen Arabisch, lachen und scherzen. Ich habe den Eindruck, alle wissen Bescheid, mehr noch, sie haben Vergnügen an meiner Verwirrtheit.

Saida neben mir. Ich greife zu den Tassen, unsere Hände berühren sich, das genügt, um all die Zärtlichkeiten unserer ersten und einzigen Nacht wieder heraufzubeschwören. In ihren Augen irrlichtern gelbe Punkte, als sie mich ernst ansieht.

Eine der Schwestern tritt zwischen uns, macht eine Bemerkung auf Arabisch, wieder lachen die Frauen, auch Saida lacht, sagt: – So oft warst du nun hier, aber unsere Sprache hast du nicht gelernt.

Dann sind wir allein in der Küche. Ich frage sie, warum sie nicht zum Strand gekommen ist. Sie antwortet, ich sei verrückt, schließlich sei sie eine verheiratete Frau. Das arabische Telefon schweige nie!

Ich bin verblüfft: – Du hast den Vorschlag gemacht.

– Etwas sagen und etwas tun, sind zwei völlig unterschiedliche Dinge. Und überhaupt ist es doch egal, wer die Idee hatte. Damit drückt sie mich mit einer Hand sanft gegen die Wand.

Ich bin verwirrt, will erwidern. Sie schafft es immer wieder, die Dinge komplett auf den Kopf zu stellen. Ihr Verhalten scheint keinerlei Konsequenz zu fordern. Aber ihr Mund hüpft schon wie ein Vogel über mein Gesicht, meine Schultern. Sie ist exakt so groß wie ich. – Du bist so dick eingepackt, sagt sie und zieht mir das langärmelige Hemd von den Schultern. Die Kacheln im Rücken sind kalt, während vorn ihr Körper warme Wellen ausstrahlt. Immer noch berührt sie mich nur mit dem Mund, den Fingerspitzen. Ich will ihr ganzes Gewicht auf mir fühlen und ziehe sie an mich heran, doch sie steht fest auf ihren gegrätschten Beinen, und so verharren wir. Ihr Atem flattert in mein Gesicht. Ich rieche Minze, Kardamom, den Wein. Für einen quälenden Augenblick nichts weiter als dies, den Atem tauschen, ihr Blick fest und ernst auf mich gerichtet, dass ich meine Augen schließen muss.

Auf dem Herd blubbert der Kaffee.

Schritte im Flur, Saida bückt sich, als müsse sie ihre Schuhe schließen. Erst jetzt sehe ich, dass sie klobige, flache Schnürstiefel trägt. Ich ziehe mein Hemd über die Schultern hoch. Schon öffnet sich die Tür, Hassan fragt nach dem Mokka. Als Saida sich aufrichtet ist sie vollkommen ruhig, beherrscht. Fordert mich auf, nach nebenan zu gehen. Aufgelöst folge ich ihrem Bruder.

Saida, Meisterin der Verstellung. Wieder keimt Misstrauen in mir auf. Sie kann so gut lügen, wie sie geschmeidig mit dem Pinsel umgeht.

Am Tisch werde ich gefragt, was ich Mackes Tunisbildern denn noch hinzuzufügen habe. Ich stottere irgendetwas von bleu azur und tiefer Empfindung, das Französisch springt mir aus dem Mund wie Geröllsplitter. Die Frauen werfen sich viel sagende Blicke zu. Saida bringt den Mokka, immer noch wartet man auf eine Antwort, alle sehen mich an. Hassan fragt besorgt nach meinem Befinden. – Die Hitze, stöhne ich.

– Ja, der Schirokko ist entsetzlich, pflichtet mir die Mutter bei. Ich nicke und rühre drei Löffel Zucker in den Kaffee.

Endlich geht auch dieser Abend vorbei, die Gäste verabschieden sich. Wieder ist es Saida, die mich zur Tür bringt. Sie zeigt mir einige Zimmer, das Schlafzimmer der Mutter, ein weiteres, alle in ähnlichem Stil ausgestattet, furnierte Schränke und Betten, pastellfarbene Überwürfe. Ich begreife sie nicht, will wissen, ob wir uns treffen können. Sie legt mir die Finger auf die Lippen, sieht sich zum Salon um und stößt mich in eines der Zimmer hinein.

Der Schlüssel dreht sich hinter mir im Schloss.

Aus dem Salon höre ich die Stimmen der Familie, die Kinder. Der Raum ist dunkel, riecht nach Öl und Lösungsmitteln, darüber schwebt ein feiner, süßlicher Geruch. Vor dem geöffneten Fenster zeichnen sich aufwärts strebende Gitterstäbe ab. Ich erkenne ein Ehebett, einen Kleiderschrank, einen Spiegel und davor ein verhängtes Gestell. Ein Tisch daneben, mit unzähligen Flaschen und Tuben. Ihre Farben, ihre Staffelei erfasse ich. Ich setze mich auf die Bettkante unter dem Fenster, der schwere Geruch von Jasmin weht herein. Nebenan kommen und verlieren sich noch immer Schritte, Stimmen, heiter, gelöst in ihrer kehligen Sprache. Sicherlich reflektieren sie den Abend, die Gäste.

Einige Minuten später wird es still, die Tür öffnet sich, Saida tritt ein. Sie spricht nicht, legt sich angezogen auf das andere Bett. Die Umrisse ihres Körpers, ihre weißen Arme und Beine schälen sich flirrend und flimmernd aus der Dunkelheit heraus. Sie zündet eine Zigarette an, das Licht flackert auf, wirft ihren Schatten bis unter die Zimmerdecke, erlöscht. Sie inhaliert tief, plaudert über ihre Familie, ihre Tochter, die in dieser Nacht bei ihrer Mutter schläft.

– Und dein Mann?

– Warum willst du das wissen? Ist in Tunis. Geschäftsmann, hat viel zu tun.

Wir liegen nebeneinander und rauchen, wie zufällig fällt ihr Arm auf meinen, meine Hand wandert zu ihrer Achselhöhle, die glatt und feucht ist, fühlt die Knochen ihrer Schulter. Feines Glas, kühl und stark. Auch ihre Lippen sind kühl, als sie ihren Oberkörper auf meinen drückt, meinen Hals damit berührt. Ich bin unter ihrem Gewicht begraben, sie hält meine Arme heruntergedrückt, lutscht und schlürft an meinen Lippen, als seien sie eine Frucht. – Je te mange, murmelt sie, und berauscht von ihrer Zärtlichkeit, schaukel ich in ihrer Umarmung, die jetzt nicht mehr fest und schwer ist, und wir schaukeln immer höher, und tiefer gleitet ihre Zunge in mich hinein. Mein heruntergerutschtes Hemd fesselt meine Hände. Sie zieht mir die Kleider vom Leib. Wir schwimmen in einem Geruch von Eisen und Rost, wie wenn man ganz tief in die Erde vorstößt. Die Körpergrenzen sind aufgelöst zwischen ihr und mir, und wieder flüstert sie: – Ich trinke dich aus. Ihre Stimme tief, wohllüstig. Meine Haut schwelt und kocht, und meine Brustwarzen sind hart wie Steine.

Irgendwann halte ich es nicht mehr aus, als würden Hautschichten quälend langsam abgezogen. Ich werfe sie von mir herunter, drücke sie mit meinem Körper aufs Bett, dränge meine Beine zwischen ihre, sie öffnet sich, der Geruch von Meer und Rost ist überwältigend. Sie lacht, atmet in kurzen harten Stößen. Mit meiner Hand kann ich ihren Bauch umfassen, sie schreit, bäumt sich hoch, aber ich liege auf ihr, fest und sicher, und schließe meine Hand über ihrer Vulva, die nackt, rasiert ist. Ich fühle, wie ihr Körper unter mir schaudert, sich plötzlich versteift. Sie stößt mich von sich und lässt sich auf das andere Bett rollen. Aus großer Höhe fällt mein Körper zurück, ein Reißverschluss wird über verbrannter Haut geschlossen.

Saida, neben mir, atmet schwer. Enttäuscht, wütend hacke ich auf sie ein. Warum? Und jetzt, wie weiter? Und weiß schon, dass ich ihr Unrecht tue und jedes Wort sie von mir stößt. Ob ich ihr denn überhaupt etwas bedeute, frage ich sie. – Ja, antwortet sie. – Alles. Das ganze Leben.

Wieder diese Ironie. Saida zündet zwei Zigaretten an, reicht mir eine, inhaliert, als ziehe sie den Rauch tief in ihren Bauch hinein. Nie zuvor habe ich diese Hingabe erlebt, diese vollkommene Harmonie zweier Körper. Warum nur ist sofort diese Wand aus Schweigen und Misstrauen da, wenn wir uns nicht berühren? Wir sind ungeübt, kennen nur die Lust mit Männerkörpern. Vielleicht findet sie mich ungeschickt?

– Saida, ich habe das noch nie …

– … mit einer Frau getan, gurrt sie. – Und? Ist das wichtig?

– Morgen werde ich fahren, wir haben keine Zeit …

– Zeit, lacht sie. – Was hat die Zeit mit uns zu tun? Und verschließt meinen Mund mit ihren Küssen.

Alles fängt wieder von vorn an.

Und zwischen zwei langen Küssen und unter ihrer Hand, die quälend langsam den Flaum auf meinem Rücken aufrichtet, vertraut sie mir die Geschichte ihrer Narbe an. Von einem, der sich im Villenviertel von Tunis herumtrieb. Saida ist auf dem Weg zu ihrer Schwester, und plötzlich spürt sie den heißen Atem hinter sich, das raue Stöhnen und die kalte Klinge an der Wange. Und schon ist er fort, und aus ihrem Gesicht drängt eine warme Flüssigkeit. Erst bei ihrer Schwester sieht sie im Spiegel, wie ihre rechte Gesichtshälfte in zwei Teile zerschnitten ist. Fünf Frauen sind in dieser Nacht schon vor ihr ins Hospital gebracht worden. Alle vom gleichen Messer gezeichnet. Saida erzählt mit ruhiger, klarer Stimme, von einem, der die Nacht und die Frauen nicht erträgt, einem, der nie gefunden wurde. – Ein Spuk, lacht sie, und irgendwann wird sie sich in Lafrance diese Narbe wegmachen lassen.

– Nein, du bist schön. Ich küsse sie auf den rechten Wangenbogen, fühle das wulstige Gewebe unter meiner Zunge. – Die Narbe muss bleiben.

– Verrückt, faucht sie und rückt von mir ab.

Besser nicht miteinander sprechen, sonst ist man sofort in verbotenem Gebiet.

Ich streichel sie, fange sie ein, schließlich ergibt sie sich wieder meinen Lippen. Wir versinken eine in dem Körper der anderen. Irgendwann flüstert sie, dass ich jetzt gehen müsse.

Ich weigere mich.

Ihre Augen sind schwefelgelb. Ihr Blick traurig und zornig: – Ich wusste, ich kann mich nicht auf dich verlassen, du bist kapriziös … Abrupt lässt sie von mir ab, schwingt sich vom Bett.

Ein stumpfer, kühler Morgen stößt durch das Fenster. Aid Es Seghir. Der Morgen meiner Abreise.

Saida streift ein traditionelles Gewand über, lang und gerade geschnitten, malt mit ruhiger Hand einen Lidstrich über die Augen.

Ich weiß, dass ich gerade alles zerstöre, was in dieser Nacht zwischen uns entstanden ist. Ich kann nicht anders, es ist, als wenn jemand mich von hinten packt und Zwang ausübt.

Unbeweglich steht sie vor dem Spiegel, ein steinernes Relief, königlich, unnahbar.

Sie rafft ihr Haar im Nacken zusammen, geht hinaus. Der Schlüssel dreht sich im Schloss. Ich laufe zur Tür, die natürlich verschlossen ist, lasse mich langsam an ihr herunterrutschen, schaue zum vergitterten Fenster hinüber und muss plötzlich über meine freiwillige Gefangenschaft lachen.

Den ganzen Morgen kommen und gehen die Gäste. Die Kinder schreien, rufen, nehmen ihre Geschenke entgegen. Ich bin jetzt wütend auf mich selbst, auf die Situation, in die ich mich gebracht habe. Und was mag jetzt in Saida vor sich gehen? Geschichten fallen mir ein, in denen Menschen gebannt werden; ein wenig Haar, ein Stück vom Fingernagel, und schon ist man einem fremden Willen unterworfen.

Die Sonne ist herumgewandert, und die Schatten der Gitterstäbe zerteilen das Zimmer in langgestreckte, schmale Rechtecke. Ich lege mich, immer noch nackt, auf das Bett, das Licht wärmt mich. Lasse die Beine zur Seite fallen, stelle mir Saidas Berührungen vor, bin für einen Moment beseelt von Hoffnung und Zuversicht. Ich entführe sie, lebe mit ihr irgendwo auf dem Riff, werde über Internet meine Verbindung zur Welt halten, meine Arbeit fortsetzen. Mich wie ein Einheimische kleiden und taubstumm sein.

Blödsinnige Verse fallen mir ein, in denen Küsse wie Messer fallen, stumpfe Klingen über Körper streichen. Ich versuche ihre Bewegungen zu beschreiben, den Klang ihrer Stimme, hoffe, wenn ich all dies in Worte fassen kann, sie ihrerseits damit zu bezaubern, zu beschwören, damit sie sich mir ganz ergibt.

Und weiß schon, sie wird mich auslachen.

Unruhig laufe ich im Zimmer umher. Wühle in ihrem Kleiderschrank, ziehe mir ein langes Gewand an, ähnlich dem, mit dem sie das Zimmer verlassen hat. Hebe das Tuch über der Staffelei hoch: ein weiblicher Akt auf der Leinwand. Rücken, Nackenpartie, in einer einzigen geschwungenen Linie, ich ahne die Zärtlichkeit, die Konzentration, die Saida auf die Ausführung verwandt hat. Der Körper bedeckt von arabischen Schriftzeichen, die wie Narben tief ins Fleisch wuchern. Mir ist, als sei ich in das verbotene Zimmer König Blaubarts eingedrungen, und lasse das Tuch fallen.

Ich werfe mich auf das Bett. Durch das Fenster dringt ein blinkender blauer Himmel. Die Hitze ist bleiern, auch die Stimmen nebenan werden schwerer, apathischer. Meine Lider fallen zu.

Als ich erwache, ist es so still im Haus, dass ich erschrecke, plötzlich perlt ein Lachen auf, andere fallen ein.

Ich habe geträumt: sah, wie meine Hände eine rechteckige Kiste zusammennagelten. Als ich mich ausgestreckt hineinlege, weiß ich, dass dieser Platz nicht für mich bestimmt ist. Stattdessen entrolle ich darin große Papierstreifen, die mit meiner Handschrift bedeckt sind. Schon besser, aber irgendetwas fehlt. Als Saida kommt, bitte ich sie, ihre Schriftzeichen über meine zu legen. Und sie malt lange, hingegeben, die Zeichen ihrer Sprache, kunstvolle Kalligraphien auf durchschimmerndes Pergament. Sie wird nicht müde, bis jedes Zeichen die darunter liegenden Buchstaben bedecken.

Ich erwache in der Gewissheit, ein großes Rätsel gelöst zu haben.

Draußen werden die Stimmen wieder lauter. Ich lausche angespannt, man verabschiedet sich, Schritte verlassen den Raum.

Endlich dreht sich der Schlüssel im Schloss. Saida bringt mir Hammelfleisch, Früchte, Feigenschnaps. Das Fleisch ist heiß und so zart, dass es mir auf der Zunge zergeht. Gierig esse ich, das Fett läuft mir am Kinn hinunter. Saida lacht und reibt mir Hände und Gesicht mit einem Tuch ab, dass nach Eukalyptus duftet.

– Jetzt bin ich deine Gefangene, was willst du mit mir tun?

– Dich lieben, sagt sie und entkleidet sich. Kriecht auf allen vieren an mich heran. Ist mir jetzt ganz nahe, sodass ich ihren Geruch atmen kann, knabbert an meinen Ohrläppchen, meinem Hals.

Aber ich stoße sie von mir, frage, was jetzt mit uns passieren soll, schließlich muss ich heute noch fort. Sie zuckt die Schulter, nimmt sich einen Pfirsich, beißt hinein und schaut mich spöttisch an: – Nun? Du hast doch sicher eine Antwort.

Ich unterbreite ihr Pläne, sage, ich könne im Sommer wieder kommen.

– Du willst so viel. Zu viel. Du willst alles festhalten, ruft sie plötzlich kläglich. – Nichts hast du begriffen!

Ein Streitgespräch entflammt, in dem ich ihr vorwerfe, nichts begreifen zu können, wenn sie mir keine Aufklärung gäbe. Während sie ausruft, wie sie mir denn etwas erklären könne, wenn ich keine Ohren habe, sie zu hören. Laut flucht sie in arabischer Sprache, als wolle sie einen Maulesel antreiben.

– Die Liebe spricht nicht mit der Zunge, sagt sie. – Jedenfalls in keiner der Sprachen, die du kennst!

Der Vorwurf trifft. Ich bin schockiert und stumm. Nehme meine Wanderung durch das Zimmer wieder auf. Saida hält mich fest:

– Beruhige dich. Es ist schwül. Warum gehst du nicht duschen?

Sie schlafen alle. Sie öffnet die hintere Tür und nickt auffordernd. Tatsächlich muss ich pinkeln, und dies ist wohl die beste Gelegenheit, dem Gefängnis aus Wänden und Worten zu entkommen.

Ich muss den Innenhof durchqueren. Die Sonne steht hoch und der einzige Baum wirft seinen Schatten wie ein Pfahl.

Als ich unter dem Wasser stehe, höre ich plötzlich Saidas Stimme hinter mir: – Dreh dich nicht um, bleib ruhig. Schon spüre ich ihre Hände, die mich massieren. Sie beginnen im Nacken, wandern den Rücken hinunter. Leichte, zärtliche Hände. Dann knetet sie meine Hinterbacken, dringt zwischen meine Beine. Mein Schoß ist so schlüpfrig, dass ihre Finger hineingleiten wie ein Fisch. So hält sie mich, fordert mich auf, mich abzutrocknen und anzuziehen.

Wir gehen zurück durch das gleißende Licht. Im Zimmer zieht sie mich aus, drückt mich auf das Bett, setzt sich rittlings auf meinen Rücken. Ich höre, wie sie eine Flasche entkorkt, der Geruch von Orangen und Sandelholz breitet sich aus. Sie massiert mich mit Öl, irgendwann weiß ich nicht mehr, ob ihre Hände oder ihr Mund mich berühren. Mein Körper besteht aus tausend Poren und Falten, in die sie hineinschlüpft und schleckt und knetet. Ich höre mich selbst aus weiter Ferne stöhnen. Das Knurren eines Tieres. Sie aber hält mich zwischen ihren Schenkeln, ihr Geschlecht saugt an meinem Rücken. Ich will mich umdrehen zu ihr, sie umfassen. Doch rhythmisch bewegt sie sich auf mir, als sei ihr Körper mit meinem verschweißt.

Plötzlich rutscht sie von mir herunter, zwingt mich auf die Knie, umschließt meine Vulva von hinten und dringt hinein. So weit ich kann, spreize ich meine Beine auseinander, gleite auf ihren Fingern, die feucht vom Öl und meinem Saft sind. Fühle die Kontraktionen tief in meinem Innern, sehne mich nach der Erlösung. Aber Saida lässt wieder von mir ab. – Steh auf, raunt sie dicht an meinem Ohr, führt mich zum Spiegel. Darin scheinen die Olivenbäume in dem blauen Fensterviereck zu schweben, und ich davor, nackt, mit aufgerissenen Augen. Saidas Körper drückt sich gegen meinen Rücken, ich spüre ihre aufgerichteten Brustwarzen über meine Schulterblätter streichen, meine Knie zittern. Ich schließe die Augen. – Sieh dich an, sagt sie, wie schön du bist. Nein, sieh nicht weg, schäm dich nicht. Das bist du! Und wieder gleiten ihre Hände in meinen Schoß, ich reibe mich an ihren Fingern, sehe in dem Spiegel in ihre Augen, die mir über die Schulter blicken. Sie stößt immer tiefer in mich hinein, zieht ein stöhnendes, gieriges Wesen hervor. Ich bin verloren, denke ich … kein Entkommen …

Dann kann ich nicht mehr denken, sie führt mich zum Ziel. Ihre Hand in meinem Schoß, während die andere auf meinem Körper tanzt und spielt, wie auf einer Klaviatur, der sie ein Lied abzwingen will. Ich zucke und wimmere, bin eine Frucht in ihren Händen, der sie langsam und unerbittlich den Saft herausquetscht. Ich klappe nach vorn, Knie und Hände am

Boden, sie legt ihre Hand auf mein Geschlecht, wartet, bis die Zuckungen nachlassen, hält mich, bettet mich wie eine Kranke auf Kissen und summt meinen Namen. Lange sitzen wir so, ineinander verknäult, bis sie sagt: – Die Siesta ist gleich vorbei.

Unsere Schatten an der Wand ein Körper, und ich wundere mich, wie leicht sie sich trennen können.

Sie nickt, erklärt mir den Ausgang und geht hinaus. Fünf Minuten später folge ich ihr, schleiche am Schlafzimmer ihrer Mutter vorbei, stelle mir vor, wie die alte Dame dort mit ihrer vierjährigen Enkelin schläft.

Vor dem Hinterausgang sitzt Saida im laufenden Wagen. Ich drücke mich tief in die Polster. Ein Fenster wird geöffnet, für einen Moment zeigt sich das Gesicht einer Frau. Aber Saida fährt schon los, und plötzlich weiß ich, wie unglaublich kühn sie ist.

– Komm nach Europa, sage ich. Gebe ihr meine Adresse und Telefonnummer.

– Ja, sagt sie. – Je t'appelerai.

Staub dringt durch das geöffnete Fenster, purpur getönt, regungslos, liegt die Bucht vor uns. Etwas in mir drinnen wächst aus mir hinaus, ich kralle mich fest in der Fellimitation über dem Armaturenbrett. Eine rosa Linie vor blauer Fläche.

Saida hält einige Meter vor dem Hoteleingang, drückt meine Hand und sieht dabei auf die Straße. – Geh jetzt, sagt sie leise.

Ich sah sie nie wieder.

Schrieb ihr einige Postkarten. Die Farben an meinen Füßen verblassten, während ich auf Antwort wartete.

Aber immer erinnere ich mich an unser Bild im Spiegel, an ihre Worte: Das bist du!

Wer ist Saida?

Über die Autoren

Alle Texte sind Erstveröffentlichungen mit freundlicher Genehmigung der Autorinnen und Autoren, bei denen ich mich herzlich bedanken möchte.

Cornelia Becker, geb. 1957 in Paderborn. Autorin und Psychotherapeutin, lebt mit ihrer Familie in Berlin. Veröffentlichungen in Zeitschriften, Anthologien und im Hörfunk. Erhielt u.a. das Berliner Arbeitsstipendium für Autoren. Arbeitet derzeit an ihrem ersten Roman.

Raphael Benning, geb. 1962, Schriftsteller und Blumenhändler, lebt in Wien.

Mirko Bonné, geb. 1965 in Tegernsee, lebt in Dassendorf/Holstein. Schrieb Lyrik, zuletzt *Gelenkiges Geschöpf*, Rospo 1996, Romane, *Der junge Fordt*, DuMont 1999, und *Ein langsamer Sturz*, DuMont 2002. Er übersetzte John Keats und E. E. Cummings, 1999 Literatur- und Übersetzerförderpreis der Stadt Hamburg. Beim Ingeborg-Bachmann-Wettbewerb 2002 erhielt er den Ernst-Willner-Preis. 2003 erscheint der Gedichtband *Hibiskus Code* bei DuMont.

Marcus Braun, geb. 1971 in Bullay/Mosel, lebt in Berlin. Schreibt Romane und Theaterstücke. Er veröffentlichte die Romane *Delhi*, 1999, und *Nadiana*, 2001, beide im Berlin Verlag.

Dorothea Dieckmann, geb. 1957, Schriftstellerin und Literaturkritikerin, lebt in Hamburg. Zuletzt erschienen der Essay *Sprachversagen* 2002 bei Droschl in Graz und der Roman *Damen und Herren* 2002 bei Klett-Cotta.

Liane Dirks, geb. 1955 in Hamburg, seit 1985 freie Schriftstelle-rin, lebt mit ihren beiden Töchtern in Köln. Zahlreiche Preise und Auszeichnungen, u.a. das Rolf-Dieter-Brinkmann-Stipendium der Stadt Köln und den Märkischen Literaturpreis. Bisher erschienen: *Die liebe Angst*, Roman, 1986, *Und die Liebe? frag ich sie*, Roman, 1998, beide Hoffmann und Campe, sowie *Vier Arten meinen Vater zu beerdigen*, Roman, 2002, Kiepenheuer & Witsch.

Greta von der Donau, geb. 1968 in Regensburg, lebt in Köln.

Rabea Edel, geb. 1982, lebt in Berlin und Cuxhaven. Zahlreiche Veröffentlichungen in Zeitschriften und Anthologien. 2001 Gast beim «Literarischen Kollegium Wolfenbüttel», wo sie Preisträgerin des «LiteraturLabor Wolfenbüttel» war.

Nele Grün, geb. 1962, Studium der Germanistik, Kunst, Ev. Theo-logie, Veröffentlichungen von Erzählungen in Anthologien und Zeit-schriften. Ihr erster Roman *Fast nur ein Spiel* erschien 2002 im Gold-mann Verlag. Der zweite Roman ist noch unveröffentlicht.

Hippe Habasch, geb. 1948 im Spessart. Ausbildung als technische Zeichnerin, danach diverse Tätigkeiten. Zurzeit freie Redakteurin und Autorin. Zweifache Mutter, einfache Oma. 2. Platz beim deut-schen Kurzkrimipreis 2002, Daun, Eifel, mit Texten vertreten in Anthologien und Zeitschriften.

Amos Hard, geb. 1970 in Kairo, Studium der Theologie und Thea-terwissenschaften in Bern und Berlin, lebt als freier Regisseur in New York.

Karin Hartig, geb. 1959, lebt seit 1999 als freie Journalistin und Autorin in Aachen. Sie wuchs in Australien und Brüssel auf und ar-beitete für verschiedene Tageszeitungen. Bisher erschienen drei Romane: *Reihenhaus-Blues, Ehemänner und andere Irrtümer, Ein Haus-freund kommt selten allein*, Fischer TB, eine Weihnachtserzählung bei Rütten & Loening und zahlreiche Kurzgeschichten.

Winni Heil lebt in Köln und arbeitet als Sprachtherapeut. Schreibt und inszeniert Texte.

Marascha Heisig, geb. 1967, ist Diplompsychologin, arbeitet als Managementberaterin, Coachin und Sachbuchautorin. Seit Oktober 2000 studiert sie am Deutschen Literaturinstitut in Leipzig. 2002 war sie Stipendiatin der Klagenfurter Schreibwerkstatt.

Isabella Hemmann, freie Autorin in Düsseldorf; unter Isa Lux zwei Romane bei Kiepenheuer & Witsch: 1997 *Das Schweigen der Männer* und 1999 *Luna pennt*. Der Text *Durchs Fenster* ist ein Auszug aus ihrem nächsten Roman.

Bettina Hesse, geb. 1952, Autorin, Herausgeberin und Lektorin, lebt mit ihren beiden Söhnen in Köln. 2002 erschienen die Erzählungen *Jahreszeiten des Verlangens* im Piper Verlag.

Anna Kaleri, geb. 1974 im Ostharz. Studium am Leipziger Literaturinstitut, lebt als Publizistin in Leipzig. Als Debüt erscheinen 2003 ihre Erzählungen *Es gibt diesen Mann* im Luchterhand Verlag. Sie arbeitet an dem Roman *Hochleben*.

Roland Koch, geb. 1959, lebt mit Frau und Tochter als freier Schriftsteller in Köln. 1992 Rolf-Dieter-Brinkmann-Stipendium der Stadt Köln und Förderpreis des Landes NRW, 1995 Bettina-von-Arnim-Preis und 2000 Gratwanderpreis. Zuletzt erschien 2000 *Paare* bei Kiepenheuer & Witsch, wo auch 2003 sein neuer Roman *Ins leise Zimmer* erscheint.

Jochen Langer, geb. 1953 in Hameln, lebt als freier Schriftsteller in Köln. 1989 Rolf-Dieter-Brinkmann-Stipendium. Zuletzt erschien 1996 der Erzählungsband *Die Liebe am Nachmittag* bei Kiepenheuer & Witsch. Sein Roman *Reichstage oder die Frage nach dem Glück* blieb bisher unveröffentlicht. Er arbeitet an seinem dritten Roman.

Tanja Langer, geb. 1962 in Wiesbaden, lebt als Autorin und Journalistin in Berlin. Sie schrieb und inszenierte Theaterstücke, verfasste Hörspiele. 1999 erschien ihr Roman *Cap Esterel* bei Volk und Welt und 2002 *Der Morphinist oder die Barbarin bin ich* bei Luchterhand.

Über die Autoren

Ulla Lenze, geb. 1973 in Mönchengladbach, studiert Schulmusik und Philosophie. Für die Fertigstellung ihres ersten Romans erhielt sie 2002 ein Stipendium des Literarischen Colloquiums Berlin.

Fabienne Pakleppa, geb. 1950 in Lausanne, lebt seit 1977 in München. Schreibt Erzählungen und Romane. 1977 Playboy-Gratwanderpreis und 2002 Ernst-Hofrichter-Preis der Stadt München. Letzte Veröffentlichungen: *Mein unverschämter Liebhaber*, erotische Kurzgeschichten, Heyne, und *Lustopfer*, Kunstbuch in Zusammenarbeit mit dem Fotografen Volker Derlath, Buchendorfer Verlag.

Werner Pilarczyk, geb. 1956, ist Lehrer für Englisch und Kunst, lebt in Bergisch Gladbach.

Marcus Schneider, geboren 1971, lebt in Kiel. Mitherausgeber der Literaturzeitschrift *Das Haupt*. Seit 1996 Veröffentlichungen, Lesungen, Preise. *Von Wäsche und so* ist seinem ersten Roman *Jungs die Mädchen* entnommen.

Leander Scholz, geb. 1969 in Aachen. Lebt in Bonn. 1998 erhielt er das Rolf-Dieter-Brinkmann-Stipendium und 1999 war er Stipendiat am Literarischen Colloquium in Berlin. 2001 erschien sein Roman *Rosenfest* im Carl Hanser Verlag und *Die Windbraut* bei dtv. 2003 erscheint sein neuer Roman bei Hanser.

Dirk Schulte, geb. 1973, gelernter Kaufmann, staatlich anerkannter Erzieher und Müllwerker aus Leidenschaft, schreibt Prosa und studiert seit Oktober 2000 am Deutschen Literaturinstitut in Leipzig.

Enno Stahl, lebt in Köln. Veröffentlichungen von Prosa, Lyrik, Essays, Glossen, Kunst- und Literaturkritiken. Zuletzt erschienen PEEWEE ROCKS, Roman, KRASH, 1997, und *Eine sizilianische Reise*, Novelle, Ritter 2000. Er betreute *Das Kölner Autoren-Lexikon 1750–2000* Bd. 1 (Bearb.), 2000, und Bd. 2: *1901–2000*, Köln, Emons 2002.

Norbert Stöbe, geb. 1953, lebt seit seinem Chemiestudium als Übersetzer und Autor in Aachen. Mehrere Romanveröffentlichungen, zuletzt *Der Weg nach unten*, Heyne 1991, sowie Erzählungen und Storys.

Über die Autoren

Achim Wagner, geb. 1967 in Coburg, lebt in Köln. Aktueller Einzeltitel: *Kubanische Tage – ein Roman aus/in Havanna*, AARACHNE Verlag Wien. Artist in Residence, Stiftung Starke, Berlin 2003.

Lutz Walther, geb. 1961, promovierter Amerikanist und Hispanist, lebt als Herausgeber, Übersetzer und Autor in Köln. Zuletzt erschienen die Anthologien *Melancholie* 1999 und *Lob der Dummheit* 2000 im Reclam Verlag Leipzig.